세상에서 제일 신이 큰 2권!

세상에서 제일 싫어! 1
연인 N세대 연애 소설

초판 1쇄 찍은 날 § 2003년 7월 8일
초판 1쇄 펴낸 날 § 2003년 7월 18일

지은이 § 연인
펴낸이 § 서경석

편집장 § 문혜영
편집책임 § 이종민
마케팅 § 정필 · 강양원 · 이선구 · 김규진 · 홍현경

펴낸곳 § 도서출판 청어람
등록번호 § 제1081-1-89호
등록일자 § 1999. 5. 31
어람번호 § 제4-0010호

주소 § 경기도 부천시 원미구 심곡1동 350-1 남성B/D 3F (우) 420-011
전화 § 032-656-4452 팩스 § 032-656-4453
http://www.chungeoram.com
E-mail § eoram99@chollian.net

ⓒ 연인, 2003

값 9,000원

ISBN 89-5505-749-0 (SET)
ISBN 89-5505-750-4 04810

※ 파본은 본사나 구입하신 서점에서 교환하여 드립니다.
※ 저자와 협의하여 인지를 붙이지 않습니다.

연인 N세대 연애 소설

세상에서 제일 싫어!

1

도서출판
청어람

작가의 말 / 6

○제1장
프롤로그 '오랜만이다, 한국!' / 9

○제2장
심상치 않은 만남 '10년 만의 감격스러운 재회?!' / 21

○제3장
미소녀의 등장 '난 한세영이다' / 53

○제4장
잘못된 오해, 멋진 화해 '우린 친구지?' / 91

○제5장
미소녀의 정체 '착각은 자유?!' / 145

○제6장
엇갈린 운명 '용서할 수 없는 슬픔' / 179

○제7-1장
고백의 촛불 '아름다운 설레임' / 267

작년 봄이었습니다.

원래 책 읽는 걸 좋아하는 저는 당시 온라인에 봇물처럼 쏟아지듯 나오고 있는 많은 인터넷 소설들 중 몇몇 재미있는 작품들을 읽었고, 신선한 느낌을 받았습니다. 그것이 계기였습니다.

장난 반 재미 반으로 시작한 소설, 너무도 부족하지만 즐거운 마음으로 시작한 소설, 그 소설이 바로 『세상에서 제일 싫어!』라는 소설입니다.

소설을 연재하면서 전 참 많은 걸 얻었습니다. 무엇을 하던 끝을 보지 못하는 변덕스러운 성격의 저이기에 소설을 완결까지 무사히 끝내리라는 자신이 없었지만, 완결을 내고 당당히 하나의 소설을 완성하고 나서는 '끝마침'의 행복한 보람을 느꼈답니다.

그리고 많은 분들에게 과분할 정도의 사랑을 받았지요. 얼굴도, 이름도 모르는 분들의 메일을 읽으면서 낯선 사람들에게 사랑받는 느낌이 참 행복한 거라는 것을 알았답니다. 그리고 몇몇 분들은 지금도 아름다운 인연으로 남아 저에게 소중한 사람이 되었습니다.

　　소설의 전반적인 내용은 코믹로맨스입니다. 남녀 주인공들의 어렸을 때의 추억이 현재로 이어지면서 벌어지는 사랑이야기이죠. 사랑을 모르는 철부지 여주인공이 '사랑'이라는 감정을 깨달아가기까지의 과정을 유쾌하고 재미있게 그리고 싶었는데, 저의 표현력 부족으로 만족스러울 만한 이야기가 나온 것 같지 않아 약간의 후회도 있네요. ^-^ 하지만 어쨌든 소설 전반에 걸친 여주인공의 성격 변화는 봐 줄 만하니 훗~ 재미있게 지켜봐 주세요.

　　그리고 소설 속에는 저 나름대로의 작은 메시지가 있습니다. 가족의 소중함, 형제 간의 사랑, 화해와 용서가 바로 그것이지요. 가볍게 읽을 수 있는 소설이지만 위와 같은 메시지도 있으니 한 번쯤 눈여겨보고 생각하면서 읽어주신다면 저에겐 정말 기쁜 일이 될 거예요. 아무쪼록 즐거운 여행이 되시길 바랍니다~♡

　　마지막으로 감사의 인사를 하고 싶은 분들에게 작은 메시지를 전합니다. 우선 언제나 절 아껴주시고 사랑해 주시는 우리 아빠, 엄마! 말은 안 하지만 항상 감사하게 생각하고 있답니다. 두 분 다 언제까지나 제 곁에 있어주세요. 꼭 함께요. 그리고 자랑스런 대한의 건아 내 동생, 보고 싶구나.

　　나의 가장 소중한 친구! 현옥아, 우리 죽을 때까지 '친구'라는 이름으로 남자.

멀리 스페인에 살고 있는 슬기야, 너무 보고싶고 항상 고마워. 이 글로 고마움을 조금이나마 대신할게. 저에게 많은 힘과 도움이 되어주신 진홍님, 고마워요. 그리고 정말 추리력이 대단하신 아영님, 어른스러운 레시, 귀여운 민트 등등 제 소설을 사랑해 주셨던 많은 님들께 감사드리고요. 책이 나오기까지 여러모로 신경써주신 종민 언니! 고마워요. 후훗. 마지막으로 이 글을 읽고 계신 분들께도 감사드립니다.

    모두 건강하고 행복하세요!!

2003. 07. 08 김경희 드림

프롤로그 '오랫만이다, 한국!'

제1장 프롤로그
오랜만이다, 한국!

"여보세요? 아, 은혜 엄마? 어디예요?"
밝고 높은 톤의 엄마 목소리가 경쾌하게 들렸다
"아, 공항 입구요? 네, 알았어요. 곧 그리로 갈게요."
엄마는 공중 전화 수화기를 내려놓고는 내 팔을 잡아당기며 말했다.
"세별아, 은혜 엄마가 입구에 마중 나와 있댄다. 얼른 가자."
시끄러운 공항. 엄마는 나의 손을 잡고 입구 쪽으로 걸음을 재촉했다. 음, 10년 만에 돌아오는 한국인가? 난 새삼 싱숭생숭한 기분을 느끼며 엄마를 따라갔다. 순간 엄마의 목소리보다도 한 톤 더 높은, 크게 울려 퍼지는 목소리.

"어머나, 세상에!! 이게 누구야? 세별이 엄마!!"

커다란 목소리에 깜짝 놀라 정신을 차리고 보자 엄마와 아줌마는 이미 서로 부둥켜안고 펄쩍펄쩍 뛰며 감격의 재회를 나누고 있었다.

"어머, 웬일이야! 하나도 안 변했네. 더 이뻐지셨수~"

"오호호호호~ 은혜 엄마도 참~ 은혜 엄마는 더 젊어지셨어요."

서로를 칭찬하며 반가워하는 엄마와 아줌마를 보니 덩달아 나까지 즐거워진다. 한참 엄마의 손을 잡고 수다를 떠시던 아줌마는 별안간 나를 돌아보시더니 눈을 크게 뜨고 물으신다.

"어머, 네가 세별이니? 정말 세별이 맞아?"

"네. 아줌마, 안녕하세요?"

"어쩜! 싸움꾼 개구쟁이 골목대장 세별이가 이렇게 숙녀가 다 되었네~ 정말 예쁘게 잘 자랐구나. 완전 숙녀네~"

그렇다. 10년 전, 한국에 살았을 때 난 자타가 인정하던 동네 싸움꾼 골목대장이었다. 도무지 여자다운 면모라고는 눈곱만큼도 찾아볼 수 없었던, 얼굴에 상처 없던 날이 없었던, 사내아이보다 더 사내아이 같았던 나. 그랬었는데 8살이 되던 해, 아빠의 사업차 미국으로 이민을 가게 되었다. 그렇게 미국에서 지내던 중, 3년 전에 심장마비로 아빠가 돌아가시고 서로를 의지하며 살아오던 우리 모녀는 향수에 불타오르고 불타올라 10년 만에 다시 돌아온 것이다. 한국 이곳으로. 사실 난 미국에서 계속 살고 싶다고 말했지만 엄마가 막무가내로 우기셨다. 아무도 못 말리는 고집불통 울 엄마.

아줌마네 집으로 가는 차 안. 난 어렴풋이 떠오르는 어릴 적 기억을 하나하나 더듬어 보고 있었다.

"어머어머, 웬일이야~ 서울도 많이 변했네."

우리 엄마의 시끄러운 목소리를 들으며 낯설게만 느껴지는 풍경들이 빠르게 스쳐 지나가고, 한참을 달려가던 자동차가 끽 하는 소리와 함께 멈췄다. 난 차에서 내려 주위를 한 번 휙 돌아보았다. 슬금슬금 떠오르는 과거의 기억. 아줌마네 집이 눈앞에 있었다. 그대로였다. 내 기억 속의 예쁜 이층집, 저 초록 대문, 이층 창문의 내가 그토록 싫어했던 칙칙한 구리구리 똥색 커튼까지 모든 게 그대로였다. 그리고 우리가 살았던 아줌마네 옆집 역시 변한 게 없다. 우연히 얼마 전 이 집에 살던 사람들이 이사를 해 다시 우리가 살 수 있게 되었다. 또다시 북적북적한 이웃사촌과의 생활이 시작되겠군.

현관을 들어서며 아줌마가 말했다.

"정말~ 세별이네와 다시 이웃사촌이 되다니 꿈만 같네~ 오호호, 우리 다시 옛날처럼 사이좋게 지내요. 아, 그리고 아직 집에 짐 안 들어왔죠? 오늘은 우리 집에서 편히 쉬어요."

"어머나, 호호호~ 고마워요."

옛날, 이웃에 살았을 때 유난히 사이가 좋던 울 엄마와 아줌마. 정말 유별났다. 미국에 사는 동안에도 끊이지 않고 안부를 물었을 정도니.

"그나저나 강씨 아저씨도 잘 있죠? 아직도 그 회사 다니시나?"

"그럼요~ 이젠 아예 자리 잡았죠 뭐. 오늘 회식 있어서 늦는다고 했는데 일찍 들어오라고 전화할게요. 세별이 엄마도 왔는데~"

여기서 강씨 아저씨란 아줌마의 남편을 말하는 것이다. 기억난다. 우락부락한 얼굴이 무서운, 하지만 마음은 넉넉했던 아저씨.
"아참, 그리고 은빈이랑 은혜도 다 잘 있죠?"
"그럼요. 은빈이는 이제 고등학교 2학년이고 은혜는 중학교 3학년이에요."
은빈… 강은빈. 꽤나 강렬하게 떠오르는 기억. 계집애같이 새하얀 얼굴에 크고 맑은 눈을 가진 내 또래 남자 아이. 숫기없는 내성적인 성격에 체구도 작고 키도 자그마해서 모르는 사람이 보면 여자로 착각하곤 했었다. 난 그 애가 싫었다. 늘 말썽만 피우던 나에게,
"이 개구쟁이 악동! 싸움꾼!"
하며 여자 아이 취급하기를 거부하던 사람들. 반면 말없고 얌전하고 과묵했던 그 아이를 입에 침이 마르게 칭찬했던 사람들. 싫었다. 그래서 난 오히려 더 까불고 싸움질해 대며 그 아이를 괴롭혔다. 나의 센 주먹을 믿고 그 애를 마구 때리고 구박하고 그랬었다. 그 애가 맘에 안 들었다. 더 맘에 안 드는 건, 나에게 그렇게 괴롭힘을 당했으면서도 부모님에게는 절대 이르지 않았다는 사실이다. 언제나 고개를 숙이고 조용히 내 주먹에 맞았던 녀석. 무표정으로 날 가만히 바라보던 짙은 갈색 눈동자. 내겐 아무 관심 없는 듯한 무심한 녀석의 행동들. 그래서였는지도 모른다. 무뚝뚝한 녀석의 관심을 끌어보려고 그렇게 괴롭히고 또 괴롭혔는지도…….
그리고 은혜, 나보다 한 살 어린 은빈의 여동생. 귀여웠던 오밀조밀한 얼굴 말고는 그 애의 기억은 별로 없다. 늘상 남자 아이들과 싸

움질하러 몰려 다니느라 그 애와의 기억이라고는 가끔 그 애가 고무줄놀이 할 때 고무줄 끊고 달아나는 유치한 장난을 쳤던 게 전부.

"세별아, 너도 우리 은빈이랑 은혜 기억하지?"

"네? 네, 그럼요."

"그나저나 애들이 올 때가 됐는데……."

아줌마가 시계를 보며 말씀하셨다. 순간, 말이 떨어지기 무섭게 응답이라도 하듯 힘차게 열리는 현관문.

"엄마~ 엄마 딸 왔어요~"

들려오는 여자 아이의 밝은 목소리. 난 신발을 팽개치다시피 벗어던지고 달려오는 여자 아이를 눈을 크게 뜨고 쳐다봤다. 은혜다. 작고 하얀 얼굴, 어깨까지 내려오는 까만 생머리, 자그마한 키와 체구, 유난히 귀여웠던 은혜. 여전히 너무 귀엽구나. 은혜는 동그란 눈을 이러저리 굴리며 한참 동안 우리를 멀뚱멀뚱 쳐다보다 말했다.

"그런데 이 사람들은 누구예요?"

헛, 역시 기억 못하는군. 하긴 10년이나 지났으니… 게다가 넌 어렸으니까…….

"어머, 은혜야. 너 세별이 언니 몰라? 세별이랑 세별이 엄마. 우리 옆집에 살았었잖아."

"헛!"

은혜는 잠시 놀란 듯 눈을 더욱 크게 뜨더니 생각난 듯 울 엄마에게 크게 인사하고는 날 쳐다보며 소리를 질렀다.

"공포의 고무줄 끊기 골목대장!! 정말 그 세별이 언니 맞아?"

하하… 공포의 고무줄 끊기 골목대장… 모두 기억하구 있었구나, 저 귀여운 것.

"하하, 은혜야, 안녕? 정말 오랜만이다. ^-^"

"우와~ 이젠 여자네, 여자! 완전 숙녀네! 오, 놀라워라~"

마치 내가 남자에서 여자로 성전환 수술이라도 한 것처럼 소리를 질러대는 은혜. 처음부터 난 여자였단다. 우리 네 사람은 소파에 앉아 그동안의 회포를 원없이 풀었고, 아줌마의 훌륭한 요리 솜씨 덕분에 미국에선 맛보지 못했던 정겹고도 구수한 음식을 배불리 먹었다. 그러고 있자니 정말로 한국에 돌아왔다는 게 조금씩 실감나기 시작했다.

어느새 다시 시작된 수다.

"어머, 어머 그런 일이 있었어요?"

"히히, 아줌마, 우리 엄마가 그 일 겪고 얼마나 황당해하셨다구요~"

까르르 웃으며 즐겁게 얘기하는 은혜. 원래 저렇게 밝은 성격이었나? 수다를 별로 좋아하지 않는 나. 미국에서 상당히 내성적이 된 나는 구경이나 할 겸 슬그머니 2층으로 올라갔다. 2층엔 방이 2개 있었다. 첫 번째 방문을 열었다. 눈에 확 들어오는 분홍빛 커튼, 책상, 침대. 가구들이 온통 분홍색이었다. 짙은 향수 냄새에 머리가 아파온다. 난 코를 막으며 방문을 쾅 닫았다.

두 번째 방. 은빈이 녀석 방이겠지? 방문을 열었다. 제일 먼저 눈에 들어온 건 내가 그토록 싫어하던 구리구리 똥색 커튼이었다. 웬만

하면 좀 바꾸지, 아직도 저 구리구리한 커튼이라니. 난 조심스레 방으로 들어갔다. 창문으로 들어오는 오후의 늘어진 햇살. 기분 좋게 풍기는 은은한 향기. 무슨 냄새지? 샴푸 냄새인가? 난생처음 들어와 보는 남자 방. 의외로 깨끗했다. 근데 저게 뭐야? 책상 앞 벽에 X 자로 무시무시한 날을 번쩍이며 걸려 있는 두 자루의 길고 커다란 칼에 난 흠칫 놀랐다. 웬 칼이지? 사시미? 공부할 때 저게 느닷없이 떨어질지도 모른다고 생각하면 절대 못 걸어놓을 텐데… 무섭기도 하여라. 대체 무슨 생각으로 저걸 걸어놓은 거야? 난 혀를 끌끌 차며 바퀴 달린 의자에 앉았다. 책상 앞으로 몸을 당긴다는 게 그만 너무 세게 잡아당겨서 반동으로 의자와 함께 뒤로 벌러덩 넘어지고 말았다.

쿵—!!
방바닥에 널브러져 버린 나. 아이구우, 삭신이야. 뒤통수를 세게 부딪쳐서 그런지 별이 보이는 걸 느끼며 힘겹게 고개를 들었다. 그때 내 눈에 포착된 물건이 있었으니… 침대 밑 가장자리 구석에 이상야릇한 빛을 반짝이며 내 시선을 자극하는 물건! 나 시력 꽤 좋다. 손을 뻗어 그 의문의 물건을 꺼냈다. 그것은 담배와 라이터, 그리고 은장도 비슷한 작은 칼이었다. 진짜 무서운 녀석일세. 대체 칼이 몇 개야? 누굴 암살할 계획이라도 세우나? 게다가 담배. 은빈이 녀석의 모습이 서서히 짐작되기 시작했다. 담배, 칼… 결론은 불량 학생! 너 타락했구나. 옛날의 그 얌전하고 조용하던 모습은 어디 가고… 하긴 예전부터 네 녀석의 눈빛에서 반항적인 끼를 좀 느끼긴 했다만. 난 물건들을 대충 침대 밑에 쑤셔 넣고는 침대 위로 폴짝 뛰어올랐다. 가만히 누워 천장을 보고 있자니 문득 녀석이 궁금해지기 시작했다. 어떻게 변했을까? 어렸을 때 그 예쁘장하던 모습 그대로일까? 칼과 담배로 봐선 옛날의 그 선량한 강은빈은 아닐 것 같은데? 훗, 왠지 보고 싶어지는걸?

난 녀석을 생각하며 스르르 눈을 감았다. 역시 시차 적응이 안 돼서 금방 피곤해지는군. 지금 미국은 새벽이니까. 난 점점 잠에 푹 빠지는 걸 느꼈다. 여기서 자면 안 되는데. 멀리서 '세별아, 어디 있니? 내려와서 과일 먹어라' 라는 소리가 들려오는 듯했지만 꿈속이라고 생각하고 그냥 잠에 빠져들기 시작했다.

얼마나 잔 걸까? 희미하게 들려오는 소리에 슬며시 눈을 떴다. 어느새 저녁이 됐는지 사방이 다 캄캄해져 있었다.

끼릭끼릭…….

무슨 소리지? 눈을 비비며 천천히 고개를 드는 바로 그 순간, 창문이 휘리릭 열리더니 순식간에 누군가 창문을 넘어 침대로 뛰어들었다. 헉! 난 깜짝 놀라 몸을 일으키려 했지만 너무 놀란 탓인지 몸이 말을 듣지 않았다. 게다가 비명조차 나오지 않는 게 아닌가!!

"뭐야?"

바로 앞에서 들려오는 남자 목소리. 지금 상황… 너무 놀라 몸도 일으키지 못하는 내 위로 휙 하고 몸을 날린 남자. 아무도 없는 줄 알았던 침대에 내가 있으니 놀랄 법도 한데 전혀 놀라지 않고 태연하게 말한다.

"웬 기집애야?"

순간 난 꽥!! 소리 지르며 몸을 일으키려 했지만 남자의 커다란 손에 입이 막히고 말았다.

"소리 지르면… 죽는다."

헉! 설마, 강은빈? 근데 왜 멀쩡한 문 놔두고 창문으로? 두려움과 의아함에 가득 차 있던 나는 방안이 환하게 밝아짐과 동시에 몸을 벌떡 일으켰다. 내 입을 막았던 남자가 어느새 침대에서 내려가 불을 켠 것이다. 순간 내 눈에 들어온 건… 믿을 수 없을 만큼 멋진 한 사내였으니……. 180㎝는 훌쩍 넘는 훤칠한 키에 이마를 살짝 덮은 부드러운 연갈색 머리카락, 티 하나 없는 새하얀 얼굴, 쌍까풀 없는 큰 눈, 날카로운 콧날, 매혹적인 입술… 헉! 10년 동안 노랑머리에 우락부락한 미국 놈들만 보다 온 나는 동양미가 물씬 풍기는 미남의 자태에 넋을 잃지 않을 수 없었다. 네가… 네가… 그 강은빈?

심상치 않은 만남 '10년 만의 감격스러운 재회?!'

제2장 심상치 않은 만남
10년 만의 감격스러운 재회?!

 은빈. 어렸을 때의 곱상한 외모는 크게 변하지 않았지만 정말이지 너무너무 멋있어져 있었다. 내가 한참 넋을 잃고 녀석을 바라보자 녀석은 바지 주머니에 손을 푹 찔러 넣은 채 건방진 포즈로 내게 다가왔다.
"넌 뭐냐?"
누구야도 아니고 뭐냐? 내가 물건인가?
"너 도둑 아냐? 내 방에 뭐 훔치러 온 거지?!"
도둑이라니… 녀석의 날카로운 저음에 난 할 말을 잃고 말았다.
"벙어리냐?"
어이가 없어서 잠시 멍한 눈으로 녀석을 쳐다보는데 녀석이 갑자기 소리를 질렀다.

"아오, 이게 열받게 하네! 뭐 훔치러 온 거냐고! 셋 셀 동안 안 불면 사정없이 창문 밖으로 던져 버린다."

헉! 어렸을 땐 내 앞에서 아무 말도 못했던 녀석이 너무도! 너무도 불량스러워져 있었다.

"으, 은빈아?"

순간 녀석의 건방진 눈빛이 흠칫 떨렸다.

"너……."

녀석이 미간을 찡그린 채 내 얼굴을 유심히 바라보기 시작했다. 설마… 설마 날 기억하지 못하는 건 아니겠지? 순간 녀석의 입에서 흘러나온 한마디.

"너 내 스토커냐?"

나참, 웃기지도 않아.

"나 세별이야. 어렸을 때 옆집에 살았잖아. 기억 안 나?"

난 조심스럽게 입을 열었다. 심장이 어찌나 빠르게 뛰던지 밖으로 빼서 던져 버리고 싶을 정도였다.

"은세별?"

녀석의 커지는 눈. 녀석은 믿을 수 없다는 듯 눈을 크게 뜨고 날 쳐다봤다. 날 기억하고 있다. 기억하고 있어. 하긴 그렇게 많이 괴롭혔으니…….

"애들 쥐어 패면서 대장인 듯 깝죽대고 다니던 그 은세별?"

비아냥거리듯 흘러나오는 녀석의 음성.

"무진장 싸가지없던 그 은세별?"

녀석이 입꼬리를 비스듬히 올리며 날 노려보기 시작했다. 무섭다.

"여전히 못생겼구만."

너무한다, 정말. 확실히 옛날의 강은빈이 아니야.

"네가 여기 웬일이냐? 미국으로 이민 가지 않았었나? 여긴 왜 온 거야?"

정말 너무하네. 10년 만에 본 이웃사촌에게…….

"은빈아, 넌 내가 반갑지도 않니? 10년 만인데."

"개뿔, 반갑긴 뭐가 반갑다냐? 내참."

녀석은 나를 무섭게 노려보고는 침대에 걸터앉아 있는 나를 확 일으켰다.

"나가! 어디 허락도 없이 남의 방에 들어오래?"

정말 너무한다!

"안 나갈 거냐? 나 옷 갈아입는다."

"야, 강은빈. 너 정말 너무한 거 아냐? 그래도 옆집 살던 이웃인데 반겨주지는 못하더라도 인사는 해야 되는 거 아니니?"

그러자 녀석이 남방 단추를 풀며 서서히 몸을 돌렸다.

"너 설마 내가 널 반가워할 거라고 생각한 건 아니겠지?"

흠칫.

"과거에 네가 나한테 했던 짓을 생각해 봐."

어찌 잊을 수 있으랴. 그렇게 괴롭히고 또 괴롭혀 대던 나였으니. 하긴 나라도 반갑지는 않을 것 같아. 윽! 그때 아래층에서 아줌마 목소리가 들렸다.

"세별아~ 자니? 은빈이 방에 있는 거야?"

"우씨. 야! 너 불 끄고 얼른 나가. 나 술 마신 거 알면 울 엄마 또 잔소리한단 말야."

어쩐지 아까부터 어디서 술 냄새가 난다 했더니~ 아무튼 어린놈이 나쁜 짓은 다 하고 다녀요. 녀석은 거의 떠밀다시피 나를 방에서 밀어낸 후 귓가에 위협적인 음성을 속삭이곤 방문을 쾅 닫았다. 내용인즉슨,

"나 술 마시고 창문 넘어 들어왔다고 이르면… 죽는다."

저게 말끝마다 죽는다, 죽는다 하네. 저거, 너무 싸가지없어진 거 아니야? 상당히 건방지게 성장한 강은빈. 그리고 옛날과는 달리 무지하게 소심해진 나. 그것이 그 녀석과 나의 10년 만의 눈물겹고(!?) 감개무량(!?) 한 재회였다.

그날 저녁 난 피곤함을 이기지 못하고 은혜의 방에서 일찍 잠이 들었다. 잠결에 아래층에서 시끄러운 소리를 들었다. 아마 회식 때문에 늦으신다던 강씨 아저씨가 들어오신 듯싶었다. 난 다시 곯아떨어졌다.

으음… 뭐지? 무언가가 나를 짓누르고 있었다. 뭐야… 뭐야? 난 심장을 압박하는 갑갑한 고통에 신음을 흘리며 눈을 떴다. 순간 내 눈에 보인 건 내 가슴에 척~ 하니 올라와 있는 은혜의 다리. 허억! 은혜야, 잠버릇이 참 험하구나.

은혜의 다리를 내려놓고 몸을 일으키니 내 자세와 완전 거꾸로인,

내 다리 옆에 머리를 푹 박고 자고 있는 은혜가 보였다. 같이 못 자겠네.

시계를 보니 새벽 3시. 갑자기 목이 말랐다. 물을 마시려고 일층으로 내려오는데 부엌에 불이 켜져 있었다. 누구지? 난 조심스럽게 부엌으로 갔다. 그리고 맛스럽게 비벼놓은 밥을 막 한 숟가락 떠먹으려고 입을 벌리는 은빈이 녀석과 눈이 딱 마주쳤다. 헉!! 이 새벽에… 이 새벽에 밥을!

"하하……."

난 날 무서운 눈으로 노려보고 있는 은빈을 향해 어설픈 웃음을 날렸다.

"배가 많이 고팠나 봐? 이 새벽에 밥을 먹네~ 하하… 난 목이 말라서 물을 마시러 왔어. 물 마셔야지."

냉장고를 벌컥 열고 물통을 꺼냈다. 그리고 순간 뒤통수가 너무 따가워서 슬쩍 고개를 돌리니 아니나 다를까… 숟가락을 입에 문 채, 아니꼬운 눈으로 날 바라보는 은빈과 또 눈이 마주쳤다.

"아, 목말라."

난 못 본 척 벌컥벌컥 물을 마셔대고는 얼른 물통을 집어넣고 휘리릭 몸을 돌렸다.

"너."

"응?"

"엄마한테 나 술 마시고 창문 넘어 들어왔다는 거 이르면 죽는다 했지."

무슨 소리지?

"울 엄마가 나 자고 있을 때 들어와서 내 머리통 후려치고 갔어."

"나 안 일렀는데? 정말이야."

"웃기네. 너 나 엿 먹이려고 이른 거 모를 줄 알아?"

정말인데… 정말 안 일렀는데… 난 그냥 피곤해서 잤는데…….

"기집애, 너 죽었어."

녀석은 밥을 후닥닥 먹어치우고는 쓱 일어나 이층으로 올라가 버렸다. 죽었어라는 말에 완전 굳어버린 나를 남겨둔 채. 무섭다. 정말 그 여리던 녀석이 너무도 무서워졌다. 옛날의 강은빈이 아니다. 나, 나도 물론 옛날의 내가 아니다. 미국으로 이민 간 후 낯선 환경에 적응하는 게 힘들어서였는지, 아님 철이 들려고 그랬는지 말없고 내성적인 성격이 되었다. 온몸에 소름이 끼쳐 새벽까지 몸을 뒤척이며 잠을 설쳤다. 복수극이 시작되려나? 과거 나의 악행을 응징하려는 녀석의 복수가!! 헛!! 안 돼—!!

다음날 아침, 난 잠을 못 자서 눈이 탱탱 부었다. 은혜는 그런 날 보며 쿡쿡 대고 웃더니 아침도 안 먹고 어디론가 쏙 나가 버렸다.

"세별아, 얼른 씻고 와서 아침 먹어라."

"네."

"아, 그리고 은빈이 이 녀석 일어났으려나? 네가 가서 좀 깨워줄래?"

허억! 아줌마, 시, 싫은데요.

"하하, 갑자기 화장실이 넘 급해서!"

난 후닥닥 화장실로 달려갔다. 그리고 30분 동안 화장실 안에 박혀 있었다. 난 은빈이 녀석이 무섭단 말이다. 생긴 거야 정말 멋지게 잘생겼지만 복수의 칼날을 갈고 있는 녀석을 보며 마냥 좋아라 헤헤… 웃을 순 없는 노릇 아닌가.

"세별아, 샤워했니? 무슨 화장실을 그렇게 오래 써? 얼른 이층에 올라가서 은빈이 좀 깨워서 내려오라니까. 우린 밥 먼저 먹었으니까 은빈이 깨워서 둘이 먹으렴."

윽!! 아줌마를 슬쩍 쳐다봤다. 이번에도 튀면 왠지 한소리 들을 것 같다. 할 수 없이 은빈이 방으로 올라갔다.

똑똑!

노크를 하고 문을 열자 내 눈에 들어온 건 깨끗하고 하얀 화장지로 작은 은장도를 정성스럽게 닦고 있는 녀석의 모습이었다. 설마, 저 칼로 나를……. 내가 돌아온다는 사실을 비밀리에 입수하고 날 치려고 치밀하게 준비해 온 건 아닐까 하는 미친 생각까지 들었다.

"내려와서 밥 먹으래!"

무서워서 이 말만 달랑 남기고 밑으로 쪼르르 내려왔다. 은빈이 녀석, 안 내려올 줄 알았는데 어슬렁어슬렁 내려와서 식탁 맞은편에 턱하니 앉는다. 막 세수해서 약간은 상기된… 물기 있는 얼굴, 보기 좋게 헝클어진 머리, 그리고 다 채우지 않은 남방 사이로 슬며시 들여다보이는 새하얀 목살. 어머나, 나 왜 이러지? 저놈은 날 치려고 준비하고 있는 놈이야. 정신 차려라, 은세별! 혼자 이상한 상상을 하며 조마조마해 있는 날 거들떠보지도 않고 녀석은 밥을 푹푹 퍼먹었다.

"은빈아, 넌 세별이한테 인사도 안 하니? 너도 기억할 거 아냐? 10년 전에 이민 갔던 세별이. 우리 옆집 살았었잖아."

"그래서요?"

반항적인 녀석의 목소리.

"그래서요라니. 이렇게 다시 만났는데 반갑게 인사도 못해주니? 얼른."

녀석은 아무 말 없이 무표정하게 날 가만히 바라보다가 풋 하고 비웃는다. 그리고 다시 밥을 먹었다.

"세별이네 다시 우리 옆집 살게 됐어. 너무 좋지? 엄마는 너무 좋아. 은빈아, 세별이랑 다시 친하게 지내라. 응?"

아줌마, 우리 안 친했어요.

"그리고 세별이 10년 만에 한국 왔으니까 밖에 나가서 구경 좀 시켜줘. 둘이 맛있는 것도 사먹고 그래. 알았지?"

"엄마, 나 바빠."

"네가 바쁘긴 뭐가 바쁘니? 맨날 엉뚱한 짓만 하고 돌아다니면서. 오늘은 엄마 말 들어. 세별이 아직 적응하기 힘들 테니까 네가 잘해줘."

"아줌마, 저 괜찮아요. 구경 같은 거 안 해도 돼요."

"어머, 무슨 소리야? 어차피 여기 있어도 할 일 없잖니. 짐도 내일 들어온다면서. 그러니까 둘이 놀러 나가."

그렇게 해서 결국 난 두려운 마음으로 녀석과 나들이 아닌 나들이를 하게 되었다. 먼저 휙 나가 버린 은빈을 따라 대문을 나섰다. 지금 난 새하얀 남방을 바람에 휘날리며 무지무지하게 건방진 폼으로 앞서 걸어가는 은빈이 녀석의 뒷모습을 울상을 지으며 따라가고 있는 중이다. 아줌마의 성화에 못 이겨 둘이 대문을 나섰을 때 녀석은 차가운, 정말 차가운 표정으로 날 돌아보며 이렇게 말했다.

"10미터 떨어져서 따라와."

후우… 한숨이 절로 나온다. 정말 왜 저렇게 무서워진 걸까? 그 옛날, 나에게 괴롭힘을 너무 많이 당해서 거칠고 무서운 성격이 된 것은 아닐까? 그럼 저 녀석이 저 지경이 된 건 전부 내 탓? 에이, 설마… 나까짓 게 뭐라고. 저 녀석은 나 같은 거 거들떠보지도 않고 티끌만큼의 관심도 없었는걸. 언제나 나 같은 거 안중에도 없다는 그런 표정이었는걸. 이런 생각을 하며 고개를 푹 숙이고 걷던 난 무언가에 콱 부딪쳐 걸음을 멈췄다.

허억! 고개를 들어보니 한심한 눈으로 날 내려보고 있는 녀석. 그러니까 난 녀석의 가슴에 얼굴을 푹~

"돌 안 치울래?"

우씨, 말을 해도 꼭…….

"어디 가고 싶냐? 가고 싶은 데 말해."

"없어."

"장난하냐?"

"아, 아니."

"너 또 우리 엄마한테 아무 데도 구경 못했다고 일러서 나 엿 먹이려고 하는 거 아냐?"

날 무슨 촉새로 알고 있다. 이르는 거, 내가 가장 경멸하는 행동인데…….

"어디야? 63빌딩? 놀이동산? 아님 남산타워?"

인상이라도 펴고 말할 것이지. 네 얼굴 보면 놀러가고 싶은 맘도 안 들어.

"아무 데나……."

"이씨."

녀석이 또다시 무시무시한 눈으로 날 노려본다. 진짜 무섭다.

"너 미국 가더니 병신돼서 왔다."

뭐? 병신!

"나 때리고 쥐어박고 괴롭히던 은세별은 어디 간 거야? 그 당당한 기개와 무서울 것 없이 나대고 다녔던 배짱과 깡은 다 어디로 간 거냐고."

이놈아, 난 옛날의 내가 아니야!!

"너 얌전한 척하는 거지? 이 내숭쟁이야, 얼른 실체를 드러내시지."

"은빈아."

"왜?"

"옛날에 내가 그랬던 건 철없는 짓이었어. 나 많이 얌전해졌다구. 아무튼 과거에 내 행동은 사과할게. 지금은 소용없는 짓이지만, 그래도… 과거는 과거일 뿐이니까 너그럽게 넘어가는 게……."

"지금 그걸 말이라고 하냐?"

녀석이 깜짝 놀랄 만큼 차가워진 목소리로 내게 말했다.

"과거는 과거일 뿐? 참나, 원. 머리에 열 팍팍 오르는 소리만 골라 하네. 진짜 한 대 맞고 싶냐?"

"강은빈! 너 진짜⋯ 진짜 너무 많이 변했어! 옛날엔 말도 한마디 없더니. 이렇게 불량스럽게⋯ 너⋯ 너!"

순간 녀석의 어이없는 웃음이 사방으로 울려 퍼졌다. 지나가던 사람들 다 쳐다본다.

"웃기지 마, 이 기집애야."

그 말을 마치고 녀석은 내 팔을 우악스럽게 꽉 움켜잡더니 어디론가 끌고 가기 시작했다. 팔이 무지 아팠다. 하지만 뿌리칠 수가 없었다. 내 팔을 강하게 잡아끄는 녀석의 눈이 너무도 차갑고 싸늘하게 빛나고 있었으므로. 난 녀석의 강인한 손에 팔을 꽉 잡힌 채로 녀석을 따라갔다. 아니, 끌려갔다.

녀석이 걸음을 멈춘 곳은 무현 태권도 체육관. 뭐야? 웬 태권도장이냐고 물으려 했지만, 녀석은 말할 틈도 주지 않은 채 2층으로 날 끌고 올라갔다. 헉헉⋯ 난 진짜 도살장에 개 끌려가듯 그렇게 질질 끌려 올라갔다.

"자!! 기합 넣으면서 팔 벌려 뛰기 50회 시작!!"

"하나! 둘!"

엄청나게 큰 고함에 가까운 기합 소리. 난 신발도 제대로 벗지 못하고 체육관 안으로 끌려 들어갔다. 앞에는 초등학생 정도 되어 보이는 어린아이들, 뒤에는 중, 고등학생 정도로 되어 보이는 애들이 열심히 팔 벌려 뛰기를 하고 있었다. 맨 앞에서 기합을 넣어주며 지휘하던 내 또래의 남자 아이가 고개를 갸우뚱거리며 슬금슬금 우리에게 다가왔다.

"어? 은빈이 형, 여기 웬일이야?"

갸름한 얼굴에 크지도 작지도 않은 눈, 작은 코에 끝이 살짝 올라간 입술이 매력적인, 귀엽게 생긴 그 아이가 은빈이 녀석과 나를 번갈아 보면서 물었다.

"누구?"

"애들 운동 언제 끝나냐?"

"응? 응, 이제 마무리 운동하고 30분 뒤에 또 애들 올 텐데. 근데 왜?"

"도복 두 벌만 갖다줘. 하난 내 꺼 하난 얘 꺼."

캑!! 지금 무슨 소리? 도대체 뭐 하자는 거야?!

"강은빈."

"형, 왜 그러는데? 이유라도……."

"두 번 말하게 할래?"

"알았어."

그 아이는 녀석이 눈을 부라리며 낮은 음성으로 말하자 아무 말도 못하고 2층으로 올라가 도복을 꺼내왔다. 너무 기가 막혀서 말도 나오지 않았다. 녀석은 그 아이가 가져온 도복을 확 낚아채더니 사무실로 보이는 방으로 휙~ 나를 밀어 넣었다.

"입고 나와라."

진짜 저거 뭐야? 나참, 기가 막혀서.
"지금 뭐 하자는 거야? 내가 왜 이걸 입어야 되는……."
쾅—!!
내 말이 채 끝나기도 전에 쾅 닫혀버린 문. 너무 기가 막힌다. 그러니까 저 녀석은 나와 싸움이라도 할 모양인가 보다. 나 싸움 같은 거 해본 적 없다. 물론 골목대장 할 때야 막무가내로 애들 패고 다녔지만, 미국 가선 정말 말썽 한 번 안 부리고 조용히 얌전하게 살아왔단 말이다!! 강은빈, 저 녀석. 정말 나한테 맺힌 게 무지무지 많은가보다. 아니, 피 맺힌 복수의 칼날을 갈고 있었나 보다. 저 무시무시한 눈빛. 안 입으면 이 자리에서 목숨 부지하기 어려울 것 같다. 난 대충대충 도복을 걸쳐 입고 쭈뼛쭈뼛 나갔다.

어느새 운동이 다 끝나서 나갔는지 그 많던 아이들은 보이지 않았고 애들을 지휘하던 그 아이와 몇몇 남자 아이들만이 한쪽 구석에서 몸을 푸는 은빈이 녀석을 두려운 눈으로 바라보고 있었다.

뚜두둑… 뚜두둑…….
분명 녀석의 관절에선 그런 소리가 나지 않았건만 내게 환청이 들리나 보다. 녀석이 몸을 일으켜 나에게 다가왔다. 도복 입은 모습, 어쩐지 더 멋져 보인다. 앗, 내가 지금 이런 생각을 하고 있을 때가 아니지!! 멀뚱히 서 있는 내 앞에 바싹 다가와 속삭이듯 말하는 은빈.
"너 몇 단이냐?"
엥? 갑자기 몇 단이냐니?
"뭐가?"

"이거 몇 단이냐고."

자신의 허리에 두른 검은색 띠를 가리키며 묻는 녀석. 아마도 태권도의 단수를 묻는 모양이다. 나 태권도 같은 거 배워본 적 없다. 아니, 하는 것도 보지 못했다.

"너 미국에서도 힘 키우려고 운동이란 운동은 다 하고 다녔을 거 아냐. 태권도, 유도, 합기도, 검도, 그것도 모자라서 쿵푸까지 했겠지. 그러면서 아무것도 못하고, 힘없고, 얌전한 척 내숭 떨고 있어. 어서 실체를 드러내란 말이야."

정말 무섭고 낮은 저음으로 속삭이는 듯 말하는 은빈의 무서운 눈동자. 저 녀석, 날 무슨 괴물로 알고 있다. 옛날의 내가 아니라고 그렇게 말을 했는데도…….

"은빈아, 나 그런 거 배운 적 없어. 진짜야! 미국에서는 얌전하게 살았다고……."

"이게 진짜 말로 해선 안 되겠구만."

녀석이 소름 끼칠 정도로 나를 노려보며 주먹을 꽉 쥐었다. 그리고는 내게서 조금 떨어져 아이들이 다 들으라는 듯 크게 소리친다.

"나 태권도 4단에 유도 2단, 합기도 2단, 검도 3단, 도합 11단이야."

컥!! 태권도니 유도니… 그런 거에 대해선 잘 모르지만 미국에서 학교 다닐 때 몇몇 한국 애들이 얘기하는 걸 주워 들었던지라 강은빈 저 녀석이 엄청 무서운 놈이라는 걸 직감적으로 알 수 있었다. 무서워서 구석에 멀뚱히 서 있는 아이들을 보자 애들을 지휘하던 그 아이가 무슨 말도 안 되는 소릴 하냐는 듯한 눈빛으로 녀석을 바라보고 있었다.

"자! 이제부터 너와 나의 대결이다. 각오해."

맙소사, 진짜 싸우려나 보다. 저게 왜 안 믿는 거야? 나 진짜 그런 거 해본 적 없다니까. 저 녀석은 내가 정말 종합 무술 1인자 정도의 실력을 갖고 있으면서도 그 실력을 숨기고 있다고 생각하나 보다. 실제로 싸우게 되면 어쩔 수 없이 싸움 실력을 드러낼 거라고 생각하고 있는 거란 말인가?! 드러내긴 뭘 드러내냔 말이야. 싸움 같은 거 할 줄도 모르는데!

"야, 강은빈! 나 정말……."

순간 쉭~ 하고 무언가가 바람을 가로지르는 소리가 내 귓가를 스쳤다. 헉!! 은빈이 녀석이 주먹을 날렸고 난 순간적인 본능으로 주먹을 피한 것이다. 말도 안 돼, 이건. 진짜 저 녀석!

쉬이익~!

또다시 주먹이 날아온다. 앗!! 이번엔… 이번엔 못 피할 것 같은데… 읏!!

탁—!!

눈을 질끈 감고 있었던 나는 무언가가 부딪치는 소리에 슬며시 눈을 떴다. 녀석의 주먹이 바로 눈앞에 있었다. 하지만 누군가가 그 주먹을 막고 있다. 그 아이다.

"형, 미쳤어? 여자잖아! 지금 뭐 하는 거야?!"

"지금 친목 대결하는 거 안 보여? 넌 상관하지 마."

그렇게 말하면서 녀석은 그 아이를 확 밀어버리고 다시 나를 향해 주먹을 날릴 태세를 취한다.

"아니야! 아니라구! 나 정말 이런 거 배운 적 없단 말야! 태권도, 유도, 합기도, 그런 거 몰라! 이런 거 해본 적 없다구! 제발 그만 해!!"

부들부들 떨리는 다리를 간신히 지탱하며 온 힘을 끌어모아 소리 쳤건만! 이번엔 나를 향해 발차기를……

아아아악—!! 난 순간적으로 맞지 않기 위해 몸을 옆으로 피하면서, 주먹을 꽉 쥐고 화가 나는 마음을 주체 못해 눈을 질끈 감은 채 녀석을 확! 밀어버렸다. 순간 쿵—!! 무언가 떨어지는 둔탁한 소리. 헉… 헉……. 난 흥분으로 달아오른 얼굴을 감싸 쥐며 살며시 눈을 떴다. 허걱!! 럴수 럴수 이럴 수가—!! 은빈이 녀석이 바닥에 내동댕 이쳐져 있고 그 녀석의 코에서 피가… 새빨간 피가 흐르고 있었다. 말도 안 돼! 말도 안 돼!! 순간적으로 너무 화가 나서 녀석의 가슴을 민다는 게 냅다 얼굴을 밀어버렸나 보다. 게다가 주먹까지 쥐고 밀건 뭐람. 눈앞에 벌어진 이 상황, 도저히 수습할 수 없다. 구석에 있던 아이들은 믿을 수 없다는 듯 멍한 표정으로 날 쳐다봤고 아까 날 막아줬던 그 아이마저 입을 크게 벌리고 날 쳐다보고 있었다.

그런데 은빈이 녀석 코에서 피가 질질 흐르는데도 입가에 씨익~ 미소를 지으며 날 노려보고 있었다. 뭐냐 말이야, 대체 그 미소는…….

"혀, 형 괜찮아?"

"역시 무서운 주먹이야, 훗!"

아, 아닌데… 뭔가 큰 오해가 벌어지고 말았다. 이 상황은, 지금 이 상황은……. 아니야!! 나는!! 나는!! 나는… 엉엉.

그날 오후, 은빈이 녀석과 말도 안 되는 싸움질을 하고 아줌마네 집으로 돌아와 보니 아줌마랑 엄마도 어딜 놀러가셨는지 아무도 없었다. 집으로 오는 내내 아무 말도 없던 녀석은 집에 오자마자 이층으로 휙 올라가 버렸고, 난 멍한 정신으로 소파에 앉아 저녁이 다 되도록 석고상처럼 굳어 TV만 보고 있는 중이다. 물론 눈에 들어오지 않았다. 자꾸만… 자꾸만 뭔가 이상하고 황당한 일을 저질렀다는 생각만 들었다. 그게 아닌데……. 그때 현관에서 시끄러운 소리가 났다. 아줌마랑 엄마가 왔나 보다.

"어머, 세별이 언제 왔니? 은빈이랑 좋은 구경 많이 했어? 10년 만에 와보니까 어떻든? 많이 변했지?"

변하긴 기억도 흐릿해요. 게다가 난 구경은커녕 이상한 쌈질하다 왔단 말예요, 엉엉…….

"세별이 얼굴색이 왜 그래? 어디 아프니?"

"아뇨, 아뇨, 아녜요. 그냥 하도 좋은 구경을 많이 하고 돌아다녔더니 피곤해서… 하하."

그때 쿵쿵 누군가 계단을 내려오는 소리가 들렸다. 누군지 안 봐도 뻔하다. 내려오는 소리 정말 시끄럽다. 두려운 마음을 애써 부여잡고 내려오는 녀석을 슬쩍 돌아보았다. 윽! 코피난 지 한참 시간이 흘렀건만 아직도 코에 휴지 뭉치를 꽉 쑤셔 박고 있는 녀석의 얼굴.

"어머나, 은빈이 너 코에 그게 뭐야? 코피났어?"

아이고오… 설마, 설마 말하진 않겠지? 지도 남잔데 내가 때렸다고 촉새처럼 일러 바치지 않겠지? 난 설마 하는 조마조마한 눈으로 녀석을 쳐다봤지만 녀석의 입에서 흘러나온 한마디는 내 기대를 일순간에 무너뜨리고야 말았다.
"엄마, 저 기집애가 나 때렸어."
순간 어이없다는 아줌마의 눈빛.
"어머, 세별이가 널 왜 때리니? 그리고 너, 세별이한테 기집애가 뭐야, 기집애가? 너 또 버릇없이 굴래? 세별이 봐라, 얼마나 얌전하고 숙녀다워졌니? 옛날 모습은 찾아볼 수도 없잖아."
"진짜예요. 주먹으로 나 때렸단 말이야. 못 믿겠으면 직접 물어봐요."
정말 저 녀석이 근데…….
"세별아"
아줌마가 콧방귀를 픽 끼며 나에게 물었다. 이것참, 아니라고 할 수도 없고…….
"저것 봐, 말 못하잖아. 나 진짜 맞았다니까. 나, 쟤 무서워. 쟤 옆집 사는 거 싫어."
녀석은 마치 일곱 살 난 아이가 심통 부리듯이 말하고는 다시 방으로 휙 올라가 버렸다. 정말 기가 막히다!
"아니, 쟤가 갑자기 왜 저래? 안 하던 짓을 하고. 세별아, 신경 쓰지 마. 아직 어색해서 저러나 보다."
아줌마, 아니에요. 나 어쩌면 언젠가 저 녀석 손에 죽을지도 모른다구요, 엉엉. 그때 이런 내 맘을 아는지 모르는지 엄마가 슬며시 다가와 내 어깨를 잡으며 말했다.

"그나저나 세별아, 은빈이 쟤 너무 근사해지지 않았니? 어쩜, 어렸을 땐 꼭 여자 아이 같더니 저렇게 훤칠하게 잘 컸네. 호호~"

잘 컸네… 잘 컸네? 엄마, 지금 잘 컸다고 말씀하셨나요? 제 눈엔 절대 잘 큰 걸로 보이지 않는걸요! 왠지 내 앞날이 심상치 않을 것 같은 예감에 난 그날 밤도 잠을 설쳤다.

다음날, 드디어 짐이 들어왔다. 뭐 짐이래 봐야 새로 장만한 가구, 가전제품 등등 이런 것뿐이었기 때문에 엄마와 나는 새로 집들이하는 기분으로 즐겁게 집안 정리를 했다. 정리가 다 끝날 무렵,

"세별아, 그러고 보니 비누랑 칫솔 같은 세면도구도 새로 사야겠다. 편의점 가서 얼른 사 와."

엄마의 심부름. 난 입고 있던 후줄근한 츄리닝에 하늘색 잠바를 대충 걸치고 대문을 나섰다.

그런데 순간! 내 눈에 포착된 공포의 인물이 있었으니… 공포의 강은빈!! 난 갑자기 심장이 미친 듯이 방망이질해 대는 걸 느끼며 순간적으로 전봇대 뒤에 몸을 숨겼다. 나도 내가 왜 숨는지 모르겠다. 그냥 무조건 숨어야 한다는 생각이 드는걸. 머리가 그렇게 시키는 걸. 난 호흡을 가다듬고 얼굴을 빼꼼이 내밀어 공포의 인물을 주시했다. 근데 가만 보니 옆에 누군가가 있다. 강은빈이라는 존재를 두려워하고 있는 중이어서 오직 강은빈만 눈에 보였었나 보다. 음, 은빈의 옆에 있는 사람, 여자다. 호리호리하다 못해 가냘파 보이는 쭉 뻗은 몸

매에 새하얀 얼굴, 허리까지 내려오는 긴 생머리. 한마디로 청순가련형이었다. 거기에 발목까지 오는 깔끔한 하얀 원피스에 받쳐 입은 타이트한 청재킷이 너무도 잘 어울리는 여자였다. 여자는 뭐가 그렇게 즐거운지 재잘재잘 얘기하며 은빈을 향해 생글생글 웃고 있었다. 그에 반해 공포의 인물은 시종일관 아무 관심 없다는 듯 무표정으로 일관하고 있었다. 역시 무서운 녀석이야. 근데 저 여자, 도대체 무슨 얘기를 저리도 즐겁게 하는 걸까? 난 나도 모르게 귀를 크게 열고 여자의 목소리에 귀를 기울였다. 들릴 듯 들릴 듯… 들리지 않는 목소리에 집중하고 있는데 순간! 온몸의 신경이란 신경은 다 귀에다 집중하고 있는 나의 어깨를 턱 하니 잡는 여인이 있었으니 어제 아침에 내 눈을 비웃고 밖으로 나가던 은혜였다.

"언니! 여기서 뭐 하는 거야?"

헛!! 은혜야 목소리가 너무 크잖아!! 난 은혜의 입을 콱 막고 그리고 그들이 못 들었길 바라며 그들을 향해 고개를 돌렸지만… 들었나 보다. 은빈은 아무 표정 없는 얼굴에 무서운 눈빛으로, 여자는 뭐냐는 듯한 눈빛으로 날 바라보고 있었다. 윽!

"하하하하하."

난 되지도 않는 어설픈 웃음을 날리며 재빠르게 그들을 향해 달려 나갔다.

"하하, 은빈아, 안녕~ 우리 집 정리 다 끝났는데 뭐 사러 갈 게 있어서 방금 집에서 나오는 길이야, 방금! 난 아무것도 안 들었어! 근데 이 아리따운 숙녀는 누구? 여자 친구? 좋겠다! 하하, 그럼 난 이만 가볼게!"

 난 녀석의 입에서 무시무시한 소리가 터져 나오기 전에 내가 먼저 재빠르게 소리치고는 전방을 향해 달려나갈 태세를 취했다. 하지만 몸을 휙 돌렸을 때 뒤에서 들려오는 소리가 있었으니…

 "기집애, 죽었어."

 녀석의 '죽었어'란 소리 다시 들어도 정말 무섭다. 윽.

 난 골목 모퉁이를 돌아 편의점 안으로 들어갔다. 음. 칫솔이랑 치약, 그리고 비누 역시 생소한 이름의 것들이 많았다. 난 뭐가 좋을까 한참을 고민하다가 칫솔은 2080, 치약도 2080, 비누는 식물나라를 골랐다. 그리고 계산대로 향하려는데 바로 옆에 꽂혀 있는 책과 신문들이 눈에 들어왔다. 그중에서도 눈에 확 들어오는 스포츠 신문의 대문짝만한 기사. 시뻘건 글씨로…

 인기 절정 탤런트 L 양 모델 M 군과 열애설!

 그리고 그 밑엔 미국에 살았을 때 한국 방송에서도 한두 번 본적이 있던 예쁘장한 여자 연예인의 사진, 그리고 또 옆엔 정말 귀공자 분위기를 물씬 풍기는 약간은 거만한 표정의 남자 사진. 근데… 근데 이거 어디선가 본 듯한 얼굴인데. 정말 낯설진 않은 얼굴이었다. 분명 본 적이 있는 생각날 듯 생각날 듯 다시 어렴풋이 흐려져 가고 있는 기억. 난 기억을 붙잡아 보려 신문을 향해 손을 뻗었다. 그런데 그 때!

갑자기 쑥 들어 올려지는 신문. 난 멍하니 생각에 잠겨 있다 느닷없이 올려지는 신문에 고개를 천천히 들었다. 거기엔 아니꼬운 표정으로 신문을 한 부도 아니고 대여섯 개 되어 보이는 신문 뭉치를 모조리 움켜진 공포의 강은빈이 날 바라보고 있었다.

헉!!

"너, 남 훔쳐보는 악취미 있냐?"

"으… 응?"

"아까 나 훔쳐봤잖아. 취미도 참 고상해서. 기분 나쁘게."

인상을 쓰는 녀석. 짙은 눈썹이 오그라드는 게 마치 부챗살 접히는 것 같다.

"아, 아닌데. 너 훔쳐본 거 아냐. 막 집에서 나오던 길……."

"너 누굴 바보로 알아? 이걸 그냥 확!"

녀석이 날 때리려는 듯 손을 높이 들어올렸다. 헉! 때린다. 순간 움찔! 난 몸을 움츠리며 눈을 감았다. 근데 아무런 일도 일어나지 않았다. 조용한 분위기에 나는 슬며시 눈을 떴다. 녀석이 나를 강타했어야 할 무시무시한 손을 거두고 비스듬히 입꼬리를 올리며 날 쳐다보고 있었다.

"너 맞을래? 누가 눈뜨래?"

"너 설마 아까 내가 훔쳐봤다고 때리려고 여기까지 쫓아온 건 아니겠지?"

난 아무 생각 없이 한 말이었는데 녀석, 갑자기 화를 버럭 내며 소리를 질렀다.

"웃기지 마! 누가 널 쫓아와! 내가 그렇게 유치한 놈으로 보이냐? 난 신문 사러 온 거야, 신문!"

그렇게 혼자 버럭 소리를 지르던 녀석은 마지막으로 날 다시 한 번 노려본 후, 대여섯 개 되는 스포츠 신문 뭉치를 몽땅 계산하고 밖으로 획~ 나가 버렸다. 왜 저렇게 오버하는 걸까? 그나저나… 그 모델 얼굴 좀 보려고 했더니만 뭉치로 사버리네. 나쁜 녀석, 보려면 하나로도 충분할 텐데. 난 계산을 하고 편의점 문을 나섰다. 멀지 않은 곳에 은빈이 녀석이 건방진 폼으로 휘적휘적 걸어가고 있었다. 앗, 스포츠 신문 하나만 달래야겠다! 뛰어가는 도중 과연 날 미워하고 있는 저 공포의 강은빈이 신문을 내게 줄까 하는 의문이 들었지만, 어느새 내 손은 녀석의 남방 자락을 붙들고 있는 중이었다. 녀석이 휙 돌아본다. 순간, 지는 해가 만들어내는 주황빛 저녁노을이 녀석의 하얀 얼굴 위로 비췄고, 상큼한 바람이 녀석의 부드러운 머리카락을 살랑살랑 흔들며 지나갔다. 멋지다! 정말 인정하긴 싫지만… 이 녀석, 너무 멋있어졌다!

"뭐야?"

녀석의 무뚝뚝한 음성에 난 제정신으로 돌아왔다.

"으… 응. 스포츠 신문 하나만 보자구……."

이유도 없이 기어들어 가는 내 목소리.

"웃겨. 내가 보여줄 것 같냐?"

"넌 여섯 개나 있잖아. 그거 다 볼 것도 아니면서… 하나만 줘."

순간 픽 웃는 녀석.

"이거 여섯 개. 한. 장. 한. 장. 천.천.히. 넘기면서 다 볼 거야. 여섯 개 다."

한 장 한 장이라는 말에 무지 힘주어 말하는 녀석. 이 녀석이 하는 짓이 왜 이렇게 유치하게 생각되는 걸까? 이 녀석, 날 정말 무지무지 미워하나 보다. 난,

"은빈아, 넌 내가 그렇게 싫으니?"

라고 물어보려다가 관뒀다. 그렇게 물어보면 분명 녀석의 대답은 뻔할 테니까.

"몰라서 묻냐?"

난 혼자 이상한 상상을 하며 한숨을 픽 내쉬었다. 그때 녀석이 힐끔 날 내려다보며 말했다.

"야, 너 학교 다닐 거지?"

학교… 그렇다, 학교가 있지. 미국에 있을 때도 물론 학교는 다녔었다. 다행히도 몇몇 한국 애들이 있어서 적응하기가 훨씬 쉬웠고, 좋은 친구들을 만나 내성적이던 성격이 조금은 밝고 사교적인 성격으로 변했다. 이제 한국에 왔으니 다시 학교를 다녀야겠지.

"응, 다녀야지."

"꼭 우리 학교 와라."

그러면서 녀석은 내게 처음으로 웃음을 보여줬다. 커다랗고 맑은 눈이 반짝하고 빛나며 매혹적인 입술이 보기 좋게 미소 짓는 모습. 웃는 얼굴에서 빛이 나는구나. 역시 웃는 게 훨씬 낫군. 내게 저리도 멋지고 선한 웃음을 보여주다니… 어쩌면 저 녀석은 날 진심으로 싫

어하는 게 아닐지도 몰라.
　난 나도 모르게 가슴이 두근거리는 걸 느끼며, 그리고 내게 처음으로 웃음을 보여준 녀석을 매우 신기해하며, 나도 모르게 기분이 좋아져 크게 소리쳤다.
　"그래, 은빈아! 나 꼭꼭 너네 학교 갈게!!"
　"그래 꼭 와라, 응?"
　녀석은 씨익 웃으며 내 어깨를 툭 쳤다. 순간 녀석의 씨익 웃는 웃음이 왜 나에겐 악마의 미소로 보였을까?
　"우리 학교 오면 내가 날마다 괴롭혀 줄게. 학교 오기 싫을 정도로. 과거에 네가 나한테 했던 짓 10배로 갚아주마. 각오해. ^-^"
　그러면서 녀석은 다시 한 번 천진난만한 미소를 지었다. 그리고는 스포츠 신문 뭉치를 내 츄리닝 바지에 꽉 쑤셔 넣고는 집으로 쏙 들어가 버렸다.
　무서운 놈!! 녀석의 악마 같은 미소가 머리 속에 강하게 박혀 버린 나는, 나도 모르게 부르르 몸을 떨었다. 저 녀석은 진심이야. 정말 저 녀석이 다니는 학교에 가면, 어쩌면 나 괴롭힘만 당하다가 생을 마감할지도 몰라! 절대!! 네 녀석이 다니는 학교에는 가지 않으리!
　나는 비장한 미소를 짓고 집으로 들어갔다. 그리고 들어가자마자 엄마를 향해 냅다 소리쳤다.
　"엄마!! 엄마!! 나 꼭 학교 다녀야 해?"
　"뜬금없이 그게 무슨 소리니?"
　엄마는 수건을 머리에 친친 감고 얼굴에 크림을 바르다 말곤 날 돌아보며 말했다.
"학교, 안 다니면 안 될까?"
"무슨 소리야? 너 대학 안 갈 거야? 대학 가려면 학교를 다녀야지."
"나 대학 별로 안 가고 싶은데……."
"엄마는 너 대학 보내주고 싶은데?"
엄마가 날 슬쩍 노려보며 말한다.
"쓸데없는 소리하지 말고 학교 다녀. 내일 수속 밟아야겠다. 은빈이네 학교로……."
"엄마!!"
순간 온 힘을 모아 소리치자 엄마 역시 깜짝 놀라 소리치셨다.
"아니, 얘가! 왜 소린 지르고 그래!! 깜짝 놀랐잖아!!"
"엄마! 엄마! 나 학교 다닐게, 다닐게. 근데 다른 학교가면 안 돼? 응? 은빈이네 학교 말고 다른 학교!!"
난 악마 같은 녀석의 미소를 떠올리며 몸을 흠칫 떨고는 애원하듯 엄마에게 매달렸다.
"얘가, 얘가! 너 진짜 왜 그래! 은빈이랑 학교 같이 다니면 얼마나 좋아! 옆집 살겠다, 동갑이겠다, 옛날 친구였겠다, 정말 얼마나 좋니? 게다가 넌 은빈이 말고 아는 애도 없잖아."
"있어! 있어! 은혜 있잖아. 은혜네 학교로……."
"은혜는 중3인 거 모르니? 쓸데없는 소리 말고 다녀라, 응? 은빈이 같이 멋있는 애랑 다니면 널 모두 얼마나 부러워하겠니?"

엄마는 진짜 나보다도 은빈이를 더 좋아하는 것 같다!
"엄마, 은빈이가 나 개네 학교 가면 죽도록 괴롭혀 준다고 했단 말이야. 나 무서워. 가기 싫어, 엄마."
나는 간절한 눈으로 엄마를 바라봤지만 엄마는 더 이상 들을 필요도 없다는 듯 콧방귀를 픽 끼고는 날 내보냈다. 엄마, 정말 너무해. 엉엉… 나 은빈이네 학교 가면 생매장당한단 말이야!
난 한숨을 쉬고는 10년 전 여기 살았을 때 내가 썼던 이층 방으로 올라갔다. 예쁘고 깔끔하게 정리된 내 방. 난 조금 전까지의 걱정스런 맘을 잊고 뿌듯하고 기쁜 맘으로 방을 한 번 휙 둘러봤다. 이 집은 특이하게도 방에 창문이 두 개나 있다. 하나는 햇빛이 잘 드는 남향으로 또 하나는 서향으로. 그런데 내 어설픈 기억으로는 저 서향 창문이 아마도 옆집 이층 방 창문하고 마주보게 되어 있는데… 옆집 2층 방이라면 설마… 난 설마 하는 생각에 커튼을 걷고 창문을 드르륵 열었다.
헉!! 그때 내 눈에 보인 것은 활짝 열려진 창문 문턱에 한쪽 팔을 턱 걸치고 다른 한 손엔 담배를 끼고 있는 녀석이었다. 뭘 보냐는 듯, 아무 표정 없는 얼굴로 날 보며 연기를 훅~ 내뿜는 녀석. 역시 담배를 피우는군. 그런데 녀석, 담배 피우다 걸렸는데도 별로 놀라지도 않는다. 난 실망스럽다는 눈으로―그런 눈으로 보려고 노력했다―녀석을 쳐다보며 말했다.
"너 담배도 피우니?"
"시끄러."

"아줌마한테 이른다."

"일러."

헛! 저 건방진 녀석도 아줌마는 무서워하는 줄 알았는데 아닌가?

"우리 엄마한테 일러만 봐. 담배 10개피 물려줄 테니까."

캑!!

"창문 닫아, 이 기집애야."

그 말을 마치고 녀석은 창문을 쾅!! 하고 닫아버렸다. 난 창문을 슬그머니 닫고는 침대에 앉았다. 책상 위에 아까 녀석이 내 츄리닝 바지에 쑤셔 넣었던 스포츠 신문이 눈에 들어왔다. 그래, 맞아. 그 남자 모델, 어디선가 본 것 같았던 남자 모델. 난 신문을 펼쳐 들고 낯익은 그 남자의 얼굴을 유심히 바라보았다. 선량함과 강인함이 동시에 깃들어 있는 듯한 눈동자. 이 눈동자를 분명 어디선가 본 것 같은데… 도무지 생각이 나지 않는다. 머리를 암만 굴려봐도…….

난 한 시간 동안이나 누굴까… 누굴까… 생각해 내려고 머리를 부여잡고 씨름하다가 결국 그냥 잠이 들었다. 그날 밤, 난 밤새도록 그 무서운 녀석이 내 입에 10개피도 넘는 담배를 물리려고 갖은 발악을 하는 무시무시한 꿈으로 또 잠을 설쳤다.

고통스러운 밤이 지나고 다음날, 이곳에 온 이래 설치고, 설치고, 또 설친 탓에 오후 4시가 다 돼서야 눈을 떴다. 눈을 비비며 일층으로 내려가니 엄마가 활짝 웃으며 말씀하신다.

"세별아, 은빈이네 학교 가서 수속 밟고 왔다. 내일부터 다니는 거야. 어때 좋지?"

이럴 수가!!

"엄마, 나랑 상의도 없이 엄마 혼자 가서 맘대로 학교 정하는 게 어디 있어!!"

"어제 얘기 다 했잖니, 오늘 가서 수속 밟는다고. 아까 같이 가려고 깨웠더니 시체마냥 꼼짝도 안 한 게 누군데?"

"엄마 너무해, 진짜!!"

태어나서 엄마를 원망한 적은 한 번도 없었는데 이번만큼은 정말 정말 원망스럽다. 엄마에 대한 원망과 앞으로 밀려올 공포의 기운에 난 어깨를 축 늘어뜨렸다.

미소녀의 등장 '난 한세영이다'

제3장 미소녀의 등장
난 한세영이다

드디어 첫 등교를 하는 날이 밝았다.

"은빈아, 그럼 우리 세별이 잘 부탁한다. 학교에서도 모르는 게 많을 테니까 구경도 시켜주고 알려주고 그래주렴. 친구잖니."

이른 아침부터 엄마는 은빈이네 집으로 직접 가서 안 일어나겠다는 은빈이를 깨우고 준비시켜서 억지로 끌고 나왔다. 나와 함께 등교시키려는 중이시다. 잠이 덜 깬 듯 눈을 비비며 건성으로 고개를 끄덕이는 녀석.

"세별아, 그럼 은빈이 따라 학교 잘 갔다 오렴~"

엄마는 활짝 웃으며 내 머리를 쓰다듬어 주셨다. 엄마가 집으로 들어가자마자 짜증난다는 듯 내게 말하는 은빈.

"씨, 아침부터 이게 뭐야? 1시간이나 일찍 학교를 가라는 거야?"

왠지 미안했다. 근데 지금이 8시인데 그럼 이 녀석은 늘 9시에 등교를 한단 말인가? 등교 시간은 8시 30분으로 알고 있는데.

"음음… 저기, 은빈아, 은혜는? 학교 갔어?"

"걔 맨날 뭐 한다고 더럽게 일찍 간다."

"어, 그래?"

"근데 너, 우리 학교 오랬다고 진짜 오냐? 나참, 내가 그렇게 경고를 했는데 내 말을 똥으로 들었구만."

아닌데, 나도 너네 학교 안 가려고 얼마나 바둥바둥 애를 쓰고 애원했는데. 이건 순전히 엄마가… 엉엉.

"훗, 우리 학교 온 거 후회하게 해주마."

녀석은 그렇게 말하며 앞서 걸어가기 시작했다.

"으, 은빈아, 같이 가!!"

앞서서 걷는 녀석을 따라가 보려고 다리 길이 차이 때문인지 아무리 빨리 걸어도 녀석을 따라잡을 수가 없다.

"여기서 버스 타야 돼."

녀석은 무뚝뚝하게 말하고는 버스 정류장 푯말에 비스듬히 기대어 섰다. 소곤소곤 들려오는 여자 아이들의 목소리.

"앗, 저기 은빈 오빠다."

"어디어디? 헛, 정말이네. 웬일이야, 이렇게 이른 시간에 학교를 가고? 무슨 일 있나?"

"무슨 일 있음 어때? 아, 오빠랑 같이 버스 타겠다."

"근데 저기 옆에 있는 여자는 누구지?"

난 나를 지목하는 듯한 말에 슬쩍 고개를 돌려 여자 아이들을 바라보았다. 2:8 단발머리에 작은 체구의 호리호리한 여자 아이와 어깨까지 내려오는 생머리에 새침한 얼굴을 하고 있는 여자 아이가 입을 삐죽이며 날 쳐다보고 있었다.

"뭐야? 왜 오빠 옆에 서 있지?"

"몰라. 얼굴도 못생긴 게."

난 고개를 돌리고는 은근슬쩍 은빈이 옆 자리를 벗어나 조금 멀리 떨어진 곳으로 자리를 옮겨 섰다. 너의 옆에 서 있음으로 인해 괜한 욕을 먹고 싶지는 않구나. 순간 떨어져 있는 나의 손목을 홱~ 끌어당기며 말하는 은빈.

"버스 왔다. 타."

앗, 손을, 손을!! 난 은빈의 손에 이끌려 버스를 탔다. 왠지 뒤통수가 따가워 슬쩍 고개를 돌려보니 아까 그 여자 아이들이 뭐라고 소곤거리며 날 노려보고 있었다. 그때 어디선가 들어본 듯한 음성이 들렸다.

"어, 은빈이 형!! 웬일이야, 이 시간에 버스를 타고?"

"씨, 시끄러."

고개를 돌려보니 얼마 전 은빈이 녀석 손에 이끌려 태권도장에서 날 때리려는 은빈이 녀석을 막아주었던 남자 아이가 눈을 동그랗게 뜨고 나와 은빈을 번갈아 보고 있었다. 헛! 그때 못 볼 꼴을 보였는데. 분명 저 아이도 내가 은빈이 녀석을 때려서 코피 냈다고 오해하고 있을 거야. 아, 그건 오해가 아니라 사실이지.

"어, 그때 그 형, 맞지? 그때 우리 체육관에서."

난 어설픈 웃음을 지으며 그 아이에게 말했다.

"하하, 안녕하세요?"

"이 자식 내 후배야. 안녕하세요는 무슨."

녀석이 픽 웃으며 말했다.

"그리고 얘는 나랑 동갑이다."

동갑이다. 절대 친구라고는 말하지 않는군. 왠지 조금 씁쓸하게 아파오는 마음에 혼자 피식 웃고 있는데 남자 아이의 밝은 목소리가 들렸다.

"안녕하세요, 누나! 전 은빈이 형 후배 한지호라고 해요! 하하, 누나 그때 그 펀치 정말 멋졌어요! 멋있어요, 누나!!"

헉!! 어느새 버스 안에 있던 학생들과 사람들이 모두 날 쳐다보고 있었다. 펀치라니… 그건 펀치가 아니라 날 방어하기 위한 본능이었고 그건 정당방위였는데. 무지 창피하고 속이 쓰렸지만 난 애써 웃으며 자신을 지호라고 소개한 그 남자 아이에게 이렇게 말해 주었다.

"하하, 그래. 지호야, 고맙다."

대체 뭐가 고마운 건지?

"누나! 소개 좀 해주세요!"

소개라니, 무슨?

"은세별이라고, 옛날에 우리 옆집 살다 이사 갔는데 다시 우리 옆집으로 이사 왔다. 오늘부터 우리 학교 다닐 거야."

대신 말해 주는 은빈.

"와, 정말이에요? 그럼 이제부터 자주자주 볼 수 있겠네요!"

그러더니 지호는 천사 같은 미소를 날린 후 그 미소와는 어울리지 않는 말을 하며 날 경악하게 만들었다.

"근데 누나, 태권도 배워볼 생각 없어요? 그때 보니까 주먹이 예사롭지 않던데 우리 도장 와요! 네?"

캑! 지호야, 제발 다른 사람들 시선도 좀 생각하면서 말해주겠니? 버스가 멈추자마자 난 굴러 떨어지다시피 후닥닥 버스에서 내렸다. 뒤에서 쿡쿡 사람들의 웃음소리가 들려온다.

"세별이 누나, 같이 가요!"

뒤에서 들리는 지호의 목소리. 더욱더 창피함을 느끼며 뛰어가려는데 은빈이 녀석의 목소리가 들려왔다.

"등신. 학교가 어딘지도 모르면서 혼자 앞질러 가요."

그렇지, 난 이 학교에 처음 오지. 걸음을 멈추고 기다렸다가 그들과 함께 학교로 향했다. 학교 건물이 가까워지자 예쁘게 교복을 입은 학생들도 눈에 띄었다. 군청색의 깔끔하고 심플한 멋진 교복. 나는 아직 교복을 맞추지 못한 관계로 사복이다. 사복을 입고 학교 교문을 들어서는 나를 힐끔힐끔 쳐다보는 학생들.

"뭘 봐? 눈 안 돌려?"

은빈의 무서운 한마디에 흠칫 놀라며 고개를 돌리는 학생들. 미국에서 학교 다닐 때도 은빈이 같은 녀석이 있었다. 자기가 마치 왕인 듯, 모든 아이들을 깔아뭉개며 나대고 다니는 녀석. 역시 학교는 어딜 가나 다 비슷비슷한 것 같다.
"너 지호랑 같이 들어가라."
은빈은 그렇게 말한 후 교문을 바로 눈앞에 두고 몸을 돌렸다.
"어? 은빈이, 너 어디 가는데?"
"알아서 뭐 하게?"
"형, 간만에 학교도 일찍 왔는데 같이 들어가자! 이 누나 오늘 학교도 처음이라며."
"야, 한지호."
"응? 왜?"
눈을 멀뚱멀뚱 뜨고 은빈을 바라보는 귀여운 지호.
"오늘 너에게 임무를 부여하겠다. 저 어리버리 교무실로 데려다 주고, 시간나면 학교 구경도 시켜주고, 모르는 거 물어보면 대답해 주고 그래라. 알았냐?"
어리버리? 그 말을 마치고 은빈은 몸을 돌리더니 휘적휘적 모퉁이를 돌아갔다. 어딜 가는 거니, 대체? 저게 소위 말하는 땡땡이?
"형도 참……."
지호는 녀석이 사라진 모퉁이를 바라보다가 다시 밝게 웃으며 말했다.
"가요, 누나. ^-^"
지호는 성격이 참 밝고 명랑한 것 같다. 그에 비해 은빈이 녀석은 어두침침 그 자체. 은빈이가 지호 반만 닮았으면. 그때,
"지호야!!"

크게 들려오는 여자 아이들의 목소리. 우르르 몰려와서 지호를 에워싸는 대여섯 명의 여자 아이들. 뭐지?

"우리 귀염둥이 지호! 아직 학교 안 들어갔네? 누나들이랑 같이 들어가자!"

라고 말하며 지호를 끌고 교문 안으로 들어가려는 여자 아이들.

"앗, 안 돼요! 누나, 잠깐만요!"

여자 아이들 사이로 소리치는 지호의 얼굴이 보인다. 캑! 귀염둥이 지호? 누나들한테 인기 많은가 보네, 훗! 난 무시무시한 여인들에게 에워싸여 사라진 지호를 생각하며 쿡쿡 웃고는 교문을 들어섰다 .

역시나 사복을 입어서 그런지 아이들이 뭐냐는 듯이 쳐다본다. 후우… 난 한숨을 내쉬며 건물을 획~ 쳐다보고 발걸음을 옮겼다. 그런데 대체 어디로 가야 하지? 그냥 아무 교실이나 들어가는 건 안 될 텐데. 어디론가 사라져 버린 은빈이. 그리고 여자들에게 에워싸여 사라져 버린 지호를 조금 원망하는 순간,

"쿡! 뭐야? 전학생인가?"

낯선 남자의 음성에 고개를 들어보니 얼굴에 밴드를 척 하니 붙이고 입술은 온통 터진, 스포츠 머리의 우락부락하게 생긴 남자가 날 내려다보고 있었다. 뭐야?

"따라와!"

남자는 그렇게 말하며 내 손목을 확~ 휘어잡고 어디론가 끌고 가기 시작했다.

"뭐야!! 아파요!! 이거 놔요!!"

난 거칠게 날 끌고 가는 남자의 손을 뿌리치려 발악을 했지만 남자는 조금의 미동도 없이 날 질질 끌고 갔다. 뭐야, 진짜!! 한참 질질 끌려가 내동댕이쳐진 곳은 창고로 보이는 후미진 건물 안. 내동댕이쳐지면서 까진 무릎을 매만지며 고개를 들어보니… 헉! 5명 정도의 남자들이 실실 웃으며 날 내려다보고 있었다. 모두 하나같이 불량스러워 보이는 놈들.

"너 신고식이라는 거 아냐?"

날 개 끌듯 질질 끌고 왔던 우락부락한 남자가 내 고개를 들어 올리며 말했다. 신고식?

"쿡, 진짜 어리버리하게도 생겼네."

그렇게 말하면서 놈은 일어서려는 나를 다시금 쓰러뜨렸다. 헉!! 지금 뭐야! 난 소스라치게 놀라며 놈을 밀어냈지만 놈은 내 머리통을 무지막지하게 후려치고는 소리를 질렀다.

"가만 있어! 움직이면 죽여 버린다!"

지금 이 상황은, 이 상황은?! 누가 좀 도와줘!! 은빈아!! 지호야!! 눈앞이 뿌옇게 흐려지며 입 밖으로 나오지 않는 무언의 비명을 내지르는데 순간 갑자기 내 위에 있던 놈이 무언가에 맞아 저만치 나가떨어졌다. 난 놈이 떨어져 나가자마자 몸서리치며 몸을 벌떡 일으켰다. 헉… 헉……. 미친 듯이 방망이질쳐 대는 심장을 부여잡고 떨어져 나간 놈을 바라보았다. 놈의 이마가 훌러덩 까져서 피가 질질 흐르고 있었고, 그 옆에는 놈의 이마를 강타한 반 잘려진 깡통이 굴러다니고 있었다. 난 얼른 뒤를 돌아보았다. 창고 문에 손을 얹고 무언가를 던진 포즈 그대로 서 있는, 믿을 수 없을 만큼 예쁜 미소녀. 우와—!! 난 눈을 크게 뜨고 그 미소녀를 바라보았다. 단발이라 하기에는 약간 긴, 목 언저리를 덮는 머리, 커다랗다 못해 튀어나올 것 같은 눈망울, 오똑한 코, 그리고 장미처럼 붉은 입술, 거기에 그 얼굴에서 뿜어져 나오는 묘한 기운이 그 애를 더욱 빛나고 매력있게 만들어주고 있었다.

"뭐야, 쟤?"

"윤수 형, 괜찮아?"

어느새 조금 시끄러워진 주위. 뒤를 돌아다보니 이마에 흐르는 피를 소매로 닦으며 일어나는 우락부락한 놈이 보였다. 그리고 그 주위를 에워싸고 의문의 미소녀를 황홀한 눈으로 쳐다보는 불량스런 놈들.

"뭐야. 쟤도 전학생이야?"

놈의 말에 다시 한 번 미소녀를 쳐다보니… 그랬다. 그 애도 나처럼 교복이 아닌 사복을 입고 있었다. 흰 티에 걸친 빨간색 체크 남방, 베이지 색 바지. 정말 전학생인가? 순간 다가가기 시작하는 우락부락한 놈.

"뭐야? 얘가 훨씬 예쁘잖아. 얼굴은 이렇게 예쁜데, 저런 걸 사람 얼굴에 던지면 혼나요."

말하며 미소녀에게 다가가는 놈.

"닥치고, 열 셀 동안 저 똘마니들 끌고 꺼져라."

미소녀의 입에서 흘러나온 약간은 중성적이고 허스키한 음성. 그러자 놈이 픽 웃으며 말했다.

"쿡! 지금 뭐라고 했냐? 이게 예쁘다고 봐주려니까……."

순간 말을 마치지도 못한 녀석의 등을 확 휘어잡고 무릎으로 놈의 복부를 멋지게 강타하는 그 아이!

"컥—!!"

놈의 신음 소리가 어두컴컴한 창고를 울렸다. 헉! 멋지다—!! 내가 감탄에 빠져 있는 동안, 똘마니들은 데굴데굴 구르고 있는 우락부락한 놈을 데리고 밖으로 휙 하니 사라지고 있었다. 난 멍한 눈으로 문에 기대 서 있는 그 아이를 바라보았다.

"그렇게 멍한 표정 짓지 마. 그런 표정 짓고 다니니까 똘마니 같은 놈들이 꼬이는 거라고. 안 나와? 너도 전학생 아니야?"

"응? 응."

난 그제야 정신을 차리고 후들거리는 다리를 간신히 옮겼다.

"저기, 고마워."

난 그 아이의 조각 같은 옆모습을 쳐다보며 말했다. 정말 아무리 봐도, 이리 보고, 저리 봐도 같은 여자가 봐도 너무 예쁘다. 부럽다. 멍하니 그 애를 쳐다보자 그 애가 꽃잎 같은 붉은 입술을 열며 말한다.

"나도 전학생이야."

짧게 내뱉고 고개를 돌려 날 내려다보는 그 아이. 그러고 보니 키도 크다. 은빈이 만큼은 아니지만 내가 그 애를 쳐다보려면 고개를 뒤로 젖혀야 할 정도. 그때 들리는 목소리.

"어, 누나?"

고개를 돌려보니 지호가 헝클어진 머리 그대로―아마도 아까 끌려 다닐 때 그렇게 된 듯―우릴 향해 천천히 다가오고 있었다.

"아, 지호야."

"누나! 누나, 괜찮아요? 내 친구가 아까 운동장에서 사복 입은 여자가 끌려갔다고 말해 주길래……."

그렇게 말하면서 지호는 내가 아닌 미소녀를 뚫어지게 쳐다보았다.

"응? 응, 괜찮아. 이 애가 나 구해줬어."

싱긋 웃으며 미소녀를 올려다보려고 고개를 드는데 어느새 등을 돌려 저만치 걸어가고 있는 그 애.

"어? 어?"

"누나, 미안해요. 아까는 누나들 땜에……."

그렇게 말하면서 지호는 또 멀어지는 그 미소녀의 뒷모습을 묘한 표정으로 뚫어지게 바라보고 있었다. 뭐야, 첫눈에 반한 거야? 하하.

"어, 괜찮아! 나 멀쩡해. 근데 지호야, 저 여자 맘에 드니?"

순간 확 굳어버리는 지호의 얼굴. 응? 내가 뭘 잘못 말했나?

"가요, 누나. ^-^"

금세 얼굴을 풀고 활짝 웃는 지호. 난 어리둥절한 기분으로 지호를 따라 교무실에 갔다. 그리고 담임 선생님을 만났다. 마흔 정도 되어 보이는, 뿔테안경을 쓴 전형적인 남자 선생님. 담임 선생님이 내게 한 첫마디.

"그래, 미국에서 살다 왔다고? 어렸을 때 갔다는데 한국 말은 할 줄 아니?"

헉! 솔직히 말하면 나 영어는 잘 못한다. 한국 말을 휘얼씬~ 잘한다!! 부모님도 한국 분이고, 학교 다닐 때도 미국 애들 사이에 간간히 끼어 있는 한국 애들하고만 어울렸었는데 어찌 한국 말을 못하랴.

"하하, 선생님, 저 한국 말 잘해요."

"오, 그래? 그런데 강은빈, 그 녀석 옆집에 산다고?"

"네. 그런데 왜요?"

"어제 너희 어머니가 네가 꼭 은빈이와 같은 반에 가야 한다고 어찌나 우기시던지… 옆집 살고 옛날 친구라나 뭐라나 그러면서."

윽!

"내가 1학년 반에서 기초부터 배우는 게 좋다고 말씀드렸는데도 막무가내로 그 녀석하고 같은 반으로 넣어달라고 우기시더구나."

정말 우리 엄마지만 너무한다. 진짜 너무한다!

"괜찮겠니? 네가 원한다면 어머니 의사는 좀 뒤로 미뤄도 될 것 같은데. 학교는 네가 다니는 거니까 네 의사가 더 중요하지 않겠니?"

"하하, 괜찮아요, 선생님. 2학년으로 갈게요."

그렇게 말하면서 나는 애써 웃어 보였다. 만약 엄마의 의사를 번복한다면 난 엄마한테 죽음이다!! 이런 상상 하며 한숨을 폭 쉬는데 내 귀에 들리는 선생님의 나지막한 음성.

"아차, 그러고 보니 전학생이 한 명 또 있는데……."

교실 안.

"자, 오늘부터 우리와 함께 공부하게 된 두 명의 친구다. 먼저 은세별. 어렸을 때 미국으로 이민 갔다가 다시 한국에 오게 됐다. 자, 나와서 인사해."

순간 미국에서 왔다는 말에 웅성웅성 시끄러워지는 교실. 난 지금, 앞으로 내가 공부할 교실에서 기가 막히게도 같은 반으로 전학 온 미소녀를 바라보며 교단 앞으로 나갈 준비를 하고 있다. 헐헐, 같은 반에 전학을 오다니⋯ 미소녀야, 우린 친구가 될 운명인가 봐! 난 조금 흥분되는 마음으로 교단 앞에 섰다. 아이들의 낯설고, 생소한 눈빛. 이 아이들은 나와 같은 한국인이다. 금세 친해질 수 있을 거야.

"아, 안녕? 난 은세별이라고 해. 만나서 반가워."

짧게 인사를 끝내려는데 순간 크게 들려오는 음성.

"미국 살다 왔냐? 그럼 영어로 인사해 봐!!"

주위의 깔깔대는 웃음소리.

"Hi, My name is sea-byoul Eun. Nice to meet you."

"뭐야, 초등학생도 하는 기본 영어잖아! 좀 더 멋진 거 없냐?"

왠지 놀림받고 있는 듯한 분위기, 아니, 듯한 게 아니라 정말 놀림받는 분위기. 난 붉어진 얼굴을 매만지며 교단에서 내려갔다. 후끈후끈 달아오르는 얼굴을 식히려 두 손으로 뺨을 감싸고 미소녀를 쳐다보는데 어느새 교단에 올라가 있는 미소녀. 주위에서 들리는 아이들의 음성.

"얼굴 예술이다. 저거 배우 해도 되겠는데?"

"야, 야, 내 꺼야. 내가 찜했어. 건들면 죽어!"

남자들은 호기심과 황홀함이 섞인 눈으로, 여자들은 뭔가 못마땅한 듯한 눈으로 그 애를 쳐다보고 있었다.

"한세영이라고 한다. 미리 말해 두겠지만 나한테 태클 거는 놈들은 죽는다."

미소녀는 너무도 예쁘고 매력적인 얼굴로 그런 말을 아무렇지도 않게 내뱉고 교단에서 내려갔다. 무지 터프한 것 같다. 꼭 과거의 내 모습을 보는 듯하다. 풋!

"아직 모든 게 낯설 테니 너희들이 잘해줘라. 음, 그럼 저기 두 자리 비었으니 저리로 가서 앉도록."

오옷! 바로 옆 자리에 앉게 되다니! 나는 두근두근 설레는 맘으로 담임 선생님이 지시한 자리로 가서 조심스럽게 앉았다. 그리고 날 따라 내 옆에 앉는 미소녀.

"하하하, 이름이 세영이구나. 같은 반으로 전학 오게 되다니 우린 친구가 될 인연인가 보다, 그치?"

내 말에 훗 하고 웃는 세영. 웃는 모습도 너무 예쁘다.

"앞으로 잘 지내보자!"

싱긋 웃으며 말을 하는데 주위의 모든 남자들, 세영이만 힐끔힐끔 쳐다보고 있다. 역시 예쁘긴 예쁜가 보다. 그때 바로 뒤에서 속삭이듯 들리는 낯익은 음성.

"어리버리, 너 간이 붓다 못해 터져 버렸나 보다?"

흠칫 놀라 돌아보니 아침에 교문 앞에서 등을 돌리고 어디론가 사라져 버렸던 은빈이 다 채우지 않은 셔츠 깃을 올려 세우며 건방진

폼으로 앉아 무표정하게 날 바라보고 있었다. 윽!

"누가 우리 반으로 오래?"

"그, 그건 엄마가······."

그러자 쿡 하며 웃는 은빈.

"그런데 너 언제 온 거야? 어디 갔다 왔어?"

"신경 끄랬지."

그렇게 말하면서 내 뒤로 바짝 다가와 귀에 대고 속삭이는 은빈.

"내가 한 말 잊지 않았겠지? 과거에 네가 했던 짓, 10배로 갚아준다고. 우리 반으로 왔으니까 20배로 늘린다."

억! 죽을 날이 다가오려나 보다. 학교도 처음 나왔는데, 이런.

"근데 이건 또 뭐야?"

은빈이 눈으로 세영의 뒷모습을 훑어보며 말했다.

"응. 정말 우연스럽게도 오늘, 그것도 같은 반에 전학 온 한세영이라는 애야. 은빈아, 세영이 정말 예쁘지?"

내 말에 느닷없이 세영의 어깨를 잡아 확 돌려세우는 은빈. 굳게 다문 빨간 입술의 세영 무표정한 얼굴로 녀석을 응시하고 있다. 피식 웃으며 어깨를 잡은 손을 놓고 은빈이 녀석이 말한다.

"쿡! 그래, 이쁘네."

그렇게 말하며 묘한 미소를 짓는 은빈. 뜻 모를 그 미소가 내 머리 속에서 떠나지 않으며 불길한 예감을 자아냈다. 그렇게 무지 길 것만 같았던 하루가 그럭저럭 지나갔다. 과거에 내가 했던 짓을 20배 갚아준다던 은빈이 녀석은 수업 시간 내내 조용히 잠만 잤고 어느덧 청소 시간이 되었다. 빗자루로 바닥을 열심히 쓸다가 고개를 들어보니 가방을 아무렇게나 둘러메고 교실을 나가려는 은빈의 모습이 눈에 들어왔다.

"어? 은빈아, 어디 가!"

나의 외침에 갑자기 나에게 쏠린 아이들의 시선. 모두 조금은 놀란 표정. 내가 뭘 잘못 말했나?

"으, 은빈아, 청소도 안 하고 어디 가니?"

"집."

어느새 은빈의 몸은 문 밖으로 나가 있었다. 귀찮다는 듯 고개만 쏙 내밀고 말하는 은빈.

"같이 가! 나 집에 가는 길 모른단 말야!"

"너 바보냐? 아침에 같이 버스 타고 왔잖아."

"나 길치란 말이야! 적어도 서너 번은 왔다 갔다 해야 간신히 외워! 기다려. 나도 같이 가!"

난 말을 마치고 빗자루를 내던지고 후다닥 자리로 달려갔다. 가방을 대충 걸치고 은빈이가 서 있는 문밖으로 달음질쳤다. 이 모든 행동에 소요된 시간 3초!!

"야, 넌 청소하고 종례까지 마치고 와. 첫날부터 담임한테 찍히고 싶냐?"

"종례? 그게 뭔데?"

순간 한숨을 픽 내쉬며 고개를 돌리는 은빈.

"헛소리하지 말고 청소 후 자리에 앉아 있어. 그럼 그게 뭔지 다

알게 되니까."

눈앞에 쑥 올라오는 막대기와 함께 들리는 선생님의 음성.

"강은빈! 은세별! 이 자식들, 지금 뭐 하는 거야?"

헉!! 깜짝 놀라 고개를 돌려보니 나와 은빈이 사이에 위협적인 막대기를 척 하니 세우고 무서운 표정을 짓고 있는 담임 선생님이 보였다.

"강은빈, 이 자식 또 도망가려고! 그리고 은세별은 왜 끌고 가! 학교 처음 온 애 물들이냐? 엉?"

"아니에요! 얘가 나 따라 오려고 한 거란 말예요!"

인상 쓰며 선생님께 대드는 은빈. 결국 나와 은빈은 아주 모범적으로 열심히 청소를 하고 자리에 앉았다. 청소하는 내내 은빈의 투덜거림에 무섭고 미안한 마음이 동시에 들었다.

"하여튼 평생에 도움이 안 돼. 어렸을 때도 그렇게 못살게 굴더니만, 왜 또 나타나서 태클을 거는 거야?"

뒤에서 들려오는 투덜거림. 잔뜩 몸을 앞으로 당기려다가 옆을 보니 청소할 때 어디론가 사라졌다가 다시 나타난 세영이가 엎드려 자고 있다. 그때 나에게 살며시 다가오는 여자 아이. 단발머리에 동그란 눈이 귀여운 여자 아이가 속삭이듯 조용히 묻는다.

"너, 은빈이 아니? 어떤 사이야?"

"응. 아는데, 왜?"

"아니, 은빈이가 여자랑 그렇게 얘기하는 걸 처음 봐서. 은빈이는 여자랑 말도 잘 안 하거든."

"설마, 그럴 리가."

"넌 모르겠지만 은빈이 여자랑은 절대 어울려 지내지 않아. 솔직히 말해서 은빈이가 후배랑 동그뱅, 그리고 선배 언니들한테까지도 인기가 많거든. 그런데 여자랑 재밌게 얘기한다든가 친하게 지내는 걸 본 적이 없어."

무슨 소리야? 얼마 전에도 은빈이네 집 앞에서 아리따운 여자랑 얘기하는 걸 직접 목격했구만.

"아닌데?"

"어쨌든 신기하다."

그러면서 그 아이는 은근슬쩍 은빈을 소개시켜 달라는 식으로 내게 말을 하고 자기 자리로 돌아갔다. 여자랑 얘기도 잘 안 하고 어울려 지내지도 않는다고? 설마 저 녀석, 여자를 싫어하나? 그러면 얼마 전 봤던 그 여자는? 여자 친구 같았는데. 그나저나 저 녀석이 그렇게 인기가 많다니. 하긴 얼굴이 잘생겼으니까. 뒤죽박죽 밀려오는 생각에 머리가 조금씩 어지러워지려고 하는데,

"내일 보자."

라는 세영이의 말이 들려왔다. 고개를 들어보니 어느새 종례가 끝났는지 아이들이 하나둘씩 나가고 있었고 세영도 가방을 메며 일어서고 있었다.

"응, 그래. 세영아, 내일 보자!"

난 싱긋 웃으며 인사를 하고 가방을 메고 일어섰다. 그리고 돌아보니… 헉!! 어느새 나갔는지 은빈이 없었다. 내가 같이 가자고

그렇게 말했건만 도대체 이 녀석은!! 난 후닥닥 가방을 둘러메고 쏜살같이 교실을 빠져나왔다. 정신없이 건물을 벗어나 운동장으로 향하려는데,

"누나!!"

이제는 조금 익숙해진 지호의 음성. 고개를 돌려보니 지호가 부드러운 머리카락을 바람에 휘날리며 달려오고 있었다.

"어? 지호야."

"누나, 집에 가요? 근데 은빈이 형은?"

"응, 먼저 갔나 봐. 나 길치라서 집에 같이 가자고 그렇게 말했는데."

내 울먹이는 말에 입에 손을 대고 쿡쿡 웃기 시작하는 지호. 그런데 순간 쿡쿡 웃던 지호의 얼굴이 갑자기 흙빛이 되더니 느닷없이 내 손목을 움켜잡고 달리기 시작했다. 헉!!

"지, 지호야!! 왜 이래!!"

난 질질 끌려가며 소리쳤지만 지호는 온 힘을 다해, 정말 온 힘을 다해 나를 끌고 열심히 달렸다. 뭐, 뭐야? 왜 이러는 거야!

건물 모퉁이를 돌아 소각장이 보이는 곳까지 왔을 때야 비로소 지호는 내 손을 놓아주고 헉헉거리며 숨을 몰아쉬었다.

"헉! 헉!"

땀까지 흘리며 숨을 몰아쉬는 지호.

"지호야, 왜 그래?"

"헉! 헉! 미, 미안해요. 누나, 누나들 때문에."

누나들이라 함은 오늘 아침에 본, 지호를 휘어잡고 사라졌던 그 여인네들을 말하는 것이리라.
"그 누나들한테 잡히면 적어도 1시간은 못 빠져나온단 말예요."
그렇게 말하며 이마에 흐르는 땀을 닦아내는 불쌍한 지호. 정말 귀엽고 곱상한 외모의 소유자 지호는 누나들에게 인기가 많은가 보다.
"누나, 우리 소각장 담 넘어가요."
"응?"
"소각장 담 넘어가면 지름길 있어요."
평소 많이 넘어봤나 보다, 그런 것까지 알고 있는 걸 보면. 난 지호를 따라 소각장 담벼락으로 가서 담을 넘기 위해 지호가 쌓아놓은 상자와 돌덩이를 딛고 일어섰다. 다행히 담이 그리 높지 않아 수월하게 담을 넘었고 지호도 곧 담을 넘어왔다.
"그런데 지호야, 너 은빈이네 집 가는 길 아니?"
"네, 알아요. 누나 은빈이 형네 옆집으로 이사 왔다고 했죠?"
"응. 나 가는 길 좀 알려줄래? 아침에 정신이 없어서 버스랑 길을 못 외웠거든."
"데려다 줄게요. ^-^"
그렇게 말하면서 지호는 나보다 조금 앞서서 걷기 시작했다. 지호는 정말 착한 것 같다. 그 누구와는 정말 다르게 말이다. 물끄러미 지호의 뒷모습을 보며 걷다가 문득 든 생각. 은빈이가 여자랑 말을 잘 하지 않는다던 단발머리 여자 아이의 말. 지호라면 좀 더 자세하게 알고 있지 않을까? 난 걸음을 빨리 해 지호의 옆에 다가가 말을 걸었다.

"그런데 지호야, 은빈이가 여자랑 말도 잘 안 하고 어울려 지내지도 않는다는 게 정말이야?"

내 물음에 고개를 돌려 말하는 지호.

"네, 은빈이 형 여자랑 말 잘 안 해요. 여자랑 같이 있는 거 본 적도 없고."

"확실해?"

"제가 봐온 바로는 그래요. 그래서 도장에 은빈이 형이 누나 끌고 왔을 때 정말 놀랐어요."

그렇게 말하고 조용한 음성으로 말을 잇는 지호.

"은빈이 형은 여자 싫어해요."

순간 쿵하고 크게 내려앉는 심장. 은빈이 형은 여자 싫어해요… 지호의 음성이 내 귓가에서 빙빙 돌며 내 머리 속을 어지럽히기 시작했다. 설마…….

"어렸을 때, 은빈이 형 동네에 맨날 쌈질만 하고 다니는 골목대장 여자 아이한테 괴롭힘을 많이 당했대요."

지호의 말에 머리 속이 멍해지며 난 잠시 아찔한 기분에 사로잡혀 버렸다.

"그리고 그 여자 아이는 이사 갔는데 워낙 많이 시달렸던지라 그 때부터 혐오증 비슷하게 여자를 싫어하고 성격도 거칠어지고 그랬다나 봐요."

쿵쿵하고 떨려오는 심장. 이건… 이건 내가 생각했던 것보다 훨씬 심각하다.

"이 얘기, 은빈이 형한테는 하지 마요. 화낼 거예요, 아마. 어렸을 때 얘기 하는 거 엄청 싫어하거든요."

아무 말 없이 멍한 표정으로 고개를 끄덕거리는데 다시 아려오는 마음 한구석.

"그런데 누나는 언제 이사한 거예요?"

지호는 눈치 채지 못했나 보다, 내가 바로 그 여자 아이라는 걸.

"응, 옛날에."

그렇게 얼버무리며 한숨을 폭 내쉬는데 장난스럽게 들려오는 지호의 음성.

"근데 옛날 옆집 살 때 누나랑 형이랑 되게 친했나 봐요? 저도 은빈이 형이 가족 말고 여자랑 그렇게 얘기하는 건 첨 봤거든요. 형이 누나 끌고 도장 왔을 때 어찌나 신기하던지. 친목 대결까지 하고. 옛날에 둘이 진짜 친했나 봐요."

"아니야, 친하긴."

"은빈이 형, 정말 여자 싫어하는 줄 알았는데, 여성혐오증 심각한 줄 알았는데 다행이에요! 그래도 누나랑은……."

뿌옇게 흐려져 버리는 눈. 왜였을까? 여성혐오증이라는 말에 이토록 가슴이 아려올 줄이야. 나 때문에… 나 때문에…….

"어? 누나, 왜 그래요?"

지호의 놀란 음성에 난 눈물을 후닥닥 훔쳐 내고 지호를 보며 아무렇지도 않은 듯 밝게 웃었다

"하하, 눈에 먼지가 들어갔나 봐. 지호야! 누나가 맛있는 거 사줄까? 뭐 먹고 싶은 거 있어? 누나가 사줄게!!"

"누나."

"괜찮아! 괜찮아! 사준다니까!"

그렇게 말하며 지호를 이끄는데 곤란해하는 지호의 표정. 앗, 내가 너무 오버했나 보다.

"오늘 우리 모임있어요. 거기서 배 터지게 왕창 먹을 수 있는데."

"어, 그래? 근데 모임이라니?"

"애들하고 아는 형들이랑 만든 조그만 소모임이에요. 맘 맞는 사람들끼리 어울려서 얘기하고 뭐 그러는 거죠."

"아, 그래?"

"누나도 한번 가볼래요?"

"내, 내가? 내, 내가 왜? 맘 맞는 사람들끼리 어울리는 모임에 내가 왜?"

"학교 생활에 가장 빨리 적응할 수 있는 방법이에요. 애들이랑 어울리다 보면 금방 적응해요. 가요, 누나. 재밌다니까요!!"

내가 말할 틈도 주지 않고 날 이끄는 지호. 내가 가도 되긴 되는 건가?

얼떨결에 지호의 손에 끌려온 곳. 흰 바탕에 심플한 검은 글씨로 베르샤유라고 써 있는 간판.

"지, 지호야, 잠깐만. 나 그냥 집에 가……."

"괜찮다니까요!"

막무가내로 날 끌고 올라가는 지호. 유리문을 밀고 안으로 들어가자 조금 어두컴컴한 조명에 가지런히 놓여 있는 원통형의 나무 탁자들.

"어, 한지호!"

지호를 부르는 음성에 고개를 돌려보니 대여섯 명의 남자 아이들이 앉아 얘기를 나누는 모습이 눈에 들어왔다. 지호의 손에 끌려 느릿느릿 그들에게 다가가노라니.

"엇! 웬 여자?"

하고 들려오는 굵직한 음성들.

"오늘 전학 온 누나야! 어때? 예쁘지?"

지호의 말에 쿡쿡거리며 웃기 시작하는 그들.

"푸하하, 누나? 하여튼 한지호, 넌 동갑이나 연하는 절대 안 되냐? 어떻게 맨날 늙다리 누나들하고만 놀려고 그러냐?"

윽, 늙다리 누나?

"우씨, 아냐! 은빈이 형 친구란 말야!"

그 말에 일순간 쥐 죽은 듯 싸악 조용해진 주위.

"으, 은빈이?"

"너 농담하는 거지? 은빈이 녀석 친구 중에 여자가 어딨어!!"

"진짜야, 형! 옛날에 은빈이 형네 옆집 살다 이사 갔는데 다시 이사 온 거래."

지호의 말을 믿을 수 없다는 듯 눈을 크게 뜨고 날 보는 스포츠 머리의 남자 아이. 그렇게 놀라운 것이란 말인가?

"이 누나 오늘 학교 첨이고 그래서 적응시켜 주려고 데리고 왔어! 같이 놀자."

그렇게 말하면서 지호는 의자에 앉고 날 옆에 눌러앉혔다. 난 아이들을 바라보며 어설픈 웃음을 날렸다.

"하하, 아, 안녕? 만나서 반갑다, 얘들아."

그러나 반응없는 아이들. 조용한 눈으로 날 보며 말하는 스포츠 머리의 아이.

"진짜냐? 은빈이랑 친구야?"

"응. 그런데 왜?"

그러자 헛! 하고 헛기침을 하더니 침묵하는 그 아이. 그 아이뿐 아니라 다른 아이들도 모두 사뭇 놀랍고 진지한 눈으로 날 바라보고 있었다.

"왜들 그래?! 누나 당황하잖아."

"쿡! 한지호, 너 이 누나한테 맘 있는 거 아니냐? 맨날 누나들한테 끌려 다니면서 우리 지호~ 우리 지호~ 귀여움받더니 아예 연상의 여인으로 맘 바꾼 거냐?"

당황스러움에 아무 말도 못하고 있다가 슬쩍 고개를 돌리니, 지호가 그 아이의 목에 팔을 끼우고 다른 손으로는 머리를 짓누르면서 보기에도 심히 고통스러워 보이는 고문을 행하고 있었다. 지, 지호야. 그렇게 목 조르면 숨 막혀 죽지 않을까?

"야! 야! 알았어. 내가 잘못했어, 새꺄! 이것 좀 놔!"

그러자 조용히, 아주 조용히 팔을 풀고 아무 일 없었다는 듯 나를 향해 씨익 웃는 지호.

"우씨, 나쁜 새끼! 툭하면 목 조르고 지랄이야."

헝클어진 머리에 지호의 팔 고문으로 벌개진 목을 어루만지며 울상을 짓는 아이.

"그러니까 누가 쓸데없는 소리하래?!"

그렇게 버럭 소리를 치더니.

"누나~ 누나! 뭐 먹을래요? ^-^ 뭐 먹고 싶은 거 있어요?"

다시 활짝, 아주 밝게 활짝 웃으며 내게 말하는 지호.

"으응?"

그때 꼬끼오~ 꼬끼오~ 하는 웬 닭 우는 소리가 들렸다. 뭐, 뭐지, 이 소리는? 어디서 닭이 우는 거야? 놀라 눈을 동그랗게 뜨고 소리의 근원지를 찾고 있는데 지호가 핸드폰을 꺼내 큰 소리로 말한다.

"어! 은빈이 형이다!"

그 닭 소리가 핸드폰 벨소리였나? 특이해, 정말 특이해. 근데 지금 지호가 뭐라고 했지? 은빈이?

"형! 왜 안 와? 빨리 와! 세별이 누나랑 같이 있어. 아까 세별이 누나 혼자 집에 가려고 하길래 데려다 주려다가 여기로 데려왔어! 나 잘했지? 응? 응? 형 얼른 와~"

활짝 웃으면서 애교스러운 말투로 재잘거리고는 핸드폰을 닫는 지호. 으, 은빈이가 지금 여기로 온다고? 캑! 갑자기 숨이 탁 막혀오면서 밖으로 도망가고픈 내 마음.

"하하! 지호야! 누나가 집에 일이 생겨서 급히 가봐야 하거든? 미안해, 먼저 갈게!"

나름대로 급한 듯, 정말 급한 듯 소리치며 일어서려는데 내 손목을 턱 하니 잡고 도로 앉히는 지호.

"누나 집에 가는 길도 모르잖아요."

"하하."

윽! 참 그랬지.

"뭐, 어떻게든 물어 갈 수 있을 거야! 그럼 난 급해서 이만!"

"거짓말하지 마요, 누나!!"

"하하, 거짓말 아닌데… 진짠데……."

"누나, 거짓말하면 벌받아요."

"아냐, 그게……."

"지옥에 떨어져서 펄펄 끓는 물에 퐁당 담궈 사우나 시킨대요."

"어? 그, 그래."

난 속으로 한숨을 폭 내쉬고는 고개를 떨구었다. 아까 지호에게 들었던 은빈이 얘기가 자꾸 맘에 걸린다. 아니, 걸리는 정도가 아니라 다시는 은빈이의 얼굴을 보기가 미안할 정도로 마음이 아프다.

"누나, 왜 그래요?"

"어? 아냐."

애써 아무렇지 않은 얼굴로 밝게 웃으며 고개를 드는데 문이 열리며 은빈이가 들어온다. 저절로 시선이 피해지며 숙여지는 고개.

"형! 뭐 하다 지금 오는 거야?"

"시끄러."

지호를 향해 툭 내뱉는 은빈. 그리고는 나에게 말한다.

"야, 너 누가 집에 안 가고 여기 쫓아오래?"

은빈이 녀석 특유의 낮고 속삭이는 듯한 음성.

"응, 집에 가려는데 집에 가는 길을 몰라서. 지호가 데려다 준다고 해서 같이 가는 길에 지호가……."

"너 뭐 죄졌냐? 고개 안 들래?"

"응."

"집에 일찍 들어가. 너네 엄마 걱정하잖아."

"응? 그래, 갈게."

"씨, 너 진짜 고개 안 들래? 사람이 얘기하면 눈을 맞춰야 될 거 아냐!"

그렇게 말하며 손바닥으로 내 이마를 탁 쳐서 내 고개를 들어 올리는 은빈, 순간 마주친 눈… 맑은 눈동자. 또다시 아까의 얘기가 생각나서 난 나도 모르게 다시 시선을 피하며 고개를 떨어뜨려 버렸다.

"야, 얘 왜 이러냐? 쥐약이라도 먹였냐? 왜 자꾸 고개를 처박아?"

"형이 세별이 누나랑 같이 안 가고 먼저 가서 삐쳤나 봐. 형 얼굴도 안 쳐다보려고 하잖아."

장난스런 지호의 음성. 지호야, 분위기 파악 절대 못하는구나!

"뭐야, 집에 같이 가다니? 둘이 같이 살기라도 하는 거냐?"

느닷없이 들리는 스포츠 머리 남자 아이의 음성.

"아니, 그게 아니라 예전에 살았던 집으로 다시 이사 온 거지. 말하자면 은빈이 형네 옆집으로."

"뭐야? 강은빈, 그럼 너 아까 교문 앞에서 얘 기다린 거였냐? 새끼, 뭐 하냐고 물어봐도 대답도 안 하더만."

기다리다니? 누가, 뭘? 은빈이가 날? 설마~

"웃기지 마, 임마! 다른 후배 만나서 얘기 좀 하려고 기다린 거다!"

"네가 여기 있는 후배들 말고 아는 후배가 어딨어?"

"시끄럽다. 응?"

정말 날 기다린 거니? 먼저 간 줄 알았는데.

"누가 기집애를 기다려? 쪽팔리게 너 같음 이런 애랑 같이 가고 싶겠냐?"

기집애… 쪽팔려… 이런 애랑… 가슴에 팍팍 꽂히는 말들.

"에이~ 형, 왜 그래? 세별이 누나 기다렸다고 솔직히 말하면 누가 잡아먹나? 히히."

그러자 인상 쓰며 핏대 세우기 시작하는 은빈.

"맞을래?"

"아, 아니."

기어들어 가는 목소리의 지호.

"아님 죽을래?"

"아, 아니."

"그럼 입 다물어."

"응."

가만 보면 지호, 은빈이를 상당히 좋아하고 따르면서도 한편으로는 무지 무서워하고 있는 것 같다. 마치 임금과 신하의 주종관계 같은… 훗.

"자, 자! 이제 뭐 좀 시키자. 다들 배고프잖아."

아이들 중의 한 명이 화제를 돌리며 크게 말했다.

"근데 오늘은 누가 쏘는 거야?"

지호의 말에 일순간 조용해진 주위.

"오늘 처음 온 새내기 손님이 쏘는 거 어때?"

스포츠 머리의 아이가 빙그레 웃으면서 말했다. 새내기 손님이라 함은 아마도 나를 말하는 것 같다.

"저, 저기… 나 1,000원밖에 없는데?"

"푸하하."

"쿡쿡."

터져 나오는 아이들의 웃음. 또 내가 뭘 잘못 말했나?

"얘 진짜 순진하다? 표정 하며, 말하는 거 하며, 완전 요조숙녀네."

하하, 요조숙녀! 그때 화기애애한 분위기에 찬물을 확 끼얹듯 들려오는 조용한 음성이 있었으니,

"요조숙녀 다 죽었냐? 쟤가 어딜 봐서 요조숙녀냐? 쟤 쌈질 엄청 잘해."

날 미워하는 은빈이었다.

"하하!"

"새끼, 뭔 소리야?"

"나 쟤랑 대결했는데 졌다. 내 쌈 실력 알지? 근데 그런 고수인 내

가 재 강철 주먹으로 코를 강타당했지."

너무도 진지하고 조용한 은빈의 음성에 사악 조용해진 주위.

"뭔 헛소리여, 이놈아!"

"훗, 헛소리 같냐?"

내가 보기에도 헛소리는 아닌 듯하다. 헛소리 같은 말을 저리도 진지하고 무겁게 하는 아이는 없다.

"야, 한지호, 너도 봤지? 그때 도장에서 저 기집애한테 내 코 정통으로 맞은 거."

은빈의 말에 움찔 하다가 어설프게 웃는 지호.

"하하, 그, 그게 뭐? 누나가 형 코를 주먹으로 하하……"

"내가 맞았냐, 안 맞았냐, 결론만 말해."

"하하, 그러니까……"

내 눈치를 슬금슬금 보는 지호.

"너 거꾸로 매달리고 싶은 거냐?"

"맞았어!"

윽! 지호의 말에 왕방울만큼 커진 눈으로 말없이 날 쳐다보는 아이들. '누나, 미안해요' 라고 말하는 듯한 지호의 눈빛.

"얘 쌈 실력이 장난이 아니라니까? 모두들 조심해라. 무서운 애다."

은빈의 말에 구석에 박혀 나를 따뜻한 눈으로 바라보던—나만의 착각이었는지도 모르지만—아이의 눈빛이 순식간에 두려움의 눈빛으로 바뀌었다. 아, 아닌데, 때리려는 의도로 그런 건 아니었는데…….

"으, 은빈아, 그건 때린 게 아니라 밀친다는 게……."
"배고프다!! 한지호, 얼른 뭐라도 시켜!"
순식간에 내 말을 자르며 지호를 닦달하는 은빈. 너, 너무해!! 날 여깡패로 만들다니. 은빈의 횡포에 조금 전까지 은빈에게 가졌던 미안한 감정이 조금씩 사그라드는 걸 느꼈다.
잠시 후 엄청난 양의 음식이 원통 탁자를 가득 가득 메웠고 청소년기의 엄청난 식욕을 자랑하듯 순식간에 먹어치우는 남자 아이들. 난 물론 맛이 없었다. 맛이 있을 리가 없지 않은가. 깨작깨작 젓가락질을 하던 나는 은빈에게 복 달아난다는 욕을 몇 마디 얻어먹으면서 베르사유라는 곳을 나왔다.
어느새 어두컴컴한 땅거미가 내려앉은 거리. 화려한 빛을 발산하기 시작하는 이름 모를 간판들.
"형!! 우리 2차 가자, 2차!"
"우리가 술이라도 마셨냐, 2차를 가게?"
"가자가자. 응? 응?"
애교 같지 않은 애교를 부리며 은빈의 팔에 대롱대롱 매달린 지호.
"임마, 떨어져. 징그러워. 너 체육관 안 가?"
"하루쯤은 안 가도 상관없어~"
그러자 은빈은 지호를 떼어내고는 나를 돌아보며 말했다.
"먼저 집에 가라."
"응?"
먼저 집에 가라니. 내가 길치라서 집에 가는 길을 모른다고 말한

걸 잊은 걸까, 아님 잊은 척하는 걸까?

"저기, 나 모른다니까."

"뭘?"

"집에 가는 길 모른다고 아까 말했잖아."

"한지호, 얘 데려다 주고 와. 우리 집 옆집이야. 올리비아에 가 있을 테니까 거기로 와라."

"형, 그럴 거 뭐 있어?! 누나도 같이 가면 되잖아. 어차피 옆집에 살면서, 놀고 같이 들어가면 되겠네."

활짝 웃으면서 말하는 지호. 지호는 저 일그러지고 있는 은빈의 무시무시한 얼굴이 보이지 않나 보다.

"술판 깰 일 있냐? 얘를 왜 데리고 가? 얘 집에 가야 돼. 얘네 엄마 걱정한다."

"그럼 형이 데려다 주든지! 난 몰라!"

그 말을 마치고 순식간에 무지 용감해진 지호는 이마에 핏대가 서기 시작하는 은빈을 뒤로한 채 날 끌고 앞장서 걸었다. 뒤에서 들려오는 알아들을 수도 없는 은빈의 말.

"너 새끼, 거기 안 서? @#$#^&*(%$#%#$!!"

뒷말은 도통 알아들을 수가 없다. 대체 뭐라는 건지?

"지, 지호야, 누나 집에 가야 돼. 엄마 걱정하셔."

"누나, 은빈이 형 술 취한 거 한 번도 못 봤죠?"

엥? 뜬금없이 갑자기 무슨 소리?

"은빈이 형 술 왕창 먹고 갈 데까지 가면 아주 재밌는 구경할 수 있으니까 따라와요. 이런 기회 쉽게 오지 않는다구요~"
 뭔가 은밀한 것을 꾸미려는 듯한 음흉하기까지 한 지호의 신나는 얼굴. 은빈이가 술 마시면 뭐가 어떻게 되는데? 궁금하다. 호기심 왕창 많은 나. 뭔가 대단한 걸 움켜쥘 듯한 기분으로 지호의 손에 이끌려 올리비아라는 술집으로 들어갔다.
 헉! 그곳은 아까 갔던 베르사유라는 곳보다 훨씬 더 음침했다. 조명이… 조명이 왜 새빨간색이지?
 "앉아! 앉아!"
 지호는 우리들을 향해 크게 소리친 후 카운터를 향해 뭐라고 말을 하려다가 순식간에 얼굴이 확 굳어졌다. 왜 그러지? 난 지호의 갑작스런 표정 변화에 카운터를 돌아보았다. 앗!! 저, 저게 누구야? 카운터에 서서 무표정으로 우리를 바라보고 있는 미.소.녀. 세, 세영이잖아? 세영이가 여긴 왜?

잘못된 오해, 멋진 화해 '우린 친구지?'

제4장 잘못된 오해, 멋진 화해
우리 친구지?

놀란 눈으로 세영을 바라보다 고개를 돌려보았다. 지호는 굳은 얼굴에 묘한 눈빛으로, 은빈은 특유의 무표정으로, 그리고 나머지 아이들은 이게 웬 꽃미녀냐는 듯 황홀한 눈빛으로 세영을 바라보고 있었다.

"세, 세영아, 네가 여긴 웬일이야?"

나의 말에 카운터 앞으로 몸을 쑥 내미는 세영.

"오늘부터 아르바이트해."

무표정한 얼굴로 말하는 은빈.

"상훈이 형은 어디 갔나?"

"사장님은 몸 안 좋다고 일찍 들어가셨는데."

"근데 너, 학생이 이런 데서 아르바이트해도 되는 거냐?"
"무슨 상관?"
은빈이만큼이나 무표정한 세영의 무뚝뚝한 말.
"술이나 줘."
성격 거친 은빈이가 의외로 순순히 말하며 의자에 턱 하니 앉는다. 난 슬금슬금 세영에게 다가가 말했다.
"세영아, 이런 데서 아르바이트하면 안 되는 거니?"
"불법이지."
"근데 왜 해?"
"돈 벌려고."
돈 벌려고 술집에서 아르바이트를 하다니, 우린 아직 학생인데.
"담임 선생님께는 안 이를게."
"그럼 이르려고 했니?"
"하하."
세영의 붉은 입술이 미소 짓는 것을 보고 난 자리로 돌아와 앉았다.
아이들은 여전히 황홀한 표정으로 세영을 바라보고 있었고, 밝던 표정의 지호는 아무 말 없이 굳은 표정으로 창밖만 바라보고 있었다.
"지호야, 왜 그래?"
"아, 아무것도 아니에요."
지금까지 봤던 지호가 아니다. 늘 밝게 웃곤 했는데 지금 저 얼굴은 너무도 어둡다. 그때 분위기를 깨는 은빈의 투덜거리는 소리가 들려왔다.

"씨, 술 갖고 오라는데 왜 안 와?! 야!! 너 뭐 해?!"

은빈의 고함에 싱긋 웃으며 말하는 세영.

"사장님이 학생한테 술 팔면 안 된다고 하셨어."

순간 은빈의 표정은 일그러졌다.

"나, 사장 잘 알아. 아니, 잘 아는 정도가 아니라 친형제같이 지내는 사이니까 잔말 말고 술 갖고 와."

"안 되는데? ^-^"

점점 더 험악하게 일그러지는 은빈의 얼굴.

"나 두 번 말하는 거 제일 싫어한다."

"안 된다니까. ^-^"

세영이는 어떻게 저렇게 핏대 세우며 험악해지는 은빈의 얼굴을 보면서도 웃으며 말할 수 있는 걸까? 심히 세영이 존경스러워지려고 하는 순간,

"지금 너 나보고 실실 쪼갰냐?"

실실 쪼갰냐? 쪼개다니, 뭘? 가끔씩 은빈이 내뱉는 말은 도통 알아들을 수가 없다.

"응, 쪼갰는데."

헛, 용감하다! 용감하다, 소녀여!! 순간 은빈이가 자리에서 벌떡 일어서더니 가게를 풍비박산 낼 기세로 세영을 향해 힘차게 나아갔다. 헉! 설마!!

"은빈아, 안 돼!!"

난 소리를 지르고 방정을 떨며 그들 사이에 섰다.

"너 죽었어."

무시무시한 은빈의 대사.

"은빈아, 참아!!"

"비켜."

"참으라니까!"

"비키라고 했다."

"하, 학생이 무슨 술이야? 술은 안 돼! 학생은 술 마시면 안 돼! 우리 모두 나가자 응? 응? 자, 가자, 가~"

어떻게든 사태를 수습해 보려 은빈의 옷자락을 끌며 소리치는데,

"형, 나가자."

여전히 굳은 표정으로 조용히 일어서는 지호.

"그, 그래! 나가자, 나가! 하하… 자, 다들 일어나요."

그때 인상 쓰며 그들을 향해 위협적인 말을 하는 은빈.

"다들 일어나면 죽는다."

그러자 일어섰다가 다시 앉아버리는 아이들. 은빈은 세영을 보면서 뭐라고 투덜거리더니 핸드폰을 빼들고 어디론가 전화를 하기 시작한다.

"형? 상훈이 형, 얘 뭐예요?! 뭐요? 아르바이트요? 그전에 있던 멍청한 놈은 어디 가고 이런 앨 아르바이트로 써요?!"

투덜거리는 은빈.

"우씨, 야! 너 바꾸래."

은빈이 세영에게 폰을 넘겨주자 아무 말 없이 귀에 폰을 대고 있던 세영은,

"네, 알았어요."

라고 말하며 전화를 끊었다.

"앉아라. 술 준다."

엥? 세영의 말을 비웃는 듯 승리에 도취된 흐뭇한 표정을 지으며 자리로 돌아가는 은빈.

"세영아, 학생한테 술 팔면 안 되는 거잖아!!"

"월급 두 배로 준대."

헉! 돈에… 돈에 그 불타는 정의감을 팔아버리다니!! 세영이는 정말 돈이 필요한가 보다.

조금 뒤 세영은 소주 5병, 맥주 5병, 그리고 과일 안주와 찌개를 내왔다. 내가 술병들을 보며 벌어진 입을 다물지 못하고 있는데 들려오는 은빈의 말.

"장난하냐? 10병 추가."

캑! 수, 술을 마시는 게 아니라 술한테 먹히려고 하는 거니, 지금?! 그러나 세영은 군소리없이 10병을 더 갖고 왔다. 월급을 두 배로 준다는 말을 들은 뒤 믿을 수 없을 정도로 고분고분해진 우리의 세영.

"누나, 술 마실 줄 알아요?"

은빈의 후배로 보이는 별 존재감 없던 남자 아이의 조심스런 음성.

"으응?"

나야, 당연히…….

"술 장난 아니게 세지, 그치? 은세별, 이걸로는 부족한가? 더 시킬까?"

저 나쁜 녀석, 내가 술 같은 건 마셔본 적도 없고 마실 수도 없다는 거 뻔히 알고 있을 텐데 저렇게 빈정거린다.

"나 술 못 마셔. 그리고 술 마시면 엄마한테 혼날 거야, 아마도."

"빌어먹을 마마걸."

나쁜 녀석!! 은빈을 원망하다 아무 생각 없이 고개를 돌리는 순간, 슬픈 듯 한없이 무엇에 잠겨 있는 듯한 눈으로 카운터에 앉아 있는 세영을 쳐다보고 있는 무표정한 지호가 보였다. 뭔가 이상하다, 저 눈빛. 그래, 세영을 처음 만났을 때도 저랬어. 역시 지호는 세영이에게 첫눈에 반한 거야!! 히히히~

"지호야, 지호야!! 너 세영이한테 관심있구나?!"

화들짝 놀라며 시선을 거두는 지호.

"과, 관심은 무슨… 아, 아니에요."

그러자 무심한 표정으로 중얼거리는 은빈.

"근데 말은 왜 더듬냐?"

"내, 내가 언제?"

"지금."

"아, 모, 몰라!! 술이나 줘! 나 오늘 왕창 먹고 죽어버릴 거야!! 아싸, 광란의 밤이닷!!"

필요 이상으로 오버하며 따라주지도 않은 술을 혼자 따라 원샷하는 지호. 놀라움에 입을 벌리고 지호를 바라보다가 정신을 차려보니 벌써 반 이상 뒹굴고 있는 빈 술병들. 아이들도 취기가 도는지 히히덕거리고, 실실거리며, 지들끼리 툭툭 치고, 머리카락을 잡아당기는 등 이상한 행동을 하고 있었다. 술에 취하면 저렇게 되는구나. 조금은 우스운 기분으로 그들이 하는 짓을 구경하다가 시계를 보니 벌써 9시를 넘어가고 있었다. 엄마가 걱정할 텐데. 그때 폰을 꺼내 내 앞에 툭 내려놓는 은빈.

"집에 전화해."

헛! 저 녀석이 웬일? 난 고마움에 얼른 덥석! 폰을 집어 들었다. 플립을 열자마자 번개처럼 든 생각. 우리 집에는 아직 전화가 없다! 울 엄마 핸드폰? 물론 그런 거 있을 리 없다.

"하하, 생각해 보니까 우리 집에 전화가 없네."

굳은 얼굴로 날 쳐다보는 은빈.

"몰라. 우리 집에서 전화오면 나 안 받을 거다."

"왜?"

"너 같으면 한참 기분 좋게 술 마시고 있는데 엄마가 전화해서 들어오라고 하면 기분 좋겠냐?"

"그, 그래도 집에는 일찍 들어가야지!"

그러나 내 말은 무시당했다. 은빈은 아무 말 없이 핸드폰을 확 낚아채 전원을 끄고는 주머니에 넣었다. 그때 느닷없이 쿵.쿵.쿵.하는 소리가 연속으로 세 번 들려왔다. 깜짝 놀라 고개를 들어보니 똑같은 자세로 팔을 축 늘어뜨린 채 탁자에 얼굴을 박고 있는 세 아이들. 그 옆에 서로 머리를 맞댄 채 눈을 감고 해롱거리는 두 아이. 마지막으로 벽에 뒤통수를 기대고 입을 쩍 벌리고 코까지 고는 은빈의 친구.

"하하, 술 너무 많이 마셨나 봐. 어떡해, 은빈아?"

"어떡하긴 뭘 어떡해? 무식한 새끼들, 한마디도 안 하고 술만 퍼마시더니. 몰라, 버리고 갈 거야."

그때,

"형, 형, 은빈이 형~"

오징어처럼 축 늘어진 지호가 은빈이의 팔에 매달리며 엉겨 붙고 있었다. 원샷만 해대던 지호. 지호도 취했나 보다. 얼굴에 발그레하게 홍조를 띠고 정말 너무너무 귀엽고 사랑스러운 표정을 지으며 연신 은빈을 불러대는 지호.

"형, 형, 은빈이 형~"

아우, 너무 귀엽다.

"우씨, 그만 비비적대!! 더러워!!"

"힝, 혀엉~"

순간 내가 잘못 본 걸지도 모르지만 지호의 눈이 잠깐 반짝였던 것 같은데. 눈물인가? 지호, 너 우는 거야?

"형, 나 너무 힘들어. 싫어, 이건 싫어. 이건 정말 아니야! 이건 정말……"

지호는 그렇게 알 수 없는 말을 계속 중얼거리며 은빈에게 비비적대다가 은빈의 어깨에 고개를 푹 하고 묻어버렸다. 침묵. 아무 말 없이 지호의 머리를 탁자에 내려주는 은빈을 바라보다가 슬쩍 고개를 돌렸다. 세영이 무표정한 얼굴로 지호를 바라보고 있다. 뭐지, 뭐지? 세영이는 왜 저런 눈으로 지호를 보는 거야? 혼란스러워지는 내 머리 속. 둘이 아는 사이인가? 그건 아닌 것 같은데… 물어볼까? 혼란스러움에 가득 찬 내 시선을 눈치 챘는지 세영이 눈길을 거두고 카운터 안으로 쏙 들어가 버렸다. 그때 어지러운 내 머리 속에 번개처럼 떠오르는 한마디가 있었으니,

"누나, 은빈이 형 술 취한 거 한 번도 못 봤죠?"

지호의 말에 의하면 은빈이 녀석이 술에 왕창 취하면 정말 재밌는 걸 볼 수 있게 된다. 대체 뭘까? 저 차갑고 냉혈적인 은빈. 술에 잔뜩 취하면 어떻게 될까? 갑자기 참을 수 없이 궁금해지기 시작했다.
"으, 은빈아."
"왜?"
"수, 술 안 마셔?"
"혼자 술 마실 기분 나겠냐?"
"그건 그래."
은빈의 얼굴을 보니 전혀, 전혀 눈곱만큼도 취하지 않은 것 같다.
"하하. 아직도 7병이나 남았네. 마셔, 아깝잖아."
"아까우면 네가 마셔."
나는 술을 못 마시잖니. 하지만 내가 같이 마셔주면, 아니, 마셔주는 척만이라도 해주면 은빈이가 저걸 몽땅 다 마셔 버릴 것 같은 생

각이 들었다.

"하하! 그래, 그래, 그럼 같이 마시자."

그래놓고 난 마시는 척만 하면…….

"마시는 척만 하면 죽어."

캑! 나의 마음을 한순간에 읽어내다니, 저 녀석 독심술도 하나 봐!

"하하. 마실 거야."

별수없다, 요령을 피우는 수밖에. 저 날카롭고 눈치 빠른 은빈이 눈치 채지 못하게 요령을 피우는 수밖에. 난 은빈에게 어설픈 웃음을 날리곤 글라스에 소주를 가득, 아주 가득 따랐다.

"무식한 거 티 내냐? 소주를 맥주잔에 따르는 등신이 어딨어?"

윽! 소주는 맥주잔에 따르면 안 되는 건가 보다.

"하하. 많이~ 많이 마시라구!"

그러면서 난 아주 작은—나름대로 얍삽한—잔에 따라져 있는 술을 한 모금 삼켰다. 난생처음 먹어본 술. 꼭 검정 고무신을 펄펄 끓여낸 것 같은 맛이다. 쓰다, 써!! 갑자기 속이 쏴해지면서 뱃속에 불길이 뻗치는 듯한 기분. 헛헛. 어느새 얼굴까지 달아오르고 있네. 장난이 아니다. 한 모금밖에 마시지 않았는데 어지러워지는 머리.

"장난하냐? 한 잔도 아니고 겨우 한 모금 마시고."

은빈의 말에 헤헤 웃으며 은빈을 보는데 은빈이의 얼굴이 3개로 보였다.

"헛!! 얼굴 3개 달린 괴물이다!!"

나의 외침에 한심하다는 듯 인상을 쓰는 은빈이의 얼굴이 무지무지 흐려진다. 왜, 왜 이러지? 나 왜 이래, 정말······.

"우씨, 짜증나."

은빈의 말에 나는 얼른 술잔을 들었다. 은빈이 취해야만 한다! 취해야만 한다! 그래야만 그 좋은 구경을 할 수 있다!! 쭉~ 마시고 잔을 탁 내려놓는데 꼭 현기증이 나는 것처럼 머리가 어지럽기 시작했다. 이게 아닌데. 저 녀석이 술 취해야 하는데, 왜 내가 이렇게 어지러운 거야?!

"진짜 한 번도 술 안 먹어봤냐?"

"응."

"젠장, 빈속에 먹어서 더 취하는 거야. 그러니까 아까 조금이라도 뭘 먹지."

"헤헤."

"바보같이 웃지 마. 버리고 갈 거야."

헛, 하하하하······. 어느새 몸의 모든 뼈가 제거된 듯 오징어처럼 흐물거리기 시작하는 나의 몸. 이런 기분 처음이다, 정말. 뭔가 나른하고 늘어지는 게··· 그렇게 나쁘지만은 않은데?

"은세별!"

"은빈아······."

온몸은 흐물거리고 어지러워 정신없는 나의 입에서 흘러나오는 음성이 마치 꿈속에서 들리는 것처럼 아득하게 느껴진다.

"미안해."

"뭐가?"

"나 너한테 정말 못할 짓을 했어. 죄를 졌어."

내 마음속에 억눌려 있던 은빈에 대한 미안함. 나도 모르게 그 감추어두었던 마음을 하나하나 꺼내기 시작했다.

"무슨 죄?"

"너 지금 그렇게 된 거, 전부 내 탓이잖아."

"내가 어떻게 됐는데?"

조금은 진지하게 들리는 은빈의 조용한 음성.

"어렸을 때, 내가 너 많이 괴롭힌 것 때문에 너 상처받아서 성격도 거칠어지고 여자 싫어하게 됐잖아. 여자 혐오하게 됐잖아. 나 때문에, 나 때문에……."

"웃겨. 누가 그래?"

"은빈아."

"누가 그 딴 소리를 해?"

"다 알아, 다 안다구. 지호한테 다 들었어. 나 그 말 듣고 얼굴 똑바로 쳐다볼 수도 없더라. 그런데, 그런데……."

어느새 마음 한구석이 심하게 아파오고 있었다.

"어렸을 때 그랬던 건, 철없는 짓이었잖아. 네가 미워서, 싫어서 그랬던 건 아냐. 난 단지……."

순간 화가 난 듯 흥분된 은빈의 음성.

"또, 또, 또 그 소리냐? 철없는 짓이었다, 어렸을 때 아직 다 자라지 않은 사고방식으로 한 장난질이었다. 웃겨, 진짜 웃겨."

"은빈아."

"나 싫어했잖아, 기집애야! 날 혐오하는 눈빛으로 보면서, 너 정말 차가운 눈으로 나 보면서 괴롭혔잖아!"

"아냐! 누가 널 싫어해! 날 싫어한 건 너였잖아! 날 쳐다보지도 않고 관심도 주지 않았었잖아. 앉아!"

드디어 혀가 꼬이기 시작했다. 말을 해야 하는데 너무 어지럽다.

"누가 널 싫어했다고?"

"내가 아무리 널 때려도, 무슨 짓을 해도 넌 나 쳐다보지도 않았잖아. 늘 아무 말 없이 내가 하는 짓 관심없다는 듯이 등 돌렸잖아."

아무 말 없는 은빈.

"넌 내가 왜 그렇게 널 괴롭혔다고 생각하니?"

힘겹다, 마음속에 눌러 담고 있던 얘기를 꺼내려니.

"네가 나에게 조금이라도 관심을 가져줬다면, 아니, 활짝 웃으면서 안녕이라는 말 한마디만 해줬다면, 한 번이라도 따뜻한 눈빛을 보여줬다면 내가 그렇게까지 널 괴롭히지는 않았을 거야."

말을 해야 하는데, 끝마쳐야 하는데 점점 힘겨워진다. 축축 늘어져 버리는 몸. 어느새 탁자로 떨어지려고 흔들흔들거리는 내 머리.

"난 너와… 너와 친구가 되고 싶었단 말이야!"

그 말을 끝으로 난 탁자에 머리를 쿵!! 박고 정신을 잃고 말았다.

"이 기집애, 안 일어날래?"

"으, 으음~"

누군가 나의 볼을 무지막지하게 잡아당기며 고문을 행하고 있다.

"셋 셀 동안 일어난다. 하나, 둘, 세……."

번쩍! 눈을 떠보니 머리통만한 국자를 내 눈앞에 들이밀고 화난 엄마의 얼굴이 눈에 들어왔다.

"어, 엄마!"

지끈거리는 머리를 짚고 침대에서 벌떡 일어나자 내 어깨를 잡고 마구 흔드시는 엄마.

"이 기집애야, 이 정신 나간 기집애야!! 학교 보내줬더니 술을 마시고 들어와!! 네가 미쳤구나. 미친 거야!!"

엄마의 고함에 어제 일이 하나둘씩 생각나기 시작했다. 그래, 난 은빈, 지호, 그리고 그들의 친구들과 함께 술을 마셨었지. 그리고 소주 한 잔에 취해서⋯ 취해서 뭐라고 했지? 은빈이에게 뭐라고 한 것 같은데. 뭐라고 많이 말한 것 같은데, 도통 기억이 나질 않는다.

"누구야!! 누구랑 술을 마신 거야! 응?"

누구냐고? 그야 은빈이랑⋯ 아니, 잠깐. 혹시!!

"어, 엄마, 내가 기억이 안 나서 그러는데 나 집에 혼자 들어왔어?"

"너 하도 안 오길래 학교에 전화해 보고, 은빈이네 집에 가서 은빈이 엄마랑 발 동동 구르다가, 경찰서에 신고까지 하고, 걱정하고 있는데 벨이 울리더라! 그래서 얼른 나가보니 대문 앞에 얼굴 박고 쓰러져 있더라구! 정말 기억이 안 나는 거야?!"

그랬다. 은빈이 녀석은 날 우리 집 앞까지 끌고 와 벨을 누르고 날 팽개친 후 자기 집으로 쏜살같이 튄 것이리라. 그리고 아마도 지난번처럼 이층 창문을 넘어 들어갔을 것이다. 아줌마에게 혼나지 않기 위해!

"너, 말 안 할래? 혼날래? 누구랑 마셨어?!"

"어, 엄마! 새로 사귄 친구랑 마셨어! 죄송해요! 잘못했어!!"

"세별이 너, 너!!"

"다신 안 그럴게!! 헛! 지각이닷, 지각!!"

난 어떻게든 위기를 모면하려고 필요 이상으로 오버하며, 소리소리 지르는 엄마를 뒤로하고 집을 나왔다.

세수도 못해 푸석푸석하고 탱탱 부은 얼굴, 어제 묶었다가 자면서 풀려 묶었던 자국이 선명한 머리, 어제 입었던 그대로인 옷, 무엇보다 결정적인 건 급해서 아무거나 신고 나온 신발. 왼발은 슬리퍼, 오른발은 엄마 구두. 다시 들어갈까? 하지만 다시 들어갔다가는 오늘 학교도 못 가는 건 물론이고 엄마가 막 파놓은 땅에 생매장당할 것 같은데. 순간 내 머리 속에 스친 생각! 그래, 은빈이네 집에 가서 어떻게든······. 그때 바로 앞에서 웬 남자의 가라앉은 목소리가 들렸다.

"뭐냐, 그 꼴은?"

고개를 들어보니 약간은 부스스한 은빈이 녀석이 날 미친 사람 보듯 쳐다보고 있었다.

"하하."

"그러고 학교 갈 거냐?"

"응. 엄마가 화가 많이 나서 다시 집에 들어갈 수가 없어. 으, 은빈아, 너네 집에서 신발 좀 빌려 신으면 안 될까?"

아무 말 없이 한심한 표정을 짓는 은빈. 난 은빈의 침묵을 허락으로 알고 얼른 은빈의 집으로 뛰어가 슬금슬금 현관문을 열고 눈에 보이는 운동화를 신고 나왔다.
"이씨, 왜 하필 내 운동화 신고 나와?!"
헛! 녀석의 운동화였나? 헛헛.
"미안해! 하루만 빌릴게!!"
은빈이 녀석, 비굴한 내 표정에 한숨을 픽 내쉬더니 말없이 등을 돌려 걷는다.
"가, 같이 가!!"
얼른 달려가 은빈의 옆에 서서 나란히 걸었다.
"은빈아, 어제 술 많이 마셨어? 지호는? 애들은? 내 기억으로는 그 애들 쓰러진 것 같았는데······."
"기억 안 나냐?"
"응? 뭐가?"
"너 소주 한 잔 마시고 해롱해롱댔던 거."
물론 기억한다. 한 잔 마시고 해롱해롱거리며 바보처럼 헤헤 웃었던 것.
"하하. 술 첨 마셔서 그래. 나 정말로 술 안 마셔봤단 말야."
"그럼 네가 술 마시고 한 말도 다 기억 못하겠네?"
조용히 그러나 왠지 강하게 말하는 은빈. 음? 술 마시고 내가 무슨 말을 했더라? 무슨 말을 하기는 했던 것 같은데. 그래, 맞아. 저 녀석과 얘기했어. 조금은 진지하게 많은 얘기를 했던 것 같은데······.

"하하. 뭐, 뭐라고 했더라?"

"쿡!"

픽 콧방귀를 끼며 날 쳐다보는 은빈. 옷! 왜 기억이 안 나는 거야? 기억해 내려고 하면 할수록 머리만 더 지끈거린다.

"내, 내가 무슨 실수 했니?"

"참나, 원."

"그런 거야?"

"어제 네가 나한테 뭐라고 한 줄 아냐?"

다시 고개를 앞으로 돌리며 툭 내뱉는 은빈. 왠지 불안하다.

"뭐, 뭐라고 했는데?"

더듬거리는 내 물음에 말없이 피식거리기 시작하는 은빈.

"은빈아!"

"나 무지무지 좋아한다고 했어."

캑!! 갑자기 턱 하고 숨이 막혀오는 가슴!

"말도 안 돼. 거짓말!!"

"진짜야."

"거짓말!!"

순간 눈썹을 찡그리며 위협적으로 날 노려보기 시작하는 은빈.

"너 내가 거짓말하는 거 봤냐?"

내가 그랬다고? 저 녀석을 좋아한다고? 그랬을 리 없어. 내가 아무리 정신이 없었어도 그런 말도 안 되고, 터무니없는 소리를 했을 리가 없단 말이야!

"은빈아! 거짓말하면 천벌받아! 그리고 지옥에 떨어져서 펄펄 끓는 물에 사우나한대!!"

"진짜야. 네가 네 입으로 내 눈 똑바로 보면서 그랬다고! 좋아한다고, 무지무지 좋아한다고!"

왜 저 녀석의 말이 이리도 진지하게 들리기 시작하는 거지? 설마, 설마… 내가 진짜? 내가? 내가? 아아…….

"쿡! 그런데 어쩌냐."

하늘을 올려다보며 장난스럽게 말하는 은빈.

"뭐, 뭐가?"

"난 너 무지무지 싫거든."

저벅저벅 앞서 걷기 시작하는 은빈. 난 멍하니 입을 헤 벌리고 멀어지는 은빈의 뒷모습을 바라보다가 퍼뜩 정신을 차리고 외쳤다.

"같이 가!! 버스 정류장까지 가는 길 외울 거야!!"

꼭 길 외워서 나 혼자 다니고 말 테다!!

학교.

"어제는 집에 잘 들어갔어?"

먼저 와서 자리에 앉아 책을 읽고 있다가 우울한 표정을 지으며 교실로 들어서는 나에게 말하는 세영. 그래, 세영인 그 술집에서 아르바이트를 하지?

"응? 응. 세영아, 안녕?"

난 부은 눈을 한 번 비비고 뻗친 머리를 손으로 잡아당겨 진정시킨 후 자리에 앉았다.

"너 소주 한 잔 마시고 맛 가버렸다며?"

"응? 하하. 봐, 봤니?"

"아니. 나중에 갈 때 은빈이라는 애가 너 업으면서 그렇게 투덜거리던데."

헉!! 너 업으면서 투덜거리던대? 업으면서… 업으면서!! 업혔던 거야? 은빈이 등에?

"하하하하하하!!"

난 미친 듯이 웃어 젖히다가 날 바라보는 아이들의 이상한 시선에 입을 다물고 고개를 숙였다. 은빈이 없었기에 망정이지, 이 모습을 봤다면 또 한소리 했을 거다. 학교 현관 앞에서 어디론가 사라져 버린 은빈. 왠지 은빈이가 아침에 한 말이 생각나 현관에서 사라지는 은빈을 보면서도 아무 말도 할 수가 없었다. 내가 녀석에게 좋아한다는 말을 했다니… 난 녀석을 좋아하지 않는데… 무서울 뿐인데… 오해가 없길 바랄 뿐! 그때 느닷없이 앞문이 드르륵 열리더니 왠지 낯익은 얼굴 하나와 그 뒤로 세 명의 남자가 들어왔다. 저 얼굴! 날 창고로 끌고 가 내 머리통을 후려치던 그 우락부락한 남자!!

"헉!"

나도 모르게 입에서 흘러나온 신음.

"한세영 어딨냐?"

굵은 음성이 교실 안을 가득 메우자 아이들이 두려운 눈으로 힐끔힐끔 세영을 바라보기 시작했다. 어느새 세영의 바로 앞까지 다가와 턱 하니 선 우락부락한 남자. 근데 세영은 그런 남자를 쳐다보지도 앉고 읽고 있던 책에만 시선을 고정시키고 있다.

"고개 들어."

무섭다. 무서움에 고개를 숙이고 있다가 힐끔 남자를 바라보니 이마에 무슨 수술이라도 한 듯 붕대를 친친 감고 있는 게 보인다. 세영이가 던진 깡통에 맞아서 피가 철철 흐르던 이마. 저렇게 붕대를 감을 정도는 아니었던 것 같은데…….

"사람 말이 말 같지 않아? 고개 들어!"

여전히 관심없다는 듯 미동도 안 하는 세영. 대단하다, 정말 대단해.

"제길! 내 말이 말 같지 않냐!!"

거친 욕을 내뱉으며 세영의 얼굴을 억지로 들어 올리는 남자. 세영의 맑고 차가운 눈동자가 경멸하듯 남자를 바라보았다. 그러자 씨익 기분 나쁜 미소를 흘리는 남자.

"내 이마에 이거 보이냐?"

"안 보여."

말과 함께 턱을 잡은 남자의 손을 휙 떨쳐 내고 다시 고개를 숙여 책을 보는 세영.

"푸하하. 무지 깡 센 기집애네."

두 사람 사이에 오가는 전류가 오만 볼트는 될 것 같다.

"내 이마, 스무 바늘 꿰맸다. 책임져, 책임지라고. 어떻게 할 거야?"

남자를 쳐다보지도 않고 말하는 세영.

"그래, 어떻게 해줄까? 이번엔 아예 드릴로 시원하게 뚫어줄까?"

다시 한 번 세영의 터프함. 정말 존경 안 할 수가 없다. 저렇게 무서운 남자에게 대들다니.

"분명 책임지라고 말했다."

그렇게 말하면서 남자는 세영이 읽고 있던 책을 소리나게 덮고는 다시 펼치려 책을 잡는 세영의 손을 턱 잡으면서 말했다.

"나랑 사귀자, 한세영."

사, 사귀자? 온통 우리에게 쏠려 있는 반 아이들의 시선. 사, 사, 사, 사귀자!! 그렇다. 저 우락부락한 남자는 정녕 세영이에게 반해 버린 것이다. 고개를 돌려 세영을 쳐다봤다. 여전히 무표정으로 마치 뉘 집 개가 짖냐는 듯 무심한 세영.

"아무 말 안 하는 거, 긍정이라고 알고 간다. 나중에 보자."

순전히 자기 맘대로네. 그때 낮고 조용히 들려오는 세영의 음성.

"확실하게 말한다. 난 너 같은 인간이랑 사귈 생각 추호도 없다."

세영아!

"예쁘다고 봐주는 것도 한계가 있다. 선배한테 반말하는 거야 애교로 봐준다지만, 너라는 호칭을 허락할 정도로 나 그렇게 마음 넓지 않다."

그러자 의자에서 천천히 일어나 남자와 눈 높이를 맞추고 무시무시한, 그러나 냉정한 눈으로 말하는 세영.

"그런 개소리나 지껄이려거든 지나가는 똥개랑 얘기해 봐라."

순간 난 보았다. 남자의 눈에서 튀기는 폭발하듯 무시무시한 광채를. 그러나 그 광채와는 반대로 아주 부드러운 음성으로 말하는 남자.

"쿡! 점점 더 맘에 든단 말이야. 확실하게 찍었다."

그 말을 남기고 남자는 날 한번 노려본 후 똘마니들과 함께 교실을 휙 하고 나가 버렸다. 냉기가 흐르던 교실. 그들이 나가자마자 쑥덕쑥덕 수군대기 시작한다.

"무섭다, 무서워. 쟤 보면 어쩐지 귀신을 보는 기분이야. 으스스해."

"그래도 멋있는걸? 그 무서운 놈한테 그렇게 용감하게 쇼크를 주다니, 쿡!"

저쪽 구석에서 들려오는 말.

"예쁘면 모든 게 용서된다다니까."

예쁘면 정말 모든 게 용서되는 걸까? 훗. 그나저나 그 우락부락한 남자, 세영이에게 정말 홀딱 반한 것 같은데? 쉽게 포기하지는 않을 것 같다.

"세영아, 하하! 그 사람 너 정말 좋아하나 봐. 어떻게 할 거야?"

"어쩌긴. 소리없이 묻어버려야지."

사악… 핏기 가시는 소리. 세영이는 무섭다. 생긴 거랑 다르다. 정말 다르다. 그때 드르륵 열리는 앞문, 그리고 들어오시는 선생님. 선생님은 아무 말 없이 교실 주위를 휙 하고 훑어보시더니 나에게 시선을 멈추셨다. 날 저렇게 쳐다보시는 이유는?

"은세별, 강은빈 이 자식 어디다 팔고 너 혼자 앉아 있나?"

팔다니, 누구를? 뭘?

"아침에 같이 안 왔나?"

"가, 같이 왔는데요."

"어디 갔어?"

"하하. 아침에 현관에서 사라졌는데."

"당장 가서 끌고 와."

말대꾸를 할 수 없게 만드는 선생님의 조용하고도 무거운 음성이 내 귓전을 크게 울렸다. 어, 어디 갔는지도 모르는데, 그냥 눈앞에서 사라져 버렸는데, 어디 있는지 어떻게 알고 찾나요? 난 담임 선생님을 한 번 쳐다보고 곧 아무 말 없이 교실을 나와 계단을 내려가야만 했다. 불량 학생, 불량 학생, 불량 학생 강은빈!! 제시간에 안 들어오고 땡땡이치는 불량 학생. 아줌마한테 몽땅 다 일러줄 거야! 나름대로 은빈을 욕하며 현관으로 내려왔다. 사라진 지가 언젠데 그 녀석이 여태 있을 리 없다. 그때 물이 뚝뚝 떨어지는 대걸레 자루를 쥐고 투덜거리며 아이들과 함께 막 계단을 올라가려는 지호가 보였다.

"앗! 지호야!"

나의 외침에 휙 돌아보는 지호. 그리고 날 보곤 슬금슬금 고개를 돌려 계단으로 올라가 버리는 어제 그 아이들. 그런데 지호의 얼굴이 말이 아니었다. 그 탱글탱글 하고 뽀송뽀송했던 피부가 거칠고 푸석푸석해져 있고 머리도 위로 떠 엉망이다. 내 모습과 흡사한걸? 하하. 결정적으로 이마에 밤송이만한 혹이 빨갛게 부어올라 있었다.

"지호야, 이마에 그게 뭐야?"

"은빈이 형이 때렸어요. 엉엉~"

때리다니? 사랑하는 후배한테 폭력까지 행사하고, 강은빈 불량 학생, 불량 학생, 불량 학생!

"은빈이가 왜 때려?"

"몰라요! 누나가 더 잘 알 거 아녜요. 우씨, 그렇게 말하지 말라고 했는데."

그러면서 이마에 붙은 거추장스러운 혹을 눈을 치켜뜨며 쳐다보는 불쌍한 지호. 그런데 내가 더 잘 알다니, 뭘? 내가 무슨 말을 했나? 어제 무슨 말을 했나?

"그런데 누나, 어제 은빈이 형 취한 거 봤어요?"

"하하. 내가 먼저 취해서 쓰러져 버렸단다."

"하하."

어이없다는 듯 웃으면서 엉망인 내 모습을 쳐다보다가 내 발에서 시선을 멈추는 지호. 지호의 시선을 따라 발을 쳐다봤다. 시선이 멈춘 곳엔 아침에 빌려 신고 온 은빈의 운동화가 있었다.

"어! 이거 은빈이 형 운동화 아니에요? 내가 생일 선물한 건데."

"응. 그, 그게……."

"누나, 어제 은빈이 형네 집에서 잤어요?"

얼래? 얘 도대체 무슨 소리를 하는 거야?

"아니야! 내가 은빈이네 집에서 자다니 무슨 말도 안 되는 소리니! 바로 옆이 우리 집인데!"

"누나, 훗!"

묘한 지호의 표정. 더 이상 말하기가 싫어진다.

"근데 지호야, 혹시 은빈이 못 봤니? 아침에 같이 왔는데 현관 앞에서 사라졌어. 담임 선생님이 찾아오래. 혹시 못 봐어, 응?"

쓸데없이 얼굴에 열 내며 지호의 어깨를 잡고 흔들면서 그렇게 다그치자니, 눈을 동그랗게 뜨고 말하는 지호.

"은빈이 형 아까 창고 뒤에서 담배 피우던데?"

정말, 누가 불량 학생 아니랄까 봐.

"그래? 고맙다, 지호야. 나중에 보자~"

난 처음 이곳에 왔을 때 창고에서 우락부락한 남자와 있었던 그 무서운 일을 떠올리며 창고로 향했다. 절대로 다시 가고 싶지 않은 곳이다. 창고를 향해 가까이 다가가고 있을 때,

"흐흐흑… 흑! 흑!"

웬 여자의 흐느끼는 울음소리가 들려왔다. 헉, 뭐지? 조심스럽게 창고 문을 열고 안을 들여다본 나는 그 자리에서 얼어버리고 말았다. 이마와 입가에 흐르는 피. 팔에 새파랗게 멍이 든 여자 아이가 바닥에 널브러진 채, 흐느끼고 있었다. 그 여자 아이를 내려다보고 있는 아주 낯익은 뒷모습. 은빈? 바닥에 아무렇게나 굴러다니는 굵은 각목들. 강은빈, 너!! 순간 머리 속에 떠오르는 생각.

"형은 여자 싫어해요. 혐오해요."

그 외엔 아무것도 생각나지 않았다. 온통 머리 속이 하얗게 비워지고 손발은 부들부들 떨렸다. 나도 모르게 꽥 소리를 지르며 그들을 향해 나아갔다.

"강은빈!! 너 지금 뭐 하는 거야!!"

뒤를 돌아보는 은빈의 얼굴. 그러나 그 눈빛엔 아무런 감정도 담겨 있지 않았다. 너무 화가 난다. 참을 수 없이 화가 난다.

"너 여자까지 때리니?! 도대체 이게 무슨 짓이야! 어떻게 여자애를 때릴 수가 있어!"

너무 흥분해서 덜덜 떨려오는 턱.

"정말 기대 이하다, 강은빈. 너 아무리 성격이 거칠어졌어도 이렇게 몰상식한 짓까지 하리라고는 생각 못했어! 너 성격이 뒤틀려도 아주 한참 뒤틀렸구나!"

"시끄러워! 네가 뭘 안다고 그런 소릴 하는 거야?"

간신히 화를 억누르는 듯한 말투로 내게 소리치는 은빈. 그런 녀석의 눈동자가 말할 수 없이 차갑게 흔들리고 있었다.

"그럼 네가 지금 하는 짓이 잘하는 짓이니? 잘하는 짓이니까 네 맘대로 하게 내버려 두라는 소리야? 너 아주 제멋대로구나? 제멋대로야!"

"잘 알지도 못하면서 나에 대해서 함부로 지껄이지 마. 네가 뭘 알아? 네가 나에 대해서 뭘 얼마나 안다고 그런 소리를 해?!"

"적어도 정상이 아니라는 건 알아!"

순간 거친 은빈의 고함.

"그래, 나 이런 놈이다! 나 이런 놈이야! 여자나 패고 다니는 쓰레기 같은 놈이라고! 은세별, 네가 하고 싶은 말이 이 말이지? 그래, 나 안하무인이고 아주 몰상식한 놈이다. 다른 사람 상관 안 해! 그러니까 너도 내 일에 상관 마!"

말을 마치고 차갑게 식어버린 눈동자로 창고를 나가는 은빈. 창고 문이 쾅 닫힘과 동시에 텅 하고 쇳덩이를 떨어뜨린 듯한 내 마음. 한숨을 푹 쉬고 고개를 떨구고 있다가 아직도 흐느끼고 있는 여자애에게로 다가갔다.

"괜찮니?"

나의 물음에 갑자기 울음을 그치고 고개를 홱 들어 날 쳐다보는 여자 아이. 조금 전 흐느끼던 모습은 어디 가고 피식피식 웃으면서 날 노려본다.

"재수없어."

그 말을 툭 내뱉더니 흐느끼던 여자 아이는 나를 홱 밀치고 옷매무새를 다듬으면서 창고를 휙 하니 나가 버렸다. 뭐야, 정말?

힘없이 교실로 돌아와 보니 은빈은 없었다. 왠지 가슴이 말할 수 없이 아프다. 내가 말이 심했나? 그렇지만 그 녀석, 여자를 때리다니, 정말 나쁜 녀석이잖아. 도대체 왜 그렇게 성격이 뒤틀린 거야? 나 때문에?

"왜 그래?"

심상치 않은 내 표정을 보고 걱정스럽게 묻는 세영. 아무 말도 할 수가 없었다. 그냥 고개를 푹 숙인 채 오전 수업을 그렇게 흘려버리고 점심 시간에 난 세영과 함께 옥상으로 올라갔다.
"정말 어디 아픈 것 같다, 너. 조퇴하고 쉬어야 하는 거 아냐?"
"아냐."
그 말을 하는데 나도 모르게 눈물이 한 방울, 두 방울.
"은세별."
"세영아, 엉엉엉~ 나 너무 속상해."
난 눈물을 펑펑 흘리며 세영의 품에 달려들어 얼굴을 파묻고 엉엉 울어댔다. 당황한 듯 흠칫 몸을 떨다가 곧 말없이 내 어깨를 안아주는 세영.
"도대체 무슨 일이야?"
"아침에 창고 안에서 은빈이가 여자 때리는 거 봤어. 그래서 좀 심한 말을 했는데 은빈이가 화가 많이 났나 봐. 그 녀석, 다신 나 안 보려고 할 것 같아."
"후우······."
한숨을 내쉬는 세영.
"강은빈."
"응?"
"좋아하니, 그 녀석?"
너··· 지금이 그런 걸 물어볼 상황이라고 생각하는 거니, 세영아?
"내가 좋아할 리가 없잖아. ㅠOㅠ 은빈이는 나 무지 싫어한단 말이야. 아니, 혐오해. 나 싫어하는 사람은 나도 싫어!"
"훗."

나의 말에 훗 하고 웃으며 살짝 미소를 짓는 세영. 왜일까? 저 미소가 심상치 않다. 그러나 난 끝없이 밀려오는 속상함에 다시 세영의 품에 얼굴을 묻고 아주아주 서럽게 울어댔다.

다음날.

"아, 그런데 세별아, 너 어제 은빈이랑 같이 안 왔니?"

가방을 메고 막 현관문을 나서려는 내게 말을 건네는 엄마.

"응? 어제는 나 혼자 왔는데, 왜?"

"은빈이가 어제 집에 안 들어왔대. 은빈이 엄마가 이른 아침에 우리 집에 왔더라. 혹시 세별이, 넌 모르냐고."

집에도 안 들어가다니, 그 녀석 정말. 왠지 마음 한구석이 아파오는 걸 느끼며 학교에 갔다.

물론 은빈이 녀석은 없었다. 후우, 도대체 어떻게 된 거야? 한숨을 푹 내쉬며 가방을 내려놓고 의자에 앉으려는데 소곤거리는 아이들의 목소리.

"야, 진짜 대단하지 않냐? 어떻게 혼자서 7명을 때려 눕혀? 하, 진짜 대단해, 그놈."

"그러게 말이야. 정말 은빈이 아니었음 현정이 큰일당할 뻔했지. 정말 나쁜 놈들, 반항해도 그렇지, 어떻게 여자를 때리냐? 아까 봤냐? 얼굴이고, 팔이고, 다리고, 온통 멍투성이던데. 그런 놈들은 그냥 확 퇴학시켜야 돼."

정신이 멍해짐과 동시에 무언가에 한 대 얻어맞은 것처럼 어지러워지기 시작하는 내 머리.

"아무튼 우리의 정의의 사도 강은빈. 또 팬 늘어나게 생겼구만. 부러운 자식, 하하."

난 벌떡 일어서서 다짜고짜 재잘재잘 얘기하고 있는 그들에게 다가가 흥분된 음성으로 소리 소리를 질렀다.

"지금 뭐라고?! 다시 말해 봐!!"

"뭐야? 얘 왜 이래?"

"은빈이가 뭘 어쨌다고? 말해 줘!!"

나의 다그침에 얼굴이 굳어지며 슬슬 말을 꺼내는 아이.

"어제 그 나쁜 놈들이 현정이 끌고 창고에 갔는데 맞고 있는 거 은빈이가 구해……."

난 말을 다 듣지도 않고 미친 듯이 지호의 교실로 달려갔다. 날 이상하게 쳐다보는 아이들의 시선도 눈에 들어오지 않았다. 맙소사, 내가 그런 말도 안 되는 오해를 했다니… 어렸을 때 준 상처로도 모자라 또다시 그런 상처를……. 미안해, 정말 미안해.

"지호야!!"

교실에서 막 나오려는 지호. 난 지호를 붙잡고 다그쳐 물었다.

"은빈이, 은빈이 어디 있는 줄 아니? 응?"

"누나, 갑자기 왜 그래요?"

놀란 듯 눈을 동그랗게 뜨고 날 쳐다보는 지호.

"몰라? 은빈이 어디 있는 줄 몰라? 지호야, 알면 말해 줘!"

"누나, 진정해요!"

지호는 영문도 모르고 극도로 흥분하고 있는 나를 달래려 애쓰고 있었다.

"찾아야 돼, 은빈이 찾아야 돼. 찾아서 사과해야 돼. 미안하다고 말해야 돼. 지호야, 은빈이 찾아줘."

"누나."

눈물 고인 눈으로 중얼거리는 날 보며 어쩔 줄 몰라 하는 지호. 참을 수 없이 화가 난다. 내 짧은 생각으로 많은 상처를 입힌 녀석의 생각에. 미안하다, 정말! 지호는 흥분을 가라앉히지 못하는 날 간신히 달래며 복도를 벗어났다.

화단 앞 벤치. 벤치에 앉아 난 지호에게 어제의 오해를 설명했다. 내 말을 다 듣고 난 후, 작게 한숨을 내쉬며 말하는 지호.

"누나, 어떻게 그런 말도 안 되는 오해를 했어요?"

"정말 그 상황에서는 그 생각밖에 안 들었단 말이야. 내가 갔을 땐 은빈이랑 그 여자애밖에 없었어. 오해할 수밖에 없는 상황이었단 말야."

"그래도 그렇지, 어떻게 그런 오해를 해요? 누나는 은빈이 형 옛날 친구이기까지 하면서 그렇게 은빈이 형을 몰라요? 누나도 알 거 아녜요, 은빈이 형 여자 때릴 사람 아니란 거."

"때릴 것 같은걸? 은빈이 여자 싫어하잖아. 여성혐오증이라며."

"그거랑 이거랑 같아요? 누나, 진짜."

"지호야, 은빈이 있는 데 어떻게 알 수 없을까? 정말 꼭 사과해야겠는데."

"어제 집에도 안 들어오고 오늘 학교도 안 왔다구요? 전화해 볼게요, 한번."

지호는 한숨을 푹 쉬더니 폰을 꺼내 전화를 하기 시작한다. 두근두근 떨리는 내 마음. 받아라… 제발 받아라!! 한참 폰을 들고 있던 지호, 드디어 은빈이 받았는지 다급하게 소리친다.

"여보세요? 은빈이 형! 왜 학교 안 와? 어제 집에도 안 들어갔다며?"

"은빈아!!"

난 소리를 버럭 지르며 지호의 손에서 폰을 확 낚아챘다.

"강은빈!! 너 어디 있는 거야?! 도대체 어젠……."

띠리리~

헉! 뭐지?

"전화 끊었나 봐요."

난 다시 통화 버튼을 눌렀다. 그러나 뚜르르르르 연결음 대신 흘러나오는 예쁜 아줌마의 목소리.

[고객 전화기가 꺼져 있어 소리샘으로 연결됩니다. 연결된 후에는…….]

윽! 정말 화가 많이 났나 보다. 이 일을 어떻게 수습해야 될까? 한참을 멍하니 한숨만 쉬고 있는데,

"혹시 그 클럽에 갔나? 가끔 형 기분 안 좋은 날 가곤 하는데……."

난 지호의 말에 고개를 번쩍 들고 소리쳤다.

"클럽? 클럽이라니? 거기가 어딘데?"

"형 아는 사람 가게인데 재즈 연주하고, 언더그라운드 가수들 나와서 노래하고, 그런 데예요."

"가자!!"

난 힘차게 소리치며 벌떡 일어섰다. 그러나 다시 지호의 손에 팔목을 붙잡혀 앉아야만 했다.

"누나, 수업은 마치고 가야죠."

"아, 그래."

수업을 어떻게 마쳤는지도 모르겠다. 수업 시간 내내 한숨만 푹푹 쉬다가 선생님들께 혼나고 종례 시간엔 담임 선생님께 은빈이 어디다 팔아먹었냐는 농담 같은 핀잔을 들었다.

"선생님, 걱정 마세요! 제가 은빈이 찾아올게요. 내일은 꼭 같이 등교할 거예요!!"

소리치고 등을 돌려 복도로 뛰어나갔다. 물론 빠르게 뛰어나간 관계로 날 노려보던 여자 아이들의 눈빛을 보지 못한 것은 당연지사. 현관으로 뛰어나와 신발을 신으려는데 탁—!! 어떤 건장한 남학생과 정면으로 부딪치고 말았다.

"앗, 미안해요!!"

얼굴을 쳐다보지도 않고 빠르게 지나쳐 신발을 신는데 들려오는 목소리.

"아씨, 콩만한 게 더럽게 세게 박네. 야! 신윤수! 애들 다 어디 갔어? 강은빈 있는 데 알아냈다. 다들 집합시켜라."

헉!! 깜짝 놀라 뒤를 돌아보니 낯익은 얼굴이 눈에 확 들어왔다. 세영이에게 사귀자고 했던, 그 우락부락한 남자가 몇 명의 애들을 거느리고 걸어오며 짜증난다는 듯 말하고 있었다.

"아, 진짜 그 새끼, 이번엔 아주 얼굴도 못 들게 확 눌러 버린다. 그동안 곱게 봐줬더니 아주 나대고 있어."

저게 무슨 소리지? 눌러 버린다니? 뒤통수를 치기라도 한다는 건가? 생각이 거기까지 미치자 난 더욱더 다급해졌다. 교문 앞에서 만나기로 한 지호. 어서 지호를 찾아 이 사실을 알려야지! 은빈의 운동화를 엉망으로 구겨 신고 교문을 향해 달리는데,

"야!!"

날 부르는 소리인가? 달리면서 뒤를 돌아보니 나를 쳐다보는 아이는 아무도 없다. 뭐야? 바빠 죽겠고만!! 다시 앞을 보니 내 앞에 서 있는 청순가련형의 어여쁜 소녀가 눈에 들어온다. 누구지? 어디서 한번 봤던 기억이……. 천천히 그 아이의 얼굴을 쳐다보다가 문득 생각났다. 그래, 은빈이네 집 앞에서 은빈의 여자 친구로 보이던 그 청순가련의 여자.

"어? 은빈이 여자 친구."

나도 모르게 그렇게 말해 버리고 말았다. 그러자 내 말에 피식 하고 웃는 그 아이.

"너 은빈이네 옆집 산다며? 둘이 친하니?"

갑자기 무슨 소리야? 바빠 죽겠고만!

"아니 안 친해!!"

난 그렇게 소리치고 그 아이를 지나쳐 다시 달릴 포즈를 취했다.

그러자 내 팔을 턱 하고 붙잡는 그 아이.

"안 친한데 왜 둘이 맨날 같이 등교해? 진짜 웃겨. 왜 은빈이 옆에 붙어 다니는 건데?"

"지금 내가 무지 바쁘거든? 미안, 나중에 얘기하자!"

저런 말도 안 되는 소릴 듣고 있을 시간이 없다.

"야! 너 사람 말이 말 같지 않아? 이게 진짜 누구 열받아 뒈지는 꼴 보고 싶어서 그러나!"

"지금 그런 얘기 할 시간 없단 말야! 은빈이가 위험해! 구하러 가야 된다고!"

순간 눈이 튀어나올 듯 커지며 입을 벌리는 그 아이.

"뭐? 은빈이가 뭐가 어떻……."

그러나 난 그 말에 채 끝나기도 전에 그 아이를 지나쳐 교문으로 열심히 달음박질쳤다. 교문이 가까워 오자 교문에 기댄 채 나를 쳐다보고 있는 지호가 보였다.

"지호야!!"

"누나, 왜 그렇게 뛰어와요?"

영문도 모른 채 날 멀뚱멀뚱 쳐다보는 지호.

"헉헉! 지, 지호야, 큰일 났어! 은빈이가 위험해. 어제 창고에서 은빈이한테 맞았던 애들이 복수한다고……."

"네?!"

그제야 크게 소리치며 몸을 들썩이는 지호.

"그게 정말이에요?"

"그래! 현관 나오다가 무섭게 생긴 애들이 얘기하는 거 들었어! 은빈이가 어디 있는지도 안대!"

"빨리 가요, 누나!"

상황의 다급함을 눈치 챈 듯 서둘러 달려나가는 지호. 그러다가 갑자기 우뚝 멈춰 서서 느닷없이 손을 흔든다.

"택시!!"

그렇게 우린 택시를 타고 은빈이가 있는 곳을 향해 출발했다.

"아저씨, 빨리 좀 가요! 사람이 죽게 생겼단 말예요!"

다급한 지호의 외침에 허허 하고 여유있게 웃으시는 아저씨.

"뭐가 그렇게 급한가? 사람이 여유를 갖고 살아야지."

"사람 죽으면 아저씨가 책임질 거예요? 아, 빨리 좀 가라구요!! 젠장, 60km가 뭐예요? 120km 밟아요, 120km!!"

"지호야, 진정해."

다급한 마음으로 소리치는 지호를 말리려는데 더욱더 큰 소리로 아저씨를 향해 소리치는 지호. 하지만 여전히 여유있게 천천히 운전하시는 싱글벙글 아저씨. 나도 다급하단다, 지호야. 만약 은빈이가 잘못된다면 그게 다 내 탓이라는 생각만 들어. 걱정스러운 마음으로 발을 동동 구르며 입술을 깨무는데 어느새 목적지에 다 왔는지 택시가 끽 하고 멈췄다.

"우씨!! 잘못되면 다 아저씨 책임이에요!!"

소리치며 택시 문을 쾅!! 닫는 지호. 지호와 함께 뛰어가려는데 들리는 택시 기사 아저씨의 목소리.

"뭐든 서두르고 화내면 일찍 죽어! 사람이 여유를 갖고 살아야지, 여유를!"

윽! 아저씨, 정말 끝까지. 지호와 함께 여러 상가를 거쳐 달리다가 지호가 멈춤과 함께 나도 걸음을 멈췄다.

"여기야?"

푸른색 간판에 영어를 이상하게 뒤틀어 써놓은 곳을 보며 묻자 대답도 없이 그 안으로 쑥 들어가는 지호. 지호를 따라 안으로 들어가 보니 깔끔하게 정리된 실내가 눈에 들어왔다. 약간 어두운 블루톤의 조명에 깔끔한 탁자들.

"오긴 왔는데 은빈이 형이 여기 있을지 모르……."

말끝을 흐리며 실내를 휘익 둘러보다가 크게 소리치는 지호.

"상현 선배님!!"

지호의 외침에 그곳을 돌아보니 깔끔한 검은 정장에 머리엔 두건을 쓴 키 큰 남자가 우릴 바라보고 있었다.

"지호, 웬일이냐?"

"은빈이 형 여기 안 왔어요?"

"은빈이? 안에서 자는데?"

윽! 자고 있다니. 지금 무서운 놈들이 널 치러 온다는데 태평하게 잠이나 자고 있고! 지호와 함께 상현 선배라는 사람이 가리킨 문을 벌컥 열고 들어갔다. 문을 열자 눈에 들어온 건 커다란 침대에 이불도 덮지 않고 길게 뻗어 자고 있는 은빈.

"형! 은빈이 형! 일어나!"

지호가 은빈의 어깨를 우악스럽게 흔들며 은빈을 깨웠다. 양미간을 찡그리며 천천히 눈을 뜨는 은빈. 눈꺼풀이 열리고 까만 은빈의 눈동자가 흔들리며 지호를 응시한다.

"뭐야?"

손으로 양 이마를 짚으며 지호를 노려보기 시작하는 은빈.

"씨, 나 한 번만 더 깨우면 던져 버린다."

"은빈아, 일어나! 그놈들이 너 때리러 온단 말야!"

나름대로 다급해져 외친 소리이건만 은빈은 미동도 하지 않고 등을 돌려 누웠다.

"한지호, 쟤 데리고 나가."

라는 소리와 함께.

"형!! 일어나란 말이야! 아무래도 벼르고 있던 윤수 새끼가 똘마니들 다 끌고 오는 것 같아! 얼른 다른 데로 피하란 말이야!"

"피하면 언젠가는 안 부딪치겠나?"

항상 느끼는 거지만 강은빈 저 녀석, 배짱은 진짜 두둑하다. 쓸모없는 배짱. 정말 너무 용감해도 탈이야.

"상현 선배한테 말해서 우리 애들한테 다 연락하고 있을 테니까 얼른 나와! 누나, 형 데리고 나와요."

지호는 폰을 빼 들며 나갔다. 남겨진 나, 무슨 말을 해야 할지 모르겠다. 어제의 말도 안 되는 오해로 화가 머리끝까지 뻗치다 못해 폭발할 지경일 텐데. 저 녀석 성격에 미안하단 말을 곱게 받아줄 리도 없다. 하지만,

"미안해, 은빈아."

기어들어 가는 내 목소리에 아무 표정 없이 인상만 쓴 채 바닥을 내려다보고 있다가 휙 하니 몸을 일으켜 날 지나쳐 문을 여는 은빈.

"은빈아!"

다급함에 은빈의 옷자락을 움켜쥐었다.

"은빈아, 미안해. 정말 미안해. 어젠 내가 오해했어! 정말 오해야! 내 짧은 생각으로 그런 터무니없는……."

"이렇게 시간 끌고 있다가 나 놈들한테 터지면 네가 책임질 거냐?"

너무도 차가운 목소리. 그 목소리에 옷깃을 잡고 있던 손을 스르르 놓아버렸다. 그래, 지금 중요한 건 그게 아니지. 우선 몸을 피한 다음 사과는 나중에 해도…….

"그래! 그럼 우선 몸을 피하자!"

소리치며 은빈을 제치고 문을 벌컥 열려는데 느닷없이 먼저 확 열리는 문!

쾅—!!

눈에서 별이 보인다는 말, 이럴 때를 두고 하는 말인가 보다. 열린 문에 이마를 아주 세게 격타당한 난 이마를 감싸 쥐며 소리를 질렀다.

"아아아악!"

"은빈이 형!! 도대체 왜 안……."

"으아, 지호야!"

"어? 누나, 문 뒤에 있었어요?"

"어리버리 등신."

그 말을 마치고 휙 나가는 은빈. 도대체 어리버리라는 뜻은 무엇이며 왜 항상 나에게 저런 표현을 쓰는 건지. 뭐 별로 좋은 뜻은 아닌 듯하다만.

"누나, 가요!"

지호의 다그침에 얼른 정신을 차리고 지호를 따라 그곳을 나왔다.

가게를 나오는 순간 난 입을 크게 벌리지 않을 수 없었다. 우락부락한 그 남자, 그리고 아까 현관에서 부딪쳤던 덩치 큰 남자와 그 뒤로 적어도 10명은 넘어 보이는 건장한 사내들이 떡 버티고 서 있었던 것이다. 이, 이런, 늦었어! 저놈들이 오기 전에 몸을 피했어야 하는데.

두려운 마음에 은빈과 지호를 보니 그들은 의외로 담담한 눈빛으로 입을 굳게 다문 채 놈들을 쳐다보고 있었다. 조금 전만 해도 빨리 가라고 택시 기사 아저씨를 그렇게 재촉하던 지호. 왜 저렇게 여유있어 보이는 걸까? 이유를 알 수 없다.

"야, 이 망할 놈아! 네가 우리 애들 죽도록 패놓고 오늘 학교도 안 나왔냐?"

우락부락한 남자의 무시무시한 말.

"오늘이 네 제삿날인 줄 알아라. 그리고 너 한지호, 너는 저 새끼 무덤이나 파라."

그렇게 말하면서 우락부락한 남자와 덩치 큰 남자가 주먹을 쥐고 뚜두둑…뚜두둑… 소리를 아주 심하게 냈다.

"으, 은빈아, 지호야."

무서운 마음에 은빈과 지호를 불러봤지만 그 말에 대답할 리 없다. 은빈은 잔뜩 인상을 쓰고 이마에 핏대를 세운 채 그들을 향해 폭언을 퍼붓기 시작했다

"별 머저리 같은 놈들이 추잡스런 짓은 다 하네. 네 똘마니들 교육이나 잘 시켜라, 응?"

그러자 기차다는 듯 고개를 젖히며 하하 웃는 그들. 주먹을 부르르 떨릴 정도로 굳게 쥐고 있었다.

"야, 이 자식아! 너는 네 위에 아무도 없냐? 항상 느끼는 거지만 넌 건방지다 못해 아주 썩었어. 선배한테 대들기나 하고."

"야, 말 필요없어! 저놈, 오늘 날 잡은 거야. 따라와, 이 자식아!"

우락부락한 남자와 덩치 큰 남자는 침을 탁 뱉으며 등을 돌려 걸어가기 시작했다.

"형, 조금 있으면 애들 올 거야."

"필요없어."

딱 잘라 말하고 그들을 따라 걷기 시작하는 은빈. 정말, 정말, 정말… 얼마나 무식하면 저렇게 용감한 걸까? 설마 10명도 넘는 놈들을 혼자 상대할 자신이 있다는 건 아니겠지?

"강은빈!!"

나의 외침에 고개를 약간 옆으로 돌린 채 말하는 은빈.

"넌 따라오지 말고 집에 가."

"너 미쳤어? 너 혼자 저 애들을 상대하겠다는 거야?"

"분명히 말했다. 거추장스럽게 눈에 띄면 진짜 죽을 줄 알아."

진짜 저 녀석이!

"지호야, 어떡해?!"

다급한 마음에 지호를 불렀지만 지호도 담담한 표정이다.

"걱정 마요, 누나. 은빈이 형 천하무적이에요. 새끼들 피해보려고 했는데 기왕 이렇게 된 거 부딪치는 수밖에요."

"지호야."

"누나가 싸움 잘하는 건 알지만 누나는 집에 가요. 따라오면 안 돼요."

은빈의 헛소리 때문에 말도 안 되는 오해를 받고 있는 나.

"누나, 가요!"

그렇게 말하며 지호는 멀어지는 은빈을 따라 뛰었다. 하지만 따라오지 말라고 안 따라갈 내가 아니다. 미국에서 살 때, 저런 거 수도 없이 많이 봤다. 10명도 넘는 놈들이 한 명만 붙잡고, 때리고, 짓밟는 무서운 광경. 짓밟힌 그 아이들, 다신 학교에 나오지 못했다. 강은빈, 넌 나를 친구로 생각 안 할지 모르지만, 난 이제 너를 친구로 인정하고 싶어. 괜스레 벅차오르는 마음으로 그들을 향해 힘차게 뛰어가기 시작했다. 금세 어디로들 사라졌는지 그들을 찾아 주위를 두리번거리고 있는데,

"야!! 이 새끼야!!"

무시무시한 사내의 고함이 들려왔다. 깜짝 놀라 소리의 근원지로

뛰어갔다. 넓은 공터에서 뒤죽박죽 엉켜서 싸우고 있는 무리들. 노랑 머리가 아닌 까만 머리의 아이들이 싸우고 있으니 왠지 기분이 묘하다.

"야, 저 새끼 잡아!!"

외치며 각목을 휘두르는 우락부락한 사내! 가만 보니 같이 술 마실 때 보았던 은빈의 친구와 지호의 친구도 섞여 싸우고 있다. 미친 듯이 두근거리는 가슴. 차마 앞으로 나갈 생각은 못한 채 조마조마해하고 있는데, 언제 발견했는지 날 보고 크게 외치는 지호의 친구!

"누나! 도와줘요! 누나 싸움 잘하잖아요!!"

헉!! 은빈의 헛소리 때문에 정말 싸움꾼 여깡패가 되어버리는 순간이었다. 그 아이는 눈가에 피를 질질 흘리며 나에게 힘겹게 외치고 있었다. 하나둘 쓰러지기 시작하는 아이들. 덩치 큰 사내에게 배를 걷어차이고 쓰러져 있는 지호. 무지막지하게 달려드는 세 명의 사내를 힘겹게 상대하고 있는 은빈. 순간 어디서 그런 용기가 생겼는지, 나도 모르게 바닥에 굴러다니는 각목을 힘껏 움켜쥐고 그들을 향해 달렸다. 조금 뒤 일어날 엄청난 일을 상상도 하지 못한 채.

난 미친 듯이 그들에게 달려가 눈을 질끈 감고 은빈의 머리를 걷어차려는 우락부락한 사내의 머리를 각목으로 사정없이 내려쳤다!!

퍽—!!

무지 크게 울리는 소리!

"아씨! 이건 또 뭐야?!"

무시무시한 고함과 함께 날 향해 달려드는 우락부락한 사내! 헉!

마, 맞는다! 난 몸을 잔뜩 움츠리고 눈을 질끈 감았다. 순간 무언가에 떠밀려 바닥으로 쓰러진 나. 육중한 무언가 내 위로 쓰러져 몸을 짓누르고 있었다. 힘겹게 눈을 뜬 나는, 허억—!! 머리가 어지럽고 온몸이 딱딱하게 굳어지는 걸 느끼며 헉 하고 숨을 몰아쉬었다. 은빈의 얼굴이 바로 내 눈앞에 있었던 것이다. 은빈과 나 사이의 공간 1cm. 1mm라도 움직이면 입술이 닿고도 남을 만큼의 거리였다. 너무 놀라 숨도 못 쉬고 있는데 퍽 하고 은빈의 머리를 강타하는 각목! 날 막아주려고? 심장은 미친 듯이 뛰고 있는데 은빈이가 내 몸을 거칠게 확 일으키더니 밀어내면서 소리쳤다.

"야, 한지호! 얘 보내라고 했잖아!!"

"아씨, 별 웃기지도 않은 게 다 와서 설치네! 넌 이따 보자!"

다시 각목을 휘어잡는 우락부락한 사내. 그러나 그 사내는 곧 은빈의 주먹에 코를 거세게 맞고는 멀리 나가떨어지고 말았다. 지난번, 세영이에게 복부를 맞고 나가떨어졌을 때의 그 자세 그대로.

바닥에 털썩 널브러져 숨을 몰아쉬고 있다가 정신을 차려보니, 어느새 잠잠해진 주위. 쓰러진 아이들. 코가 짓이겨져 형체를 알아볼 수 없는 우락부락한 사내와 그 바로 옆에 얼굴을 박고 쓰러져 있는 덩치 큰 사내. 얼굴과 배를 매만지고 있는 지호. 목을 잡고 인상 쓰고 있는 은빈. 상황은 종료된 듯했다, 우리의 승리로.

우리는 쓰러진 아이들을 부축해 다시 클럽으로 돌아왔다. 다행히 외상은 거의 없었다. 탁자에 널브러져 휴식을 취하고 있는 그들을 뒤로하고 난 은빈과 지호가 있을, 아까 은빈이가 자고 있던 방으로 들

어갔다. 은빈의 얼굴을 보자 미친 듯이 심장이 뛰기 시작했다. 왜, 왜 이러지? 이놈의 심장이 고장나 버렸나? 그때 은빈의 무뚝뚝한 음성이 들려왔다.
"저 기집애 때문에 한 다섯 대는 더 맞았나 보다."
"그래도 누나가 그 새끼 막아줬잖아, 형 뒤에서 머리 치려던 거."
"막아달라고 한 적 없다."
그렇게 말하면서 은빈은 물수건으로 얼굴과 손에 묻은 피를 닦아내기 시작했다. 조금 찢어진 상처들을 제외하면 그리 큰 상처는 없었다. 지호는 은빈에게 맞아서 혹이 난 자리에 또 하나의 혹이 나 있었다. 풋!
"근데 형."
갑자기 입술을 오므리고 쿡쿡 웃으며 은빈을 부르는 지호.
"뽀뽀 어땠어?"
엥? 저, 저것이 갑자기 무슨 소리야?! 그렇다. 지호는 아까 그 상황을 보았던 것이다!! 다시금 그 상황이 떠오르고 있었다. 당황스러워 얼굴에 열이 확 올라 은빈을 보자니,
"너 지금 뭐라고 했냐? 뽀뽀?"
무시무시하게 지호를 노려보기 시작하는 은빈.
"아까 다 봤어! 형이 누나 막아주다가 뽀뽀했잖아!! 하하하!!"
아닌데, 아닌데… 도대체 왜 저러는 거야, 저 녀석!!
"이 자식, 네가 정녕 내 주먹 맛을 보고 싶은 거지?"
라며 슬금슬금 지호를 향해 다가가는 은빈. 그러자 무시무시한 눈

빛에 벌떡 일어나 재빨리 나가서 얼굴만 쏙 내밀고 소리치는 지호.
"하하하!! 은빈이 형, 첫키스!! 첫키스!!"
쾅 닫히는 문. 순간 방 안에는 싸늘하다 못해 오금이 저릴 정도의 찬바람이 휙 불어닥침과 동시에 시베리아 벌판에서나 느낄 수 있을 것 같은 냉기가 흘렀다. 굳어 있는 은빈의 얼굴.
"하하. 은빈아, 우리 뽀뽀 안 했는데, 그치?"
어떻게든 어색한 분위기를 바꿔보려고 한 말이었는데 오히려 역효과를 낳고 말았다. 은빈은 기가 차다는 듯 손을 닦고 있던 물수건을 퍽! 소리나게 던져 버리고는 소리쳤다.
"아씨!! 그지 같은 놈, 죽었어!!"
그날 밤, 지호는 아이들과 싸울 때 얻은 상처보다 훨씬 더 많은 상처를 안고 집으로 돌아갔다. 정말 불쌍한 지호. 그러게 왜 있지도 않은 말을 해서 성질 사나운 은빈이를 건드리니?
엉엉 울면서 소리치는 지호를 집에 보내고 난 지금 은빈이와 나란히 걷고 있는 중. 부드럽고도 따뜻한 밤 공기가 피부에 닿자 괜스레 기분이 좋아진다. 그러나 아직 나에겐 해결하지 못한 문제가 남아 있다. 은빈이에게 사과하는 것.
"은빈아."
"붙어서 걷지 마. 짜증나니까."
읔! 지금 사과를 하려는데 저런 말을…….
"나 너한테 사과하려고 해. 어제 일 말이야, 내가 갔을 때 너와 그 여자밖에 없어서 그렇게 말도 안 되는 오해를 하고 말았어."

"넌 내가……."

조용히 말하며 나를 돌아보는 은빈.

"응?"

"넌 내가 그 기집애 때린 새끼들하고 같이 있었어도, 내가 그 여자를 때렸다고 생각했을 거다. 내 말이 틀리냐?"

은빈의 조용한 음성에 텅 하고 내려앉는 가슴. 그래, 어쩌면 난 그랬을지도 몰라. 여자를 싫어해서 때린 거라고, 그런 잘못된 생각으로 미리 너를 판단했으니까.

"성격이 더럽다 못해 파탄 지경까지 이르렀고, 안하무인에 물불 안 가리고 나대는 싸가지에, 자기밖에 모르는 이기심에, 거기다가 여자까지 패고 다니는 인간 쓰레기. 그거 아니냐, 네가 알고 있는 나?"

"아니야! 그건 아니야! 널 그렇게까지 나쁘게 생각한 적은 없어!"

"네 얼굴에 다 써 있고, 네 눈에 다 보여. 젠장, 다 보인다고!!"

그렇게 말하며 은빈은 앞서 걸어가기 시작했다. 가슴이 너무 답답해지기 시작한다. 난 널 그렇게 생각하지 않는데… 어렸을 때의 너와 지금의 네가 너무 많이 변하긴 했지만… 그래도 그건 아닌데, 정말 아닌데…….

"네가 따뜻한 마음 가지고 있는 거 알아! 사실은 착하다는 거 안다고!"

소리치며 은빈에게 다가가니 그런 날 보며 픽 웃는 은빈.

"너 거울 있음 한 번 봐라. 네 얼굴이 지금 어떤지 아냐? 마음에도 없는 말하느라 일그러질 대로 일그러져 있어."

"비꼬지 마, 제발!"

나도 모르게 소리치고 말았다. 조금은 놀란 듯 말없이 눈을 가늘게 뜨고 날 보는 은빈.

"그래, 내가 널 오해한 건 사실이야. 네가 여자 때렸다고 오해한 거 사실이라고. 하지만 그건 결국… 나 때문이야. 그런 오해도… 나한테서 비롯됐어."

"뭐가?"

"나 때문에 여자 싫어하잖아."

그 말을 하는 순간 가슴을 칼로 도려내는 것 같은 아픔이 느껴졌다. 뭉클하다가 다시 찌르르 아픈 가슴.

"이제 옛날 얘기는 하지 마. 씨, 그래! 네 말대로 과거는 과거일 뿐이다. 등신 같은 너 골탕 먹이려고 옛날 일 들춰낸 것뿐이야. 그러니까 그것 때문에 죄책감 가질 필요 없다고!"

웬일이지? 저 녀석이 저렇게 순순히 나오다니. 난 의외의 말에 눈을 동그랗게 뜨고 은빈을 쳐다봤다.

"그렇게 재수없게 쳐다보지 마. 나도 더 이상 옛날 얘기는 하기 싫으니까. 옛날 일은 옛날 일로 끝내자고. 알았냐?"

"그래도 사과하고 싶고 용서받고 싶어."

내 말에 후우 하고 한숨을 내쉬다가 다시 픽 웃고는 내 얼굴을 똑바로 쳐다보며 말하는 은빈.

"용서고 뭐고 네가 책임지면 되겠네. 네가 나 여자 싫어하게 만들었으니까 네가 다시 좋아하게 만들어. 알았냐?"

난 터무니없는 농담 같은 은빈의 말에 하하거리고 웃고 말았다. 그런데 갑자기 무거웠던 마음이 왜 이렇게 가벼워지는 거지?

"못하냐?"

"그래, 노력해 볼게."

"제발 노력해라. 잘 나간다는 여자는 다 만나보고 다니게."

윽! 이 녀석은 항상 뒤끝이 안 좋은 것 같다. 그래도 마음이 이렇게나 가벼워졌으니. 하하. 날아갈 것 같은걸~ 나는 아주 오랜만에 활짝 웃으며 은빈을 쳐다봤다. 먼 곳을 응시하는 감정없는 눈동자. 무뚝뚝하게 다물고 있는 입술. 항상 무서웠지만 왠지 오늘따라 멋져 보이는 이유는 뭐지? 풋! 문득 저 녀석의 손을 잡아보고 싶다. 만약 날 친구로 생각한다면 손 한 번 잡는 건 허락해 주겠지?

"은빈아, 네 손 잡아도 돼?"

은빈의 표정은 어이없다는 듯 굳어졌다.

"손은 왜 잡자는 건데?"

"그냥 친구니까."

"미국에서는 생판 모르는 사람이랑도 손 잡고 다니나 보지?"

"야, 너랑 나랑은 모르는 사람이 아니잖아."

"시끄러. 어림없는 소리. 내 손은 내 마누라만 잡을 수 있다."

그렇게 말하고 은빈은 다시 앞서 걷기 시작했다. 엉뚱한 녀석. 그러나 저런 엉뚱한 말마저도 사랑스럽게 들리니 내가 정녕 미쳐 버렸나 보다. 난 두 손을 동글게 모아 입에 대고 앞서 걷고 있는 은빈을 향해 크게 외쳤다.
 "은빈아!! 우리 친구지? 친구 맞지?"
 내가 잘못 본 건지는 모르지만 은빈이 고개를 살짝 돌리며 희미한 미소를 지었다. 은빈아, 고마워.

미소녀의 정체 '착각은 자슈?!'

제5장 미소녀의 정체
착각은 자유?!

다음날, 늦게 일어나 버스 정류장을 향해 부지런히 걷고 있는데 뒤에서 들려오는 목소리.

"앞에 가는 못생긴 기집애, 같이 가."

누구인지는 안 봐도 안다. 고개를 돌려 은빈을 바라보았다. 녀석, 얼굴에서 빛이 나네. 늘 이마를 조금 덮었던 머리카락을 위로 깔끔하게 세운 멋진 얼굴.

"은빈아, 앞머리 섰다."

"바보냐? 일부러 세운 거야."

나도 안단다, 풋! 쿡쿡 웃으면서 은빈과 실랑이를 하다 보니 어느새 버스가 왔다. 버스에 오르자 역시나 등교 시간이라 사람이 무지무지 많았다. 이리 치이고 저리 치이며 간신히 자리를 잡아가려고 하는데 날 넓은 공간으로 밀어세우고 그 뒤에 턱 하니 버티고 서는 은빈.

"여기 박혀서 얌전히 고개 숙이고 있어. 못생긴 얼굴로 이리 치이고 저리 치이고 하지 말고."

으아! 네가 다시 얄미워지려고 해.

"그런데 은빈아, 넌 이상형이 어때?"

어제 녀석과 나눴던 대화를 떠올리며 은빈에게 물으니 픽 웃는 녀석.

"또 무슨 헛소리냐?"

"네가 어제 그랬잖아. 여자 좋아하게 만들어달라고. 여자를 소개시켜 주려면 우선 네가 좋아하는 스타일을 알아야 할 것 같아서."

밤새 많이 고민하고 한 말이었는데 녀석의 반응은 늘 그렇듯 시큰둥하다.

"넌 내가 이상형 같은 게 있을 것 같냐?"

"그래도… 아, 맞다! 은빈이 너 여자 친구 있잖아. 저번에 너네 집 앞에서 봤던 그 여자! 그러고 보니 여자를 아주 싫어하는 것도 아니네, 뭘."

"또 헛소리하지?"

인상을 구기기 시작하는 은빈. 여자 친구가 아닌가? 내가 너무 오버해서 생각한 건가?

"그럼 어떤 스타일의 여자가 좋니? 청순한 여자? 귀여운 여자?"

"제발 입 좀 다물어라, 기집애야."

"너무해! 나름대로 도와주려고 하는 건데, 정말."

"좋아하는 스타일 그 딴 건 없고, 싫어하는 스타일은 있다."

은빈의 말에 난 고개를 돌려 은빈을 쳐다봤다. 그래, 좋아하는 스타일의 반대는 싫어하는 스타일. 은빈이가 싫어하는 스타일의 여자를 알아서 그 반대의 여자를 소개시켜 주면 되겠구나!! 뜻하지 않은 수확에 눈을 동그랗게 뜨고 물었다.

"그래, 싫어하는 스타일! 뭔데?"

"너."

헉! 충격을 받자 머리 속이 멍해졌다.

"나, 나?"

"그래, 너. 너같이 어리버리하고 바보 같은 애가 제일 싫어. 세상에서 제일 싫어! 알아들었냐?"

"은빈아, 농담이지?"

"내가 농담하는 거 봤냐?"

그러면서 쿡쿡 웃기 시작하는 은빈. 정말 잔인하다. 어떻게 사람을 앞에 두고 저렇게 잔인한 말을 아무렇지 않게 할 수 있을까? 대단한 놈.

"그래, 알았다!! 내가 나오는 정반대의 여자를 소개시켜 주마."

힘없이 말하고 버스에서 내려 교실로 들어올 때까지 아무 말도 하지 않았다. 힘없이 축 늘어지는 몸. 왜 이러지? 저 녀석, 사람 힘 빠지게 하는 재주도 있구나. 참으로 여러 재주를 가지고 있는 강은빈.

조회 시간. 이 학교에는 이상하게 조회 시간과 종례 시간이라는 게 있다(딴 학교도 다 있나?). 은빈은 선생님께 몇 마디의 욕과 핀잔을 들었다. 물론 듣는 둥 마는 둥 흘렸겠지만. 선생님이 나가시고 난 세영이와 어제 있었던 얘기를 했다. 세영이는 내가 하는 말만 묵묵히 듣고 있었다. 얘기가 끝날 때쯤 빙그레 웃으며 말하는 세영.
"그럼 결국은 잘 해결된 거네?"
"응. 다행이지? 오해 다 풀렸어."
어깨를 맞대고 얘기하던 나와 세영이를 세게 확 떼어놓는 은빈. 놀라서 고개를 돌려보니 무표정한 은빈이 날 노려보고 있었다
"왜 그래?"
"둘이 사귀냐? 왜 붙어서 난리들이야? 날씨도 더워지는구만."
진짜 별걸 다 갖고 시비야.
"둘이 붙지 마, 신경 쓰이니까. 알았어?"
신경 쓰이니까? 은빈의 말에 문득 머리 속에 떠오르는 생각. 나같이 소심하고 어찌 보면 좀 멍청해 보이는 여자가 제일 싫다고 했지? 나와는 반대로 강인하고 자기주장 분명한, 게다가 얼굴까지 이쁜 세영이가 혹시 은빈의 이상형이 아닐까? 그렇다면 녀석은 세영을 맘에 두고 있는 건가? 그렇다고 여자인 나한테까지 질투를 하다니. 알았다, 가급적 세영이와 붙지 않으마! 생각이 거기까지 미치자 이유없이 씁쓸해지는 마음. 괜스레 미소를 지어 보이고 고개를 드는데 앞문이 스르르 열리더니 어제 날 다그치던 그 청순가련형 여자 아이가 들어왔다.
"어? 은빈아, 네 여자 친구 왔, 아니, 여자 친구인 듯 보이던 아이

왔다."

내가 더듬거리자 인상을 쓰고 날 노려보는 은빈.

"너 지금 뭐라고 했냐? 누가 누구 여자 친구라고?"

"아, 아니, 쟤."

은빈의 험악한 인상에 말끝을 흐리며 고개를 돌리니 어느새 바로 앞으로 다가와 있는 그 아이.

"은빈아."

반 아이들의 놀라는 시선 집중.

"은빈아, 어제 싸웠다며? 다친 데 없어?"

동그란 눈망울을 굴리며 조심스럽게 은빈을 향해 묻는 그 아이. 그러나 은빈은 아무 말 없이 책상의 낙서를 쳐다보고 있다.

"은빈아!!"

"야, 은세별, 1,000원만 꿔줘."

느닷없이 은빈이가 나에게 1,000원을 꿔달라고 한다. 내가 영문을 몰라 그 둘을 쳐다보니,

"강은빈! 너 정말……."

"아씨, 1,000원 달라고!!"

여전히 그 아이의 말을 무시한 채 죄없는 날 닦달하는 은빈. 뭐야, 진짜? 왜 괜히 나한테 그래? 그러나 어느새 내 손은 주머니에서 1,000원을 꺼내고 있었다. 그때 그 아이가 내 어깨를 거칠게 잡더니 크게 소리쳤다.

"재수없어, 진짜! 너 나중에 보자!!"

그 아이는 무시무시하게 소리치고는 입을 멍하게 벌리고 있는 나를 남겨두고 교실 문을 쾅!! 닫고 나갔다. 뭐지, 뭐지? 내가 무슨 잘못을 했다고. 당황스러워 은빈이를 쳐다봤지만 은빈이는 내가 놀라 떨어뜨린 1,000원을 주우며 쿡쿡 웃기만 하고 있었다. 이유없이 미움을 샀다는 찜찜한 기분으로 오전 수업을 흘려보내고 세영과 함께 옥상에 올라갔다.

옥상. 정말 좋다. 넓고 시내가 한눈에 내려다보여 이 학교에서 가장 맘에 드는 곳이다. 난 매점에서 사 온 빵과 우유를 맛있게 먹으면서 말없이 시내를 내려다보고 있는 세영에게 물었다.

"세영아, 안 먹어? 우물우물~"

"은세별."

조용히 날 부르며 지그시 쳐다보는 세영.

"응? 왜?"

"나 정말 예쁘게 생겼니?"

컥! 느닷없이 저게 무슨 소리지? 예쁜 건 사실이지만 그렇다고 저렇게 대놓고 묻다니.

"그, 그럼! 너 예뻐! 정말 예뻐! 너 쳐다보는 남자도 무지무지 많잖아!! 좋아하는 남자도 많고."

내 말에 피식 웃는 세영. 저 웃음도 빛이 난다.

"세별아, 넌 너무 귀여워."

그러면서 세영은 너무도 사랑스러운 표정을 지으며 느닷없이 날 꽈악 껴안았다. 세영의 품에 느닷없이 얼굴을 묻어버린 나. 기분 좋은 향기가 난다. 아우, 따뜻하고 아늑한 게 꼭 울 엄마 품 같네. 이런 상상을 하며 팔로 세영이의 허리를 조심스럽게 안았다. 그러자 날 더욱 꼬옥 안는 세영. 친구끼리 포옹하는 것도 기분 좋은 일이구나. 헤헤. 그렇게 싱글싱글 웃으면서 세영의 품에 얼굴을 묻고 있다가 문득 고개를 든 나는 막 옥상 문을 열고 들어오는 지호와 정통으로 눈이 마주쳤다. 헉!! 난 깜짝 놀라 세영의 품에서 빠져나왔다. 지호의 표정, 돌처럼 굳은 게 장난이 아니다. 설마 우리를 레즈비언으로 오해하는 건 아니겠지?

"하하! 지, 지호야, 안녕?"

"누나……."

지호가 여전히 굳은 표정으로 나와 세영을 번갈아 보며 천천히 입을 열었다. 그때 세영이 후우 하고 한숨을 내쉬더니,

"세별아, 나 화장실 좀 갔다 올게."

그렇게 말하고는 저벅저벅 걸어가 계단 밑으로 사라졌다. 지호는 날 쳐다보다가 주머니에 손을 푹 찔러 넣고는 천천히 다가왔다.

"둘이 친해요?"

"어? 어. 그래, 친한 친구야. 짝꿍이구. 앞으로 더 친해질 거야."

"친하게 지내지 마요."

지호의 딱 자르는 말에 영문을 몰라 눈을 동그랗게 뜨고 물었다.

"왜?"

"가까이 해서 좋을 게 없어요."

지호의 말에 세영을 쳐다보던 지호의 그 눈동자가 생각났다. 말없

이 굳은 표정으로 세영을 쳐다보던 지호.
"둘이 아는 사이니?"
내 물음에 아무 말 없이 고개를 젓는 지호.
"아무튼… 아무튼!! 가까이 해서 좋을 게 없다구요! 붙어 다니지 마요! 알았어요?"
"도대체 왜 그러는데? 이유라도 알아야지."
"질 나쁜 애라고 소문이 자자해요!"
차갑게 굳어버린 눈으로 소리치는 지호. 지호의 저런 눈, 처음 본다. 아무 말 못하고 굳어 있는 내게 지호는 조용히 다시 말한다.
"더 이상 상처받고 싶지 않아요. 내가 아끼는 사람들이 상처받는 것도 싫어요. 내 말 명심해요. 가까이 하면 다쳐요."
도대체 왜? 지호는 어지러워하는 나를 뒤로한 채 옥상에서 내려가 버렸다. 상처라니? 역시 지호와 세영, 둘은 분명히 아는 사이야. 도대체 무슨 일이 있었던 걸까? 지호는 왜 저렇게 차가운 눈으로, 상처받은 눈으로… 알 수 없다, 알 수 없어. 도무지 알 수 없는 생각들로 복잡해하다가 옥상을 내려왔다.
교실에 들어서니, 헉!! 어제 은빈 일행과 피 터지는 싸움을 벌였던 그 우락부락한 사내가 세영의 앞에 떡 버티고 서 있었다. 어제 은빈이에게 맞았던 코에 커다란 반창고를 붙이고 세영이에게 뭐라고 입술을 씰룩이고 있는 우락부락한 사내. 다행히 은빈이는 아직 들어오지 않았다. 난 숨을 몰아쉬며 어제 우락부락한 사내에게 각목을 휘둘렀던 게 생각나 가까이 가지 못하고 서 있는데, 느닷없이 세영의 어깨를 거칠게 잡아 올리는 사내. 난 깜짝 놀라 그들에게 후닥닥 몸을 날렸다.

"왜, 왜 이러세요?!"

나의 갑작스런 출현에 조용해진 주위.

"뭐야, 이건? 너 어제 그 건방진 애 아냐? 그래, 너부터 손보자!!"

그렇게 외치면서 세영의 어깨를 놓고 내 목을 거칠게 잡아당겼다. 무시무시한 힘으로 사내를 확 밀어버리는 세영. 사내는 세영에게 떠밀려 책상 두 개를 밀치며 바닥으로 곤두박질쳤다.

"시끄럽게 까불지 말고 꺼지라고!!"

버럭 소리치며 책상을 쾅!! 걷어차는 세영. 그 기세에 놀라 몸을 일으킬 생각도 못한 채 눈만 크게 뜨고 입을 벌리고 있는 우락부락한 사내. 상당히 불쌍하고도 초라해 보였다.

"이게 정말 사람 성질 건드리네!!"

우락부락한 사내는 버럭 소리를 지르며 벌떡 일어나더니 다시 세영과 나를 향해 달려들었다. 그러자 세영은 사내의 목을 꽉 움켜쥐더니 무표정한 얼굴로 조용히, 아주 조용히 말한다.

"교실에서 시끄럽게 나대면서 다른 사람 피해주지 말고 따라 나와라."

그리고는 몸을 돌려 교실을 나간다. 침을 턱 뱉고는 말없이 세영을 따라가는 사내. 난 잠시 멍하니 정신을 놓고 있다가 얼른 그들을 따라 나갔다.

어디론가 사라진 그들을 찾아 정신없이 건물 모퉁이를 돌아가는데 저만치 그 문제의 창고로 들어가는 세영과 사내가 보였다.

"세영아!!"

세영을 크게 소리쳐 부르며 창고로 달려갔다. 그러나 굳게 닫혀 버린 문. 안에서 잠그어 버렸는지 열리지 않는다.

쾅쾅!! 쾅쾅쾅!!

난 미친 듯이 창고 문을 두드렸다.

"세영아!! 문 열어!! 세영아!!"

소리치며 주먹이 아플 정도로 세게 문을 두드렸지만 안에서는 아무 소리도 없었다. 우락부락한 사내. 어제 싸움에서 보았기 때문에 나는 그놈의 무서움을 잘 알고 있다. 무식하게 힘만 세고 치사하게 뒤통수나 치는 놈. 어쩌면 위험할지도 몰라! 세영아, 너 정말 크게 다칠지도 모른단 말야! 끝없이 밀려오는 걱정스러움에 애꿎은 문만 두드려 대던 나는 두드리던 것을 멈추고 창고 문에 가만히 귀를 기울였다. 아무 소리도 나지 않는다, 아무 소리도. 설마… 그놈, 칼로 세영을 찌르기라도 한 건가? 이렇게 조용할 리가 없잖아!! 식은땀을 흘리며 창고 문에 찰싹 달라붙어 있는데 순간,

"으아아아아악—!!"

들려오는 고함. 헉!! 이어 거칠게 쾅!! 하고 열리는 창고 문! 그 바람에 나는 문에 떠밀려 바닥으로 퍽 쓰러지고 말았다. 놀라서 고개를 들어보니 얼굴이 새파랗게 질린 우락부락한 사내가 말로 표현할 수 없는 표정을 지으며 나를 지나쳐 달려나간다. 뭐, 뭐야, 대체?! 얼른 몸을 일으켜 열린 창고 안으로 들어갔다. 그리고 난 다시 그 자리에

털썩 주저앉고 말았다. 남방을 모두 풀어헤친 세영이가 말없이 날 쳐다보았다. 새하얗게 드러난 속살. 그런데… 그런데… 가슴이 없다—!! 이럴 수가……. 도저히 믿기지 않는 이 상황에 난 온몸에 힘이 쫙 빠진 채로 멍하니 세영을 바라보고만 있었다. 내, 내 눈이 잘못된 건가? 그러나 눈앞의 상황은 부정할 수 없는 현실. 정말 소중한 친구라고 느꼈던 세영, 너무도 예쁜 세영, 그런 세영이 판판한 가슴을 가진 남자가 되어 날 바라보고 있었다. 말도 안 돼. 이건 꿈일 거야! 난 멍하니 세영을 쳐다보다가 내 볼을 세게 꽈악 꼬집었다.

"아얏!"

무지 아픈 걸 보니 꿈은 아니다. 정말… 한세영, 너 남자였니? 남자였으면서 어떻게 여자인 척……. 머리 속이 온통 하얗게 비워진다. 갑자기 돋기 시작하는 소름.

"아아아아아아아악—!!"

크게 소리를 내지르고 정신없이 창고를 빠져나왔다. 맙소사, 이런 일이……. 창고를 빠져나가던 우락부락한 사내처럼 나도 얼굴이 새파랗게 질려서 정신없이 뛰고 있는데 누군가 내 팔을 턱 하니 붙잡는다.

"왜 그러냐?"

걸음을 멈추고 고개를 돌아보니 은빈이가 입에 빵을 물고 이상하다는 눈으로 날 쳐다보고 있었다.

"어딜 그렇게 정신없이 뛰어가? 얼굴은 파랗게 질려 가지고."

"은빈아."

난 은빈의 이름을 부르며 후들거리는 다리를 지탱 못하고 바닥에 털썩 주저앉고 말았다.

"야!"

은빈이 먹던 빵을 던져 버리고 조금은 진지한 얼굴로 다리를 굽혀 내 얼굴을 쳐다본다.

"은빈아, 세영이… 세영이… 남자였어."

중얼거리듯 내 입에서 흘러나오는 이상한 음성. 그러자 눈을 크게 뜨고 날 쳐다보다가 말없이 고개를 숙이는 은빈. 은빈이에게도 충격적인가 보다. 그래, 충격적이지 않을 리가 없…

"큭큭!!"

웃기 시작하는 은빈.

엥?

"큭큭큭!"

왜 저렇게 웃는 거지? 실성했나? 너무 충격적이어서 순간적으로 머리가…….

"나참, 어이없어서. 그럼 넌 여태까지 한세영이 여자인 줄 알았냐?"

은빈의 말에 난 또 한 번 입을 크게 벌리고 말았다. 저 말은, 저 말은… 은빈은 알고 있었다는 건가?

"그게 무슨 소리야? 넌 그럼 알고 있었어? 처음부터 세영이가 남자라는 거 알고 있었다는 소리야?"

"모르는 게 바보지."

캑!

"아니야! 모두들 세영이 여자로 알고 있어! 솔직히 세영이 외모가 어딜 봐서 남자야? 여자지! 지금도 모두들 그렇게 알고 있을걸!!"

"참나, 그렇게 사내 냄새 푹푹 풍기면서 온몸으로 난 남자다라고 말하고 있는데 그게 어떻게 여자로 보이냐?"

난 할 말을 잃고 말았다. 생각해 보니 예쁜 외모와는 어울리지 않는 거친 말투, 터프한 성격. 세영이는 단지 얼굴이 지나치게 예쁜 미소녀, 아니, 미소년이었단 말인가!! 오, 맙소사!!

"알았으면 이제 그런 변태 같은 한세영이랑 붙어 다니지 마."

"벼, 변태라니? 변태는 아닐 거야!"

"변태 맞아."

은빈의 말도 안 되는 소리에 뭐라고 반박하려는 찰나, 부드러운 머리를 쓸어 넘기며 아무 일도 없었다는 듯 이쪽으로 걸어오는 세영이가 보였다. 난 얼른 벌떡 일어섰다. 날 발견하고는 뚫어지게 쳐다보며 천천히 다가오는 세영. 또다시 복잡해 오는 머리 속. 정말 어이없는 사실은 세영이가 남자라는 사실을 알고 세영을 보니, 여자가 아닌 진짜 남자로 보이기 시작했다는 사실이다. 얼굴 윤곽이나 코, 입술이 모두 너무 예쁘긴 하지만 어쩐지 섬세하고 곱다기보다는 강한 남성미가 느껴진다. 그리고 결정적으로 가장 매력적인 건 아주 선명한 Adam's apple. 그동안 세영의 눈부신 외모에 정신이 팔려 톡 튀어나온 남성의 상징을 보지 못했던 것이리라. 조금씩 조금씩 사태 파악이 되고 있는 나는 조금 원망스러운 눈빛으로 세영을 쳐다보며 말했다.

"왜, 왜 여자인 척했니?"

나의 물음에 피식 웃는 세영.

"여자인 척한 적 없어. 난 여자처럼 행동한 적도, 내가 여자라고 말한 적도 없어. 순전히 네 멋대로 오해한 거 아냐?"

세영의 말에 할 말이 없어졌다. 듣고 보니 그렇다. 세영은 여자처럼 나긋나긋하게 행동한 적도, 자신이 여자라고 말한 적도 없다.

"하지만… 하지만 넌 내가 널 여자라고 착각하고 있는 거 알고 있었으면서도 그런 내 착각을 즐겼잖아!"

"재밌잖아."

그렇게 말하며 싱긋 웃는 세영. 처음으로 어여쁘고 사랑스러운 외모의 세영이의 머리를 한 대 치고픈 충동이 느껴졌다.

"너무해, 진짜 너무해!!"

"야, 이 변태 자식아! 그래, 아예 이참에 너 남자라는 거 속이고 여자로 살아보지 그러냐?"

은빈의 빈정거림에 쿡쿡 웃기 시작하는 세영.

"그래, 나도 그러고 싶었는데 웬 호모 같은 새끼들이 자꾸 집적대서 말이지. 귀찮아서 남자로 살기로 했다."

호모 같은 새끼들이라 함은 그 우락부락한 사내와 세영을 선망의 눈길로 바라보던 그 남학생들을 말하는 것이리라. 그 남학생들, 세영이 자신과 같은 남자라는 사실을 알게 된다면 얼마나 큰 충격에 휩싸일 것인가? 불쌍한 남학생들.

"한세영, 너 나빠."

내 중얼거림에 다시 빙그레 웃는 세영.

"뭐가 나빠? 난 잘못한 거 하나도 없는데. 달라지는 건 아무것도 없어. 우리는 여전히 친구잖아. 그치, 은세별?"

세영의 말에 느닷없이 세영과 포옹했던 일이 떠올랐다!! 어디 그뿐인가? 속상해서 세영의 품에 안겨 엉엉 울던 나의 모습도. 아아아아아아!!

"한세영!! 그것도 모르고… 네가 남자라는 것도 모르고 너와 포옹까지 했는데… 미쳤어, 미친 거야!!"

순간 나의 울부짖음에 얼굴이 굳어짐과 동시에 일그러지기 시작하는 은빈.

"뭐? 지금 뭐라고 했어?! 저 새끼랑 포옹을 해?! 껴안았다고?!"

무시무시한 은빈의 얼굴에 흠칫 놀라 입을 다무는데,

"이 변태 새끼! 아주 별 추잡스런 짓은 다 하고 다녀! 여자인 척해서 여자 한 번 안아보려고 여태까지 얼마나 추잡스럽게 살아왔냐?"

저렇게 흥분하며 말 많이 하는 은빈, 오늘 처음 봤다.

"풋! 너 흥분하는 거 처음 본다?"

세영의 말에 얼굴이 싸악 굳어지는 은빈. 세영은 그런 은빈을 보고 쿡쿡 웃다가 곧 현관으로 사라졌다.

"세별이 품, 아주 따뜻하고 아늑하던데? 너도 한번 안아봐. ^-^"

라는 말을 남기고.

곧 이어 옆에서 알 수 없는 소리로 투덜대는 은빈. 그날은 하루 종일 세영이가 남자라는 충격으로 멍하게 흘려보냈다. 힘이 쭉 빠진 몸으로 집으로 들어서니 엄마가 옷걸이에 걸린 옷을 보며 흐뭇하게 웃고 있었다. 어, 저거… 우리 학교 교복인데?

"엄마, 내 교복 나왔어?"

"어, 세별이 왔니? 그래, 이것 봐라. 네 교복 예쁘지?"

"엥? 교복 집 가서 치수 잰 적도 없는 것 같은데, 뭐지?"

가방을 내려놓으며 엄마의 손에서 교복을 건네받은 나, 엄마를 돌아보며 어리둥절한 표정을 지었다. 엄마는 왠지 사악해 보이는 한 웃음을 지으면서,

"은빈이네 엄마한테 미리 맞춰놓으라고 부탁했었지, 호홋."

"뭐?"

저 말은, 저 말은… 미국에서 한국에 오기 전에 이미 내가 다닐 학교는 은빈이네 학교로 정해져 있었다는 소리가 된다. 할 말이 없다. 내게 교복을 입히며 기뻐 웃는 엄마한테 더 이상 무슨 말을 한단 말인가?

"엄마, 근데 내 치수는 제대로 말한 거야? 이거 너무 크잖아."

"어머, 그러네. 제대로 말한 것 같은데……."

마치 아빠의 양복을 훔쳐 입은 듯한 헐렁한 재킷에, 허리가 휙휙 돌아가는 치마. 이 모습을 보면 은빈이 그 자식, 또 얼마나 날 놀려댈 것인가? 심히 내일이 두려워지는 나였다.

다음날 A.M. 7:30. 난 헐렁한 교복을 입고 학교로 향했다. 9시가 등교 시간이라는 은빈. 당연히 이 시간에 학교를 갈 리가 없다. 마주

치지 않기 위해서 일부러 일찍 나왔다. 교문을 들어서는데,

"뭐야, 뭐야? 저 누나 남자였어?"

"말도 안 돼."

앞서 걸어가는 누군가의 뒷모습을 보고 핏기가 사악 가신 얼굴로 중얼거리는 두 남자 아이. 어디서 많이 본 뒷모습. 깔끔하게 다린 교복을 입은… 한세영?

"한세영!!"

소리쳐 부르자 뒤를 휙 돌아보는 세영. 세영이도 교복을 입고 있다. 물론 바지. 그런데 정말 기가 막히게 잘 어울린다. 키도 더 커 보이고 인정하긴 싫지만 모델 같다.

"너… 너도 오늘 교복 입고 왔네."

앞으로 쭈뼛쭈뼛 다가가 어색하게 말을 건네니,

"어, 이 학교 오기 전에 치수 재놨었어. ^-^"

라고 말하며 씨익 웃는 세영. 확실히 저 미소, 여자의 미소는 아니다. 그때 귓전을 크게 울리는 목소리.

"누나!! 누나!! 누나, 남자였어요?"

깜짝 놀라 뒤를 돌아보니 짧은 스포츠 머리를 무스로 올려 세워 한껏 멋을 낸 작은 체구의 남자 아이가 세영을 보며 울부짖고 있었다.

"어떻게, 어떻게 그럴 수가 있어요?! 누구 마음대로 남자 되래요?!"

그렇게 울부짖으며 애처로워 보이는 표정을 짓는 남자 아이. 그래, 세영이가 남자라는 사실을 알아버린 남자 아이들, 충격이 장난이 아

니겠지. 이미 전학 온 날부터 전교생의 우상이 된 세영이기에 저런 반응들이 나올 법도 하다. 그러나 세영은 그런 남자 아이들을 투정 부리는 유치원생 보듯 쳐다보고는 몸을 돌려 걷기 시작한다.

"누나!!"

헛! 아직도 누나라고 부르다니. 참을 수 없이 웃음이 나온다.

교실로 들어서자 터져 나오는 남학생들의 반응. 설명 안 해도 다들 충분히 아시리라 생각된다. 눈치가 조금 빠른 남학생들은 자포자기하며,

"원, 세상에… 저 새끼 남자였냐? 나참……."

이런 반응들을 보였고, 아직 사태 파악이 안 된 일부 남학생들은 세영을 향해 순진하게 물었다지.

"어? 한세영, 교복? 근데 왜 바지 입었냐? 다리에 상처라도 있나?"

그리고 세영에 대해 그리 좋은 감정을 갖고 있지 않던 지호는 의외로 아무 반응을 보이지 않았다. 언제나 활짝 웃던 것과는 반대로 계속 무표정. 그리고 이미 모든 걸 알고 있었던 은빈의 말.

"이 변태 새끼, 왜 남자 교복 입었냐? 여자 걸로 예쁘게 입어보지?"

그리고 헐렁한 내 교복을 보고는 무표정에 아무 말도 하지 않았다. 아무 말도 안 하는 게 더 무섭다! 아무튼 학교가 다 끝날 때까지 세영을 향한 남학생들의 울부짖음은 지겨울 정도로 이어졌다. 다행히 오늘이 토요일이었으니 망정이지 평일이었으면 오후까지 시달릴 뻔했다. 그리고 한 가지 바뀐 것은 남학생들이 세영에게 보냈던 그 사랑

의 표정과 눈빛을 이제는 여학생들이 보내기 시작했다는 사실. 슬프기까지 한 표정으로 허탈하게 세영을 바라보는 남학생들, 그리고 황홀한 표정을 지으며 세영을 쳐다보는 여학생들. 상황은 완전히 역전되었다.

종례 시간. 수백 번씩 우리 교실을 들락날락하며 세영을 향해 달려드는 이름 모를 남학생과 여학생들에게 지쳐 버린 나는 종례가 끝나자마자 벌떡 일어섰다. 그리고 뒤도 돌아보지 않고 현관을 다다다 내려왔다. 오늘은 즐거운 토요일!! 엄마한테 맛있는 거 해달래야지!! 그런 즐거운 생각으로 현관을 나서는데 탁—!! 하고 누군가 내 어깨에 일부러 부딪치는 소리가 났다. 고개를 들어보니 나에게 재수없다고 욕하며 교실을 뛰쳐나갔던 청순가련 여자 아이가 눈을 매섭게 뜨고 날 노려보고 있었다.

"잠깐 나 좀 볼까?"

"왜?"

"잠깐 얘기 좀 하자구."

그러면서 괜히 친한 척 내 어깨에 팔을 두르고 날 어디론가 데려가는 그 아이. 썩 내키지 않는 마음으로 그 아이를 따라간 곳은 3층의 어느 교실. 컴퓨터가 늘어서 있는 걸로 봐선 컴퓨터실인 듯했다. 안으로 들어서자 구석진 의자에 앉아 있다가 슬금슬금 일어서는 서너 명의 여자 아이들. 그중에는 바로 얼마 전, 은빈이가 구해주었던 상처투성이의 여자 아이도 끼어 있었다. 나에게 재수없다고 했었지! 기분 나쁜 분위기를 풍기는 그 아이들은 나를 향해 사악한 미소를 흘렸다.

"할 말이 뭐야?"

청순가련 아이를 향해 묻자 아무 감정 없는 목소리로 말하는 그 아이.

"은빈이랑 나 사이에 끼지 마."

무슨 뜻이지? 영문을 몰라 어리둥절한 눈으로 그 아이를 쳐다보며 물었다.

"뭘 끼지 말라는 거야?"

"은빈이 옆에서 깝죽대지 말라고. 은빈이 쳐다보지도 말고, 말도 걸지 말고, 웃지도 말고, 은빈이 좋아하지도 말라고!!"

점점 언성을 높여 소리를 지르는 그 아이, 어이가 없다.

"은빈이랑 난 친구야. 친구랑 얘기도 못하니?"

"이게 진짜! 걔는 너 같은 애 싫어해! 너같이 어리버리하고 멍청한 애 싫어한다고!"

은빈이랑 똑같은 말을 한다. 기분이 상해 씁쓸한 마음으로 그 애를 쳐다보자니,

"은빈이한테 접근하지 않는다고 약속하면 곱게 보내줄게. 어쩔 거야?"

도대체 왜 저러는 걸까? 이해할 수 없다. 내가 말없이 그 아이를 쳐다보기만 하자 그 아이는 다시 화를 버럭 내며 소릴 질렀다.

"아우, 짜증나, 짜증나!! 빨리 대답해!! 대답하란 말이야!!"

"뭘?"

"야, 밟아. 멍청해서 말도 못 알아듣는 저런 애한테 말하는 거 입

만 아프다."

상처투성이 여자 아이의 짜증나는 듯한 말. 밟아? 뭘?

"됐어. 괜히 어설프게 상처 내면 우리만 불리해져. 확실하게 못 일어서게 만들어야지."

그렇게 말하면서 그 아이는 나에게 말했다

"네가 말을 못 알아들어서 행동으로 실천하는 수밖에 없겠다. 쿡!!"

그러면서 나를 화악! 떠미는 그 아이. 난 그 충격으로 바닥에 엉덩방아를 찌며 널브러지고 말았다.

"아악!! 왜, 왜 이러는 거야?!"

엉덩이뼈가 무지 아프다. 엉덩이를 매만지며 고개를 들어보니 어느새 빠르게 문을 빠져나가고 있는 여자 아이들이 보였다. 그리고 쾅!! 닫히는 문. 잠시 넋을 잃고 있다가 얼른 달려가 문을 잡아당겼다. 열쇠로 채웠는지 꼼짝도 안 한다.

"오늘 저녁, 거기서 반성 좀 해!"

문밖에서 들리는 그 아이의 목소리. 뭐, 뭐야, 진짜!!

쾅쾅쾅쾅!! 쾅쾅쾅!!

"문 열어! 장난치지 마! 문 열어줘!!"

쉴 새 없이 문을 두드려 보았지만 가버렸는지 인기척도 없다. 지금… 나 갇힌 건가? 말도 안 돼! 한동안 나는 애꿎은 문만 계속 두드려 댔다. 혹시 지나가는 사람이라도 있을까 해서. 그러나 너무도 조용한 밖. 벌겋게 달아오른 두 손을 매만지며 난 그 자리에 털썩 주저

앉았다. 뭐야? 이거 장난이 너무 심한 거 아닌가? 난 한숨을 푹 내쉬며 절망에 빠졌다. 이미 하교 시간이 훨씬 지나 학교에 누가 있을 리도 없고, 핸드폰이 있어서 도움을 요청할 수 있는 것도 아니고……

"아아아아아아아—!!"

난 막막한 심정으로 그렇게 30여 분간 소리만 질렀다. 그러다 제풀에 지쳐 스르르 잠이 들고 말았다.

시간이 얼마나 흐른 걸까? 오싹한 한기에 난 스르르 눈을 떴다. 어느새 깜깜해져 있는 사방. 난 부들부들 떨리는 다리를 간신히 지탱하며 의자에 대여섯 번 무릎을 부딪치며 전등 스위치를 찾기 시작했다. 그러나 못 찾겠다. 할 수 없이 가까이에 있는 컴퓨터를 켰다.

지이이이잉.

컴퓨터 가동되는 소리. 난 의자에 털썩 주저앉아 한숨을 내쉬었다. 춥고, 배도 고프고, 게다가 내일은 일요일인데… 으잉? 설마, 월요일 아침까지 이곳에 있어야 하는 건 아니겠지? 엄마아아아아아아—!!

눈물 맺힌 눈으로 들여다본 컴퓨터 화면. 순간 기발한 생각이 내 머리 속에 번쩍 떠올랐다. 그래, 채팅!! 채팅으로 도움을 요청하자!! 워낙 컴퓨터를 좋아해서 채팅에도 능통했던 나는 눈에 불을 켜고 자판을 두드려 댔다. 버디버디에 접속해 고등학생 채널의 아무 방이나 쑤욱 들어갔다. 방에는 세 명의 사람들이 있었는데…

유신창조:이놈아! 나 여자 소개시켜도! 빨리!! 옆구리 시리단 말야!!

★천여★:내가 돌았냐? 너한테 여자 소개시켜 줬다가 무슨 봉변을 당하

라고!!
    유신창조:우씨, 너 죽는다!!
    바람의《련》:불쌍하다. 소개시켜 줘요, 큭큭!

    이런 얘기들을 나누고 있었다. 다급한 나는 다짜고짜 채팅 창에 이렇게 썼다.

    하늘*아래*:서울 강서고등학교 아는 사람!! 좀 도와줘요! 나 컴퓨터실에 갇혔어요!

    순간 잠잠하다. 아무 글도 올라오지 않는 화면. 그러다가,

    유신창조:나참, 그렇게 할 짓이 없나?
    ★천여★:참 재미없는 농담이네.

    이런 말이 뜨고 있었다.

    하늘*아래*:장난 아닌데! 진짜 갇혔단 말예요! 강서고등학교 알아요, 몰라요?
    유신창조:우씨, 헛소리하려거든 나가!!

    그때,

[다죽에]님이 입장하셨습니다.

다죽어가 입장하든 말든.

하늘*아래*: 강서고등학교 아는 사람~ 제발 나 좀 구해달라니까요!! 장난 아니에요! 구해주면 은혜는 꼭 갚을게요!!
다죽어: 강서고등학교? 우리 학교인데.

난 눈이 번쩍 뜨였다. 희망이 보이기 시작한 나는 또다시 미친 듯이 자판을 두드리기 시작했다.

하늘*아래*: 알아요? 강서고 알아요? 나 컴퓨터실에 갇혔어요! 좀 도와주세요!
다죽어: 그런 농담 재밌냐?
하늘*아래*: 농담 아닌데! 제발 도와줘요! 못 믿겠으면 와보면 되잖아!!

다급함에 어느새 반말을 하고 있는 나. 그때 갑자기 전원 꺼지는 소리가 나더니 거짓말처럼 컴퓨터 전원이 홀딱 꺼져 버렸다. 뭐야?! 식은땀을 흘리며 다시 전원을 켰지만 아무 반응도 없다. 정전인가? 하필 이럴 때! 난 다시 절망했다. 책상에 얼굴을 박고 흑흑 흐느끼며 절망했다. 또다시 얼마의 시간이 흐른 걸까?

"학생! 장난친 거면 정학이야!!"

"아씨, 문이나 열어요!!"

웬 남자들의 음성이 들려왔다. 허억!! 벌떡 몸을 일으킨 나. 캄캄해서 아무것도 보이지 않는 관계로 거의 기어가다시피 바닥에 엎드려 앞으로 전진하는데 느닷없이 벌컥!! 열리는 문. 그리고 내 얼굴에 화악 비춰지는 손전등. 순간 눈이 부셔 눈을 가리니,

"아니, 이런! 학생! 지금 여기서 뭐 하고 있는 거야!"

라고 소리치는 웬 아저씨의 음성이 들려온다. 고개를 들어보니 수위 아저씨가 서 있다. 그리고 그 옆에 삐딱하게 기대서서 마치 동물원 원숭이 보듯 날 쳐다보고 있는… 세영? 한세영?

"어… 어… 어?"

나의 버벅거리는 놀란 음성에 피식 웃고 있는 세영. 그럼 아까의 그 [다죽어]가 한세영? 난 비틀거리는 다리를 지탱하며 수위 아저씨께 어떻게 된 상황인지 자세히 설명한 후에 학교에서 나올 수 있었다.

"세영아, 고마워."

어찌 아니 고마울 수가 있으랴. 나의 눈물 섞인 말에 어이없다는 듯 하하 웃는 세영.

"진짜 그 여자애들이 너 가둔 거야? 나참, 요즘에도 그런 유치한 장난을 하나?"

"그치? 너무하지?"

"너, 나 안 왔으면 어쩔 뻔했냐? 혹시나 해서 와봤더니 참 기가 막

히다."
 나를 두 번이나 구해준 세영. 처음 이 학교에 왔을 때, 그리고 오늘. 참 좋은 애 같은데, 남자가 아니라 여자였으면 얼마나 좋을까? 환상적인 우정을 만들어볼 수도 있었는데.
 "채팅 창에 미친놈 절규하듯 소리친 게 너였다니, 쿡!! 진짜 웃기다."
 "난 얼마나 다급했다고."
 그렇게 말하는데 긴장이 풀린 탓인지 부들부들 사시나무 떨리듯 떨리는 다리. 하마터면 주저앉을 뻔했다.
 "은세별, 왜 그래?"
 나를 일으켜 주는 세영. 내 어깨에 팔을 두르고 날 부축해 준다.
 "긴장이 풀려서 그런가 봐. 그런데 세영아, 너 아르바이트는?"
 "누가 밀고했는지 걸려서 잘렸다."
 캑!!
 "하하. 난 아니야."
 "누가 뭐래? 큭!"
 그렇게 세영에게 기대어 다리를 지탱하며 버스 정류장으로 향하는데, 헐레벌떡 달려오는 어떤 남자. …어? 은빈이?
 "어, 은빈아?"
 숨을 몰아쉬며 달려오다가 나와 세영을 발견하고는 그 자리에 우뚝 멈춰 선 은빈. 내 어깨를 감싸고 있는 세영의 팔을 눈을 크게 뜨고 쳐다보더니 피식 어이없다는 듯 웃는 은빈.
 "지금까지 데이트하다 오는 거냐?"

"데이트라니?"
"기집애야, 너네 엄마 또 난리났잖아. 빨리 집에 가!"
그렇게 말하고는 세영에게서 나를 확 끌어내는 은빈.
"세, 세영아, 고마워! 월요일에 봐!"
그렇게 은빈에게 끌려가면서 세영에게 소리쳤다. 아무 말 없이 미소 짓는 세영.
집으로 가는 버스 안. 아무 말 없이 무표정하게 창밖만 응시하는 은빈이 녀석이 왠지 무섭게까지 보인다.
"은빈아, 며, 몇 시야?"
"8시."
"벌써?"
"히히덕거리느라 시간 가는 줄도 몰랐지?"
"뭐가?"
도대체 무슨 말을 하고 있는 거야, 저 녀석? 내가 영문을 몰라 눈을 멀뚱멀뚱 뜨고 은빈을 바라보니 날 슬쩍 쳐다보며 툭 내뱉는 은빈.
"순진한 척하면서 할 건 다 하고 다녀."
"도대체 무슨 소리야?"
"둘이 뭐 했냐, 지금까지?"
"둘이 뭐 하다니, 뭘 뭐 해? 갇혀 있었는데."
"갇히다니?"
은빈의 인상 쓰는 얼굴이 무서워 난 오늘 일어난 일을 전부 말해

주었다. 나의 말을 듣고는 더욱더 인상을 쓰는 은빈.

"양여진, 이 빌어먹을 기집애."

양여진? 아까 그 청순가련 여자 아이의 이름인가 보다. 이름은 예쁜데 성격은 별로인 듯.

"젠장, 미안하다."

은빈은 고개를 돌리며 그렇게 말했다. 생각해 보니 나에게 은빈과 붙어 다니지 말라고 협박하던 그 아이. 은빈이를 좋아하기 때문에 나에게 그런 짓까지 했겠지.

"다 죽었어."

은빈의 무시무시한 말.

"뭐?"

"은세별, 너 먼저 집에 가."

"뭐? 왜?"

"나 지호 만나러 갈 거다."

"지, 지호는 갑자기 왜?"

지호를 만나러 간다는 사람의 인상치고는 무지 무섭다. 불길한 예감에 난 고개를 저으며 말했다.

"그냥 집에 가. 늦었잖아. 아줌마 또 걱정하셔."

"시끄러."

그렇게 말하면서 은빈은 벨을 누르고 버스가 서자마자 후닥닥 버스에서 내렸다. 아냐, 아냐! 왠지 불안해!! 따라가야 해!! 난 자리에서 벌떡 일어나서 버스 기사 아저씨를 향해 버럭 소리를 질렀다.

"아저씨, 세워주세요!!"

나를 이상한 눈으로 쳐다보는 버스 안의 사람들. 그러나 난 그 시선을 애써 외면하고 버스가 끽 하고 서자 굴러 떨어지다시피 버스에서 내렸다.

지나온 길을 다시 달려가 봤지만 금세 어디로 사라져 버렸는지 보이지 않는 은빈. 아, 이 녀석, 또 무슨 일을 저질러 버릴 것만 같아. 불안한 마음을 다잡고 주위를 두리번거리다가 아무 골목이나 들어갔다. 하지만 사라져 버린 은빈을 찾는 것은 불가능한 일이었다. 막막한 심정으로 골목골목을 돌아다니며 두리번거리다가 다시 큰길로 나와 멍하니 바보처럼 서 있는데, 내 앞을 쑥 스쳐 지나가는 눈에 익은 한 남자 아이. 어? 지호다. 지호가 내 앞을 스쳐 지나가고 있었다. 그런데 얼굴이… 한 번도 본 적 없는 무시무시한 얼굴.

"지, 지호야!!"

그러나 내 목소리를 못 들었는지 빠른 걸음으로 그냥 가버린다. 은빈이가 지호를 만난다고 했던 것 같은데, 그럼? 거기까지 생각이 미친 나는 빠르게 걸어가는 지호를 따라 뛰었다.

"지호야!! 은빈이 만나러 가?"

그러나 뒤도 안 돌아본다.

왜, 왜 저러지? 난 지호의 뒤를 부지런히 따라가며 계속 지호의 이름을 불렀다. 그러나 지호는 안 들리는 건지, 아님 못 들은 척하는 건지 돌아보지 않고 자기 갈 길만 가고 있었다. 골목으로 들어선 지호, 빌라 같은 건물로 쑥 들어간다.

"지호야!"

빌라는 왜 들어가는 거지? 난 의아했지만 어쨌든 따라 들어갔다. 지호를 따라 계단을 쿵쿵거리며 올라가는데, 3층에 멈춰 서더니 문을 쿵쿵쿵쿵!! 두드려 대는 지호.

"한세영! 이 새끼, 문 열어!!"

엇갈린 운명 '용서할 수 없는 슬픔'

제6장 엇갈린 운명
용서할 수 없는 슬픔

세영? 지금 무슨 소리지?

"한세영! 문 안 열어?!"

이를 악물고 연신 문을 두드려 대는 지호.

"지, 지호야, 왜 그래?"

그러나 화가 잔뜩 나서 흥분해 있는 지호에게 그 말이 들릴 리 없다. 도대체 왜 저러지? 여기가 세영의 집인가? 그렇다면 역시 지호와 세영은 아는 사이였나? 온통 알 수 없는 의문들로 머리 속이 복잡해져 오는데, 잔뜩 굳은 표정으로 천천히 계단을 올라오고 있는 세영이가 보였다.

"세영아."

조심스럽게 세영의 이름을 불렀다. 하지만 세영이의 시선은 문을 두드리는 지호에게 고정되어 있다. 문을 두드리다가 정말 화가 났는지 발로 세게 문을 걷어차고는 휙! 몸을 돌리는 지호. 그러다가 옆에까지 올라온 세영을 발견하고는,

"이 나쁜 새끼!! 이 빌어먹을 자식아!!"

버럭 소리를 지르면서 다짜고짜 세영의 멱살을 움켜잡는 지호. 헉!! 저렇게 화난 모습, 정말 처음 본다. 늘 싱글싱글 웃으며 귀여운 얼굴만 보여주던 지호. 지호가 저렇게 무서운 아이였나? 놀라움에 미처 말릴 생각도 못하고 멍하니 그들을 바라보는데.

"이 새끼! 죽여 버릴 거야!!"

지호가 무시무시한 고함을 지르면서 주먹으로 세영의 얼굴을 강타하기 시작했다.

"안 돼! 그러지 마, 지호야!!"

지호에게서 세영을 떼어내며 소리쳤지만 지호는 오직 세영의 멱살만 움켜쥐고 주먹을 휘둘렀다. 아무런 저항 없이 무표정으로 지호의 주먹을 맞고 있는 세영. 도대체……

퍽―!!

다시 세영의 얼굴을 강타한 지호의 주먹, 어느새 피가 흐르고 있는 세영의 얼굴. 저러다 얼굴 크게 망가지겠다!!

"지호야! 제발!!"

난 지호를 말리려고 필사적으로 그들 사이에 끼어들었다. 그러자 나를 화악 떠미는 지호. 어? 엉겁결에 떠밀린 나. 중심을 못 잡고 뒤

로 쓰러질 듯 넘어가고 있었다. 무언가라도 잡으려고 손을 뻗었지만 아무것도 잡히지 않는다. 놀란 눈으로 나를 보고 소리를 지르는 지호와 세영을 보며 허공으로 떠밀리는 듯한 느낌에 난 질끈 눈을 감아버렸다.

"아씨, 그러니까 생명에 지장있냐구, 없냐구!!"
"생명에는 전혀 지장없어욧! 그러니까 소란 피우지 말고 나가주세요!!"
"아, 근데 왜 안 깨어나!! 왜 안 깨어나냐구!!"
"이봐요!!"
시끄러운 고함 소리들. 머리가 너무 아프다. 혼미한 정신으로 떠지지 않는 눈을 억지로 떴다. 흐릿하게 눈에 들어오는 사물들……. 병원?
"야!! 은세별!!"
내 앞에 얼굴을 바싹 들이대고 소리치는 은빈. 헉! 뭐지?
"정신 차려!"
"정말 왜 이러세욧! 안정이 필요하다구요! 소리 지르지 말고 나가요, 제발!!"
높은 목소리로 은빈을 다그치며 억지로 밀어내려는 간호사.
"아씨, 당신이나 나가!!"
그렇게 소리치면서 은빈은 간호사를 문밖으로 밀어내고는 문을 확 잠가버린다

쿵쿵쿵—!!

"이 문 못 열어요?! 얼른 열어욧!!"

그러나 그 말을 싹 무시하고 다시 내 앞으로 저벅저벅 걸어오는 은빈.

"이 둔탱아, 민다고 그냥 계단 밑으로 자빠져 버리냐?"

그래, 계단으로 굴러 떨어졌었지? 지끈지끈 아파오는 머리를 매만지니 붕대가 만져진다. 머리를 다쳤나 보다. 가뜩이나 머리도 나쁜데 돌머리가 된 건 아닐까? 윽!

"누구세요?"

은빈의 얼굴을 보며 태연히 누구세요라고 묻는 나. 순간 일그러지는 은빈의 얼굴. 아, 역시. 장난치는 건 재미있어. 하하.

"너 진짜 맞는다."

"누, 누구세요?"

"이걸 그냥 확—!!"

"잘못했어, 은빈아!!"

그렇게 소리치며 난 은빈의 주먹을 손으로 막았다. 역시 장난칠 상대가 못 되는군.

"은빈아, 엄마는?"

"지호랑 세영이랑 얘기한다고 잠깐 밖에 나갔다."

지호. 세영. 또다시 떠오르는 의문들. 아, 도대체 모르겠다.

"은빈아, 지호랑 세영이 아는 사이 맞지?"

"몰라. 지호 새끼 나한테 그런 얘기 한 적 없는데."

후우 하고 한숨을 내쉬더니 내 얼굴을 지그시 바라보는 은빈. 응? 왜 저렇게 쳐다보는 거지? 눈을 말똥말똥 뜨고 은빈을 바라보자 말없이 날 뚫어지게 쳐다보며 다시 한숨을 쉬는 은빈.

"나 때문에 병원 신세까지 지는군."

은빈의 말에 난 잠시 멍하니 있다가 곧 그 말에 수긍했다. 생각해 보니 내게 있었던 일들… 은빈을 좋아하는 여자 아이 때문에 컴퓨터실에 갇힌 것, 은빈이를 따라가려다가 엉겁결에 지호를 따라가 계단에서 굴러 떨어진 것. 모두 원인 제공은 저 녀석인가? 하지만 그렇다고 저렇게 잘못을 인정하는 표정까지 지을 필요는 없는데. 저런 표정은 녀석에게 어울리지 않는데.

"이제부터 내 옆에 붙어 다녀."

"뭐?"

"내가 막아준다고."

저 녀석이 지금 무슨 소리를 하는 거야? 눈을 동그랗게 뜨고 말없이 녀석을 쳐다보니,

"아씨, 내가 책임진다고!!"

"채, 책임진다니? 뭘?"

"그러니까……."

순간 벌컥 열리는 병실 문. 잔뜩 화가 난 간호사가 열쇠 뭉치를 흔들며 달려오고 있었다.

"당장 나가욧! 병원이 무슨 자기 집인 줄 알아!!"

얼굴이 발갛게 달아올라서 소리치는 간호사. 그 바람에 옆 침대에

잠들어 있던 아줌마도 그 소리에 놀라 눈을 뜨셨다.
"거참, 더럽게 땍땍거리네!! 이 마녀귀신!"
"뭐, 뭐, 뭐라구?!"
다시 싸우는 은빈과 간호사. 그 뒤로 고개를 숙인 채 아무 말 없이 걸어 들어오고 있는 지호. 얼굴이 말이 아니다. 세상 근심은 혼자 다 짊어지고 있는 듯 상당히 초췌한 얼굴. 지호는 여전히 고개를 숙이고 내 앞까지 걸어오더니,
"누나, 미안해요."
라고 말하며 죽을죄를 진 것마냥 절대 고개를 들지 않았다. 무언가에 잔뜩 억눌려 있는 듯한 갈라진 음성. 힘이 하나도 없어 보이는 어깨. 왜 내가, 내가 더 미안해지는 걸까?
"괘, 괜찮아, 지호야. 내가 중심을 못 잡아서……."
"누나, 정말 미안해요."
"괜찮다니까."
"누나."
"괜찮다잖아!!"
대신 소리 지르는 은빈. 간호사는 어느새 나갔는지 보이지 않았다. 또 내쫓은 듯.
"한지호, 이 새끼! 너 그러고도 내 절친한 후배냐?"
저음의 조용한 은빈의 말에 아무 말 못하는 지호.
"그 변태 새끼 한세영이랑 도대체 무슨 사이야? 뭘 숨기고 있는 거야?"

은빈의 말에 말없이 고개를 드는 지호. 역시 말이 아닌 얼굴.

"다 말하면, 다 말하면… 누나, 나 용서해 줄래요?"

지호의 말에 나는 잠시 은빈을 바라보다가 조용히 고개를 끄덕였다. 솔직히 궁금하다. 지호와 세영, 어떤 사연이 있는지. 은빈은 창가에 기대 앉아 말없이 지호를 쳐다보고 있었고, 지호는 의자에 앉아 마치 교회에서 신부님께 고해성사하듯 조용히 입을 열었다.

"한세영."

세영의 이름을 부르고 입술을 지그시 깨무는 지호. 망설이다가 다시 여는 지호의 입에서 흘러나오는 한마디.

"친형이에요."

*

Remember

"넌 세상에서 누가 제일 좋아??"

앙증맞은 여자 아이의 물음에 씨익 웃으며 엄지손가락을 치켜세우는 남자 아이.

"난 세상에서 우리 엄마가 제일 좋아! 우리 엄마가 제일 예뻐! 도넛도 진짜 맛있게 만들어준다!"

쉴 새 없이 자랑을 늘어놓는 남자 아이.

"오늘도 우리 엄마가 도넛 만들어준댔다! 좋겠지? 좋겠지?"

그렇게 말하면서 싱글벙글 웃는 아이.

그런 그 아이의 얼굴에 그늘이 지기 시작한 건, 그날 저녁.

"첫사랑이니 뭐니 떠들어댈 때부터 내 알아봤지! 이 망할 여편네! 그렇게 커다란 자식 놈을 지금까지 숨겼어?!"

화가 잔뜩 난 30대 중반의 남자가 선이 곱고 아름다운 여자에게 마구 고함을 질러댄다.

"이 여편네야! 당장 도장 찍어! 찍으라고!! 그리고 지호는 절대 못 줘! 그러니까 그 새끼 사이에 난 그 자식 데리고 잘살아!"

"여보……."

닭똥 같은 눈물을 뚝뚝 흘리며 남자의 바짓가랑이를 잡고 사정하는 여인.

"우리 지호, 우리 지호, 하루라도 못 보면 나 못사는 거 알잖아요. 흑! 제발……."

"이 미친 여편네! 당신이 그런 말할 자격이라도 있는 줄 알아? 내 성질 같아서는 당신이랑 그 새끼, 그리고 그 자식 놈까지 모두 죽여 버리고 싶은 심정이라고! 좋은 말로 할 때 가버려!"

"여보, 제발!! 흑! 흑!"

"얼른 짐 싸지 못해!!"

남자는 그렇게 버럭버럭 고함을 지르며 바짓가랑이를 잡고 늘어지는 가여운 여인을 거칠게 밀어냈다. 그리고 담배를 꺼내 물며 밖으로 휙 나가 버린다. 거실에서는 한참 동안 여인의 가녀리고도 구슬픈 흐느낌 소리가 울려 퍼졌다.

"엄마, 왜 울어?"

동그란 눈망울을 천진난만하게 굴리며 여인에게 묻는 지호.
"지호야, 엄마 없어도 아빠랑 잘살 수 있지?"
"엄마?"
"지호야, 미안하다."
여인은 영문을 몰라 눈만 동그랗게 뜨고 있는 지호의 볼을 쓰다듬으며 애써 울음을 참는다. 그러나 참고 또 참으려 이를 악물고 애를 써도 쉴 새 없이 흐르는 눈물. 하도 울음을 참아서 목이 메어 목소리도 잘 나오지 않는데도 다시 간신히 말을 꺼내는 여인.
"엄마, 이 못난 엄마… 용서하지 마. 지호야, 죽을 때까지 절대 엄마 용서하지 마."
자신의 볼을 어루만지며 흐느끼는 여인을 보는 지호의 눈가에 눈물이 어리기 시작한다. 엄마가 왜 이렇게 울어대는지, 왜 아빠랑 둘이만 잘살라고 하는지, 왜 엄마를 용서하지 말라고 하는지 이유도 알지 못한 채 그저 서럽게 울어대는 엄마의 모습에 끝내 자신도 울어버리고 마는 지호.
그날 저녁, 여인은 지호를 안고 볼을 비벼대며 한없이 울었고, 지호 역시 이유없이 밀려오는 불안한 마음에 여인을 꼭 끌어안았다. 절대 놓치지 않으려는 듯.
다음날, 지호가 눈을 떴을 때 이미 여인은 집을 나간 후였다. 하루 종일 지호는 여인을 찾아 헤맸다. 지친 지호의 뺨을 거칠게 때리는 남자의 고함에 지호는 쓰러져 버렸다.
"네 어미라는 년, 바람나서 집 나갔다! 다신 안 온다고! 그러니까 앞으로는 찾지 마. 한 번만 더 징징대면 아주 주둥이를 비틀어놓을 줄 알아!!"

　남자의 술 냄새 섞인 거친 음성에 지호는 아무 말 없이 침대에 얼굴을 파묻었다. 그리고 조금씩, 조금씩 가슴속에서 밀려오는 뜨거운 어떤 것. 우리 엄마는 날 제일 사랑하는데… 하루에도 몇 번씩 내 이름을 부르고 내 머리를 쓰다듬어 주면서 우리 지호, 우리 지호, 그렇게 날 안아줬는데… 세상에서 나와 아빠가 최고라고 말했는데……. 나와 아빠를 버리고 다른 사람에게로 갔다고? 마치 모든 게 꿈인 듯싶어 눈물도 나오지 않는다. 다시는 엄마를 찾지 말라고 고함을 치는 아버지. 모든 걸 이해하기에는 지호의 나이가 너무 어렸다. 겨우 8살에 맛본 커다란 고통.

　그러나 어떻게 해서든 엄마의 얼굴을 한 번이라도 더 보고 싶었던 지호는 엄마가 살고 있다는 아파트를 물어물어 찾아갔다. 너무 높아 고개를 들어올려도 시야에 다 들어오지 않는 아파트를 가만히 바라보며 차마 발길을 옮기지 못하고 있는데,

　"지호야……."

　자신을 부르는 음성에 천천히 고개를 돌린 곳. 그곳에는 자신이 그토록 보고 싶었던, 자신을 버리고 떠났던 여인이 서 있다. 여전히 선이 고운 얼굴. 달려들고 싶은 충동을 느끼는 지호. 무척이나 놀란 얼굴로 지호를 바라보는 여인. 원망도, 미움도 잊고 지호는 엄마에게로 달려가려 손을 뻗었다. 그러나 순간 흠칫 놀라며 걸음을 멈춰 버렸다. 엄마의 옆에 서 있는 너무도 예쁘게 생긴 아이. 짧게 깎은 까만

머리에 별빛 같은 눈동자, 붉고 도톰한 입술을 가지고 자신을 무표정하게 바라보고 있는 아이. 꼭 잡고 있다, 엄마의 손을. 내가 잡아야 할 엄마의 손을… 내가 있어야 할 엄마의 옆 자리에 저 아이가 꼭 붙어 있다.

"지, 지호야, 네가 여긴 어떻게?"

여인의 놀란 음성에 지호는 아무 말도 하지 않았다. 지호의 시선은 여인에게 있지 않았다. 여인의 손을 꼭 잡고 있는 아이에게 머물러 있다.

"지호야, 네 형이란다."

형이란다… 형이란다… 끊임없이 반복되는 라디오의 음성처럼 계속해서 자신의 귀에 맴도는 여인의 말. 형? 누가 내 형이야? 형이라니, 나에게 형은 없어. 없어.

"지호야!!"

지호는 자신을 애타게 부르는 여인을 지나쳐 미친 듯이 달렸다. 여인의 외침이 바람결에 묻혀 사라질 때까지. 그리고 숨이 턱까지 차올라 심장이 터져 버릴 때까지 달리고 또 달렸다.

네가, 네가 우리 엄마를 빼앗아간 거야? 네가? 네가 뭔데? 네 까짓게 뭔데, 우리 엄마를 빼앗아가! 절대 용서하지 않아. 절대… 절대 용서하지 않을 거야!! 눈앞이 뿌옇게 흐려져 앞이 보이지 않는데도 계속해서 달리는 지호. 무엇엔가 부딪쳐 털썩 쓰러져 버린다.

"어머! 앞을 보고 다녀야지, 애야."

아무것도 들리지 않는다. 아무것도, 아무것도 보이지 않는다, 아무

것도……. 내 행복을 빼앗아간 너, 절대로 용서하지 않아!

※

고통스러웠던 그의 기억. 기억하고 싶지 않은, 9년 전의 기억이었다.

기나긴 말을 마치고 작게 한숨을 쉰 후, 천천히 고개를 들며 말을 잇는 지호.

"아빠랑 결혼하기 전에 사랑하던 사람이 있었대요. 두 사람 사이에 아이까지 낳았죠. 그 아이가 한세영이에요."

과거를 회상하듯 어찌 들으면 무심하게까지 들리는 음성으로 말을 잇는 지호.

"엄마의 부모님, 그러니까 외할아버지와 외할머니는 그런 엄마를 가문의 수치라고 하면서 절대 이해하지 못했죠. 그래서 막 낳은 갓난아이를 그 남자에게 보내고 엄마를 흠모해 오던 아빠와 강제로 결혼시켰대요. 물론 모든 사실을 숨기고."

말을 마치고 푸욱 한숨을 내쉬는 지호. 그리고는 바보처럼 하하 웃기 시작한다.

"우리 엄마, 불쌍하죠?"

"넌 네 엄마 원망도 안 하냐?"

아무 말 없이 묵묵히 지호의 얘기를 듣고 있다가 불쑥 한마디 내뱉는 은빈. 지호, 은빈의 말에 고개를 저으며 말한다.

"아니, 난 우리 엄마 원망 안 해. 목숨을 바칠 정도로 지독한 사랑이었대. 그런 사랑을 어쩔 수 없이 버려야 했을 때, 엄마가 얼마나 많이 힘들었을까? 다시 사랑하는 사람에게로 간 엄마… 물론 행복했겠지. 하지만 마음속 깊은 곳까지 행복할 수는 없었을걸. 왜냐하면 내가 있었으니까. 엄마가 버리고 간 내가 있었으니까. 그래서 편한 마음으로 살아갈 수는 없었을 거야. 마치 죄인처럼 그렇게 엄마 자신을 죄인으로 끝없이 옭아맸겠지. 그래서 불쌍해."

말을 마치고 아무렇지도 않은 듯 싱긋 웃어 보이는 지호.

"난 사랑하는 사람이 생기면, 목숨까지 바칠 수 있을 정도의 그런 사람이 생기면… 누가 뭐라고 해도, 어떻게 날 비난해도, 끝까지 그 사람 곁에 있을 거야. 절대 놔주지 않을 거야. ^-^"

말을 마친 지호의 밝은 미소. 그러나 어딘가 모르게 허전함과 아픔이 깃들어 있는 듯하다. 지호, 아직은 어린데 어쩌면 저렇게 속이 깊을까? 만약 내가 지호였다면 날 버리고 간 엄마를 저렇게 이해할 수 있었을까? 난 대견스러운 지호를 물끄러미 바라보다가 조심스럽게 입을 열었다.

"그럼 세영이랑은 세영이가 전학 온 날 9년 만에 처음 만났던 거야?"

"네. 그날 이후, 다시는 엄마를 찾아가지 않았고 그 자식도 보지 못했어요. 그런데 9년이 흘러 다시 만난 그 자식, 정말 하나도 변한 게 없더라구요. 첫눈에 알아볼 수 있을 정도로. 많이 놀랐어요. 왜 우리 학교로 전학 왔는지 그런 것 따위는 궁금하지 않았어요. 쳐다보기도 싫었어요. 난 그 자식이 처음부터 싫었으니까."

입술을 깨물며 말을 잇는 지호.

"그런데 어제 청천벽력 같은 소리를 들었어요. 엄마가, 우리 엄마가 식물인간이 돼서 병원에 누워 있다는 소리. 정신없이 찾아가 보니 정말 엄마는 눈도 뜨지 못하고 있더군요. 화가 났어요. 엄마를 빼앗아갔으면 행복하게 해줘야지, 행복은커녕······."

말을 마치고 고개를 숙이는 지호. 아까보다 더 축 처진 지호의 어깨에 자꾸만 가슴이 아파온다. 지호의 어깨를 잡아주려 손을 뻗는데 병실 문이 열리고 엄마와 세영이가 걸어 들어온다.

"세별아, 괜찮니? 괜찮은 거야? 머리 아프지 않아?"

엄마는 나에게 달려들어 부산을 떨었다.

"괜찮아, 엄마. 이것 좀 놔요~"

엄마의 손을 떼어내며 몸을 일으키는데 무표정으로 병실을 휙 나가는 지호가 보였다. 아무 말 없이 창밖을 바라보다가 내게 시선을 주는 세영.

"미안하다."

"미, 미안하긴."

"그럼 안 미안하냐?! 변태 새끼!"

"은빈아, 변태 새끼라는 말 좀 안 할 수 없니?"

"변태보고 변태라고 하는데 뭐 잘못됐냐?"

"세영이가 어딜 봐서 변태야?"

"계속 말대꾸할래?

"윽!"

언제나 그랬듯 나의 완패다. 항상 저 녀석의 위협적인 음성에는 나도 모르게 꼬리가 내려지니. 내가 어렸을 때 왜 그랬을까? 정말… 좀 얌전히 살걸. 그랬으면 저 녀석에게 이렇게 비굴해지지 않아도 되었을 텐데.

"아아아아아아—!!"

"아줌마, 쟤 이상해요. 머리 다치더니 이상해졌나?"

머리를 붙잡고 절규하는 내게 내뱉은 은빈의 얄미운 말. 으으… 얄미운 녀석. 다행히 머리에 가벼운 외상만 입은 나는 약 일주일 정도 병원에서 뒹굴거린 후 퇴원할 수 있었다.

퇴원하는 날, 은빈은 내게 이런 말을 했다.

"쿡! 돌바닥에 아무리 세게 박았어도 네 돌머리가 이겼나 보다. 보통 뇌진탕인데 가벼운 상처 정도니 진짜 놀라운 승리 아니냐?"

은빈의 머리통을 아주 세게 후려치고 싶었지만 그래도 일주일 동안 하루도 빠짐없이 병문안 와준 게 고마워서 참았다.

"엄마는?"

"너네 엄마 바쁜 일 있다고 나보고 너 퇴원시키랬다."

"그래?"

아무리 바빠도 그렇지. 내가 퇴원하는데 저 녀석에게 날 맡기다니. 엄마, 정말 너무해!! 옷을 다 갈아입고 은빈과 밖에 나왔다. 아~ 상쾌한 공기. 훅 하고 공기를 들이마시며 두 팔을 활짝 폈다.

"와~ 시원하다."

그런데 그런 나의 배를 느닷없이 퍽!! 치는 은빈.

"아얏!! 왜 그래!!"

순간적으로 허리를 굽히고 배를 감싸 쥐며 은빈에게 소리치니,

"배 안 고프냐? 밥 먹으러 가자."

그리고는 앞서서 저벅저벅 걸어가기 시작하는 녀석. 그냥 말로 해도 될 것을 꼭 폭력을 사용하네, 저 녀석. 그러나 별수없다, 따라가야지. 앞서서 걸어가는 은빈을 다다다 달려가서 따라잡고 물었다.

"뭐 먹을 건데?"

"뭐 먹고 싶냐?"

그렇게 말하며 은빈은 고개를 들어 푸른하늘을 올려다보았다. 밝은 햇빛에 빛나는 녀석의 머리카락과 얼굴. 머, 멋지다!

"뭐 먹고 싶냐니까, 왜 사람 얼굴은 힐끔힐끔 훔쳐봐? 보고 싶으면 대놓고 봐. 자!!"

그렇게 장난스럽게 말하면서 느닷없이 내 얼굴에 바싹 얼굴을 내미는 은빈. 캑!! 바로 코앞에 있는 은빈의 장난스러운 얼굴. 새, 생각났다. 우락부락한 사내들과 싸움이 붙었을 때, 날 몸으로 막아주던 은빈. 그때도 은빈의 얼굴이 바로 코앞에 있었더랬지? 그 생각과 지금 은빈의 얼굴이 겹쳐지자 참을 수 없이 얼굴이 화끈거리며 심장이 튀어나올 듯이 요동치기 시작했다.

"피, 피, 피자!! 피자 먹자!!"

엉겁결에 크게 소리치고 말았다. 그러자 얼굴을 확 떼고는 떽떽거리기 시작하는 은빈.

"우씨, 더럽게 침을 튀기고 난리야!!"
캑! 더, 더럽게 침을 튀기다니…….
"피자는 무슨 얼어 죽을."
"그, 그럼 햄버거?"
"누가 미국에서 살다온 애 아니랄까 봐 순전히 미국 놈들 먹는 거만 먹으려고 하네. 한국에 왔으면 한국 음식을 먹어야지!"
은빈의 말에 한국 음식을 떠올려 보았지만 별로 아는 게 없었으므로 생각나는 것도 없다. 그래도 대충 생각나는 걸로.
"가, 갈비 어때?"
순간 무서운 얼굴로 변하기 시작하는 은빈의 얼굴을 보고 흠칫 놀라 입을 다물었다.
"돈 많냐? 갈비가 얼만지 알아?"
"그, 그럼 불고기."
순간 더 무섭게 변하는 은빈의 표정.
"그냥 너 먹고 싶은 걸로 먹어."
"자장면 먹으러 가자."
짜장면이라면… 내가 어렸을 때 삼촌이 먹던 거, 뭣 모르고 주워 먹었다가 배탈나서 엄청 고생했던 그 공포의 음식이 아닌가! 절대 못 먹는다! 내 표정을 살피던 은빈이가 쿡 웃으며 말한다.
"꼴에 자기도 여자라고. 남자 앞에서 입술에 자장면 묻히면서 먹기는 창피하다 이거냐?"
그런 말도 안 되는 은빈의 말 덕분에 결국 우린 평범한 레스토랑으로 갔다. 뭐, 어쨌든 자장면보단 낫지 않은가.

화사한 간판보다 더 화사한 실내. 분홍색 깔끔한 배경에 심플한 흰색 탁자들. 군데군데 장식된 이름 모를 꽃들. 예쁜 꽃으로 장식된 문유리를 통해 들여다보이는 화사한 실내를 보고 난 입을 벌리고 말했다.

"와! 정말 깔끔하고 화사하다."

"내가 자주 오는 데다. 야, 촌티 내면서 들여다보지 말고 그냥 들어가."

은빈의 말에 질질 끌려가듯 레스토랑 안으로 발을 들여놓은 나. 안으로 들어가자마자 여자들의 시끄러운 음성이 들려오기 시작한다.

"어머! 은빈이 오빠, 오랜만이다!"

머리를 모두 뒤로 넘겨 묶고 화장을 진하게 한, 민소매 티에 앞치마를 한 무섭게 생긴 여자 아이가 반갑게 은빈을 부르며 달라붙었다. 종업원인 듯하다. 근데 오빠라니? 은빈이보다 훨씬 나이 들어 보이는데. 그리고 눈썹도 없다.

"우씨, 이거 안 놔? 맞는다."

역시 성질 사나운 은빈. 화장 두꺼운 여자가 자기 몸에 달라붙는 걸 허락할 리가 없다.

"오랜만이네, 은빈이. 그동안 잘 있었어?"

하고 들려오는 나긋나긋하고 부드러운 목소리. 고개를 돌려보니 반짝반짝 윤이 나는 머리를 반만 묶어 올리고 새하얀 얼굴에 크지도 작지도 않은 눈, 보기 좋게 미소를 띠고 있는 입술, 지적인 분위기를 물씬 풍기는 20대 초반의 여자가 은빈을 향해 부드럽게 웃고 있었다. 예쁘다. 하지만 단지 예쁘다는 표현만으로는 부족한 뭔가가 느껴졌다. 뭐랄까? 보는 사람마저 편안하게 미소 짓게 만들어주는 편안함과 함부로 대할 수 없게 만드는, 온몸에서 뿜어져 나오는 기품이랄까?

"누나, 오랜만이에요."

달라붙는 여자에게 버럭 소리를 지르던 조금 전과는 너무도 다른 정중한 은빈의 목소리. 게다가 부드러운 얼굴에 편안한 표정까지. 저 녀석, 저런 표정도 지을 줄 알았나? 처음 보는 녀석의 얼굴에 말없이 멍하니 녀석을 쳐다보았다. 평소의 녀석이랑은 너무 다르다. 한눈에 눈치챌 수 있을 정도로 많이.

"누구? 여자 친구?"

나를 눈짓으로 가리키며 말하는 그 여자. 그러자 픽 웃으며 말하는 은빈.

"나 쫓아다니는 애예요."

뭐, 뭐야? 쫓아다니다니, 누가 누굴?!

"내, 내가 언제 너 쫓……."

"돈까스 두 개요!"

뭐라 말하려는 내게 말할 틈도 주지 않고 제멋대로 주문한 후, 날 끌고 가는 은빈.

"돈까스 말고 다른 거 먹으면 안 돼?"

"시끄러. 그냥 사주는 대로 먹어!"

항상 제멋대로야, 정말. 난 창가 쪽에 앉고 싶은데 왜 자꾸 안으로 들어가는 거야? 넓은 실내로 날 미는 은빈에게 떠밀려 예쁜 탁자에 앉으려는데…….

"강은빈."

또 누가 은빈을 부르는가? 고개를 들어보니 바로 옆 테이블에 날 컴퓨터실에 가두고 매정하게 가버렸던 여진이가 있었다. 멋스럽게 잔뜩 웨이브를 넣은 머리에 새하얀 치마 정장을 입은 여진. 포크를 입에 물고 있다가 날 보고 포크를 툭 떨어뜨렸다. 여진의 맞은편에는 웬 남자가 앉아 있다. 그 남자도 역시 깔끔한 검은 정장이다. 기분이 썩 좋지 않다. 날 가두고 가버린 저 못된 아이. 세영이가 구해주지 않았다면 주말 내내 그곳에 갇혀 있어야 했을 것이다. 약간 파랗게 질려 창백한 얼굴로 날 쳐다보다가 곧 이어 시선을 떨어뜨리는 여진. 그리고는 은빈에게 호들갑스럽게 말을 건넨다.

"으, 은빈아! 여긴 웬일?? 아, 이 남자? 이 남자, 친구 아니야! 사촌 오빠야, 사촌 오빠!! 그치?"

억지웃음을 지으며 맞은편 남자에게 다그치는 여진. 남자가 얼굴을 찡그리며 마지못해 고개를 끄덕이는 걸로 봐서 사촌 오빠는 아닌 것 같다. 여진이가 손으로 자기 얼굴을 가리고 인상을 쓰며 탁자 밑으로 남자의 발을 꾹 밟자,

"하하~ 나 여진이 사촌 오빠야! 얘기 많이 들었다, 강은빈! 듣던 대로 정말 훤칠하게 잘생겼네. 자식, 너 탤런트나 모델 해보지 그러니?"

필요 이상으로 활짝 웃으며 은빈을 향해 말하는 남자. 여진에게 발 밟혀서 많이 아프겠다. 풋! 은빈을 쳐다보자 은빈은 관심없다는 듯 말 한마디 건네지 않고 그들과 떨어진 테이블로 가서 앉았다. 난 조금 붉게 달아오른 여진이의 얼굴을 쳐다보다가 곧 은빈이가 있는 테이블로 가 맞은편에 앉았다. 앉자마자 내게 말을 건네는 은빈.

"쟤, 너 보는 얼굴 장난 아니지? 너 일주일 동안 병원에 있었을 때, 죄책감 좀 느꼈을 거다. 쿡!"

엥? 무슨 소리지? 죄책감이라니?

"너 컴퓨터실에 가둔 일 때문에 충격으로 쓰러졌다고 했거든. 병원 신세를 져야 할 정도로 심각한 충격에 빈혈, 영양실조까지."

저, 저런 뺑쟁이를 봤나?

"그건 거짓말이잖아."

"저런 애는 그 정도는 충격을 줘야 된다니까. 넌 분하고 밉지도 않냐? 내가 너 병문안 가보라고 말해도 한 번도 안 온 애야. 모르겠냐?"

병문안, 그런 거 안 와도 되는데.

"그런데 여진이가 정말 병문안 왔으면 너 거짓말한 거 들통났을 걸. 나 머리에 붕대 감고 있는 거 봤으면."

"넌 왜 그렇게 머리가 안 돌아가냐? 충격으로 쓰러지다가 바닥에 냅다 박았다고 하면 되잖아. 바보!"

정말 잔머리 짱이다!

"아무튼 이젠 당분간 너 못 건드릴 거다, 쿡!"

은빈의 말에 나도 따라 쿡 웃다가 고개를 돌려보니 여진이가 무서운 눈으로 날 노려보고 있었다. 거, 건드릴 것 같은데? 무, 무서워…….

"오빠, 돈까스~"

느닷없이 들려오는 아양 섞인 콧소리에 고개를 들어보니 아까의 그 화장 두껍던 여자 아이가 돈까스를 내려놓으며 날 노려본다. 앗, 여기는 수프랑 돈까스가 같이 나오네. 수프 맛있겠다.

탁! 탁! 탁!

냅킨 위에 스푼, 포크를 내려놓는 소리. 놓는 게 아니라 던진다.

"너 똑바로 안 놓을래? 애도 손님이다."

은빈의 말에 흥 코웃음을 치는 아이.

"오빠, 우리 여름에 바닷가 놀러가자~ 그리고 핸드폰 번호 좀 알려달라니까 왜 안 알려주는 거야?"

"핸드폰 없다고 했다. 떠들지 말고 가. 밥 좀 먹게!"

언제나 그랬듯 은빈의 고함에 눈물을 머금고 입을 샐쭉거리며 비적비적 카운터로 걸어가는 여자 아이. 여자한테 왜 이리 쌀쌀 맞은 건지, 도대체.

"은빈아, 너 여자한테 좀 친절하고 나긋나긋하게 대할 수 없니? 왜 그렇게 쌀쌀맞아? 맘 상하게."

"너, 나한테 그런 말 할 자격 있어?"

천천히 수프를 떠먹으며 나에게 말하는 은빈. 앗! 생각해 보니 저 녀석이 여자를 싫어하고 쌀쌀맞게 대하는 건 나 때문이었지? 이런, 내 무덤을 내가 파다니. 하하.

"하하! 차차 나아지겠지 뭐! 내가 많이 도와줄게! 자, 먹자, 먹자!"

그렇게 어설프게 웃으며 수프를 떠먹는데,

"지호……."

칼을 들어 돈까스를 썰며 천천히 입을 여는 은빈. 지호, 그래 지호가 있었지? 2, 3일 정도 병실에 와서 미안한 얼굴로 날 보곤 하던 지호. 그 후에는 무슨 일인지 오지 않았었다. 세영이도.

"지호 어디 아프대?"

"후우……."

한숨을 내쉬며 고기를 썰던 나이프를 내려놓는 은빈. 저 모습, 저 분위기, 왠지 심상치 않다. 어느새 그늘진 은빈의 얼굴을 보며 난 어렵게 말을 꺼냈다.

"왜? 무슨 일 생긴 거야?"

"그 자식 엄마……."

"어? 지호랑 세영이네 엄마?"

"끝내 죽었댄다."

순간 턱 하고 막혀 버리는 가슴. 죽었다니, 죽다니, 그런…….

"어차피 식물인간이어서 살아 있어도 사는 게 아니었지. 뇌사 상태였대. 다시 깨어날 가능성은 거의 제로였는데, 결국 돌아가신 거야."

죽음. 죽음. 세상에 난무하는 게 죽음이라지만, 조금은 늦게 다가와 주어도 될 죽음. 왜 행복해야 할 사람들에게는 일찍 찾아와 버리는 걸까? 아무 말도 못하고 한숨만 내쉬고 있는데 은빈이 다시 나이

프를 들어 거칠게 고기를 썰면서 말한다.

"그래서 요 며칠, 어머니 장례 치르느라 학교도 못 나오고, 아무튼 지호 그 자식 진짜 불쌍해."

은빈의 눈동자는 잠시 슬프게 젖어드는 듯했다. 나도 가슴이 아파 온다. 녀석이 잠시 망설이다가 입을 연다.

"간호사들이 수군거리는 소리를 들었는데, 어머니 돌아가시기 전날 새벽에 세영이 자식이 병실에 왔다 가는 걸 봤다는 간호사가 있대. 그리고 바로 어머니 돌아가셨고. 간호사들 사이에서는 세영이 자식이 호흡기를 일부러 떼어냈다느니 그런 소리가 나돌고 있대. 사실 여부야 확인할 수 없지만 그 독한 자식이라면 그러고도 남았을 것 같다."

뭐라고?

"설마……."

"설마는, 그 자식 눈 못 봤냐? 아무 감정도 없는 독한 눈. 그 자식이라면 그렇게 하고도 남았을 거야."

세영이가 설마…

"뭔가 잘못 알고 있는 거겠지."

"또 그 자식 두둔하는 거냐? 그 자식하고 가까이 하지 마. 무서운 놈이야."

무뚝뚝한 음성으로 중얼거리는 은빈. 난 그 목소리에 천천히 고개를 저었다. 아닐 거야. 설마, 세영이가……. 그리고 만약 세영이가 그랬다면 분명 무슨 이유가 있었을 거야. 그래, 이유가 있었을 거야.

"우씨, 야!! 무슨 생각 해? 너 이렇게 바보처럼 멍해질까 봐 일부러 말 안 하려고 했는데. 야, 얼른 그거나 먹어. 잡생각하지 말고."

은빈의 말에 한숨을 푹 내쉬고는 고기를 썰기 시작했다. 그런데 고기가 잘 안 썰린다.

"은빈아, 고기 굳었나 봐. 딱딱해. 안 썰려."

"바보 기집애."

은빈이가 내 돈까스 접시를 휙 뺏더니 칼을 들고 썰어준다. 그것도 보기 좋게 적당한 크기로. 저 녀석, 저런 모습도 있나? 차갑기만 한 녀석은 아닌 것 같다. 녀석의 고기 써는 모습을 멍하니 바라보는데 내 앞으로 다시 접시를 내밀며 말하는 은빈.

"남기지 말고 다 먹어. 남기면 돈 네가 내는 거다, 알았냐?"

"응, 고마워."

포크를 들고 고기를 한 점 입에 물고 우물거리며 은빈을 향해 말했다.

"나 이거 다 못 먹어. 남길지도 몰라. 근데 나 돈 없다."

순간 포크를 탁 내려놓으며 인상을 구기는 은빈. 여, 역시 너한테는 장난 못 치겠다. 하하. 결국 난 돈까스를 남김없이 깨끗이 아주 자알 먹었다. 샐러드와 마카로니, 작은 콩 조각까지. 자기는 그런 거 다 남기면서 나보고만 다 먹으라고 그래! 부른 배를 쓰다듬으며 의자에서 일어섰다. 은빈을 따라 카운터로 걸어가니 화장 두꺼운 그 여자가 날 또 노려본다. 무, 무서워.

"돈까스 맛있게 먹었어요? 맛 어때요?"

지적인 분위기의 그 어여쁜 여자가 나에게 말한다. 살짝 미소 짓는 모습이 어쩌면 저렇게 예쁠까?

"네, 너무 맛있었어요."

"훗, 다행이네요."

"누나, 갈게요."

또다시 은빈의 정중한 말. 다른 여자들에게 말하는 것과는 확실히 다르게 들린다.

"그래, 잘 가고 다음에 또 와. 예쁜 학생, 다음에 또 와요. 서비스 멋지게 해줄게요. ^-^"

"네, 안녕히 계세요."

꾸벅 고개를 숙이고 은빈과 그곳을 나왔다. 후, 왠지 기분이 묘하네. 은빈을 돌아보니. 평상시의 건방진 표정으로 돌아와 있다. 달라, 확실히 달라.

거리를 걸었다. 와, 날씨 정말 좋다. 이런 날은 정말 어디로든 놀러 가고 싶은데. 왠지 어디로든 놀러가고 싶다는 생각에 슬쩍 은빈을 돌아보며 말을 꺼냈다.

"은빈아, 날씨 정말정말~ 좋지? 어디 놀러가고 싶지 않니?"

"더워 죽겠다. 빨리 집에 가서 씻어야지."

"어, 그래."

그래, 말 꺼낸 내가 잘못이지. 쿡 웃으며 고개를 들어보니 어느새 버스 정류장. 그런데 앞서 걸어가던 녀석은 버스 정류장에 서야 하는데 지나쳐 걸어간다.

"야! 집에 간다며?!"

"잠깐 들를 데 있으니까 잔말 말고 따라와."

은빈의 말에 또 어쩔 수 없이 은빈의 뒤를 쫄래쫄래 따라갔다. 동네 강아지마냥. 진짜 누가 보면 주인 쫓아가는 훈련 잘된 개인 줄 알겠다.

저벅저벅 앞서 걸어가던 녀석이 걸음을 멈춘다. 녀석이 걸음을 멈춘 곳, 웬 대리점? 녀석이 가게 안으로 들어가길래 나도 따라 들어갔다. 녀석은 핸드폰이 전시된 진열장으로 간다. 핸드폰 사려나? 그런데 저 녀석 핸드폰 있는 것 같던데? 어리둥절한 눈으로 은빈의 뒷모습을 바라보다가 날 부르는 소리에 은빈에게로 다가갔다. 자연스레 진열장 안의 핸드폰에 쏠리는 내 시선. 정말 예쁘고 신기한 디자인이 참 많다. 한참을 이것저것 구경하고 있는데,

"골라봐."

같이 핸드폰을 구경하던 은빈의 말. 골라보라니, 뭘? 설마…

"어? 너 사는 거 아니야? 설마… 나 사주려고?"

"미쳤냐? 내가 널 왜 사줘? 내 꺼 살 거다."

그럼 그렇지.

"근데 은빈이 너 핸드폰 있잖아."

"시끄러. 잃어버렸어. 얼른 고르기나 해, 멋있는 걸로."

은빈의 강제적 협박에 난 요리조리 비교하며 핸드폰들을 탐색해 결국 하얀색의 폴더를 골랐다. 옆에 깜찍한 카메라도 달려 있다.

"이거! 이거 예쁘지?"

나의 말에 고개를 들고 점원에게 냅다 말하는 은빈.

"이거요."

"네. 손님, 할부로 하실 건가요?"

"네. 12개월 할부로 끊어주세요."

저, 정말 살 건가 보다. 꽤 비싼 거 같은데 학생이 돈이 어디 있다고. 그러나 결국 은빈은 핸드폰을 샀다. 부럽다. 비싼 거라서 더 부럽다. 나도 엄마한테 사달라고 할까? 버스 안에서도 집에 돌아오는 길에서도 온통 핸드폰 생각만 했다.

집 앞.

"오늘 나 퇴원하는데 와주고 밥 사줘서 고마웠어. 내일 보자."

싱긋 웃으며 인사를 하고 집으로 들어가려는데,

"은세별."

나를 조용히 부르는 은빈.

"응, 왜?"

"잠깐 와봐."

"왜?"

"씨, 오라면 오지 말이 많아?"

은빈의 위협적 협박에 또다시 쪼르르 은빈의 앞으로 다가간 나. 어느새 은빈의 충견, 말 잘 듣는 개가 되어 있다. 그리 썩 좋지 않은 기분으로 은빈을 올려다보는데,

"너 갖고 싶지?"

"뭐, 뭐가?"

"솔직히 말해. 갖고 싶잖아."

"도대체 뭐가?"

내 말에 아무 말 없이 주머니에서 무언가를 꺼내 내 주머니에 쑥 넣어주는 은빈. 얼른 주머니에 손을 넣어보니 감촉이 핸드폰 같다. 꺼내보니 아까 산 것은 아니다.

"이거, 네 꺼 아니야? 잃어버렸다며……."

"잃어버렸는데 네가 주웠잖아, 방금."

무슨 소리를 하고 있는 거야, 이 녀석?

"너 가지라고."

"네 껄 내가 왜 가져?"

"토달지 말고 가지라면 가져."

"그래도."

말은 이렇게 하지만 사실 속으로 내심 기쁨이 피어오른다. 나도 속물이 되어가나 보다. 윽!

"너네 엄마가 사주라고 했는데 내 핸드폰도 산 지 얼마 안 된 거니까 그거 가져. 너네 엄마한테는 새로 산 거라고 말하고."

"뭐? 우리 엄마가 너한테 나 핸드폰 사주라고 하셨어? 진짜?"

"그래."

"그, 그럴 리가 없는데."

"그렇다면 그런 거지, 또 말이 많네."

우리 엄마가 그럴 리가 없다. 우리 엄마가 얼마나 돈을 아끼는데. 미국에서도 그렇게 사달라~ 사달라~ 졸라도 안 사줬다. 70% 세일에 거의 공짜로 주는 건데도 안 사줬다. 요금 나온다고!

"아무튼 그런 줄 알아! 그리고 우리 가족한테는 내가 줬다고 말하지 마, 절대! 잃어버렸다고 할 거니까. 그러니까 너네 엄마가 사준 거라고 그래."

"왜 그래야 하는 건데?"

문득 이해가 되지 않아 물었지만 은빈이 녀석, 내 말을 무시하고 집으로 쏙 들어가 버린다.

뭐, 뭐야? 우리 엄마가 이걸 사주라고 했다고? 허허. 정말 믿을 수 없는걸? 얼른 집에 들어가서 물어봐야지. 뭐, 핸드폰이 생긴 건 좋지만. 훗훗. 콧노래를 부르며 집으로 쏙 들어와 마사지를 하고 있는 엄마에게 물었다. 역시나 엄마는 처음 듣는 얘기란다. 어디서 이상한 소리를 듣고 왔냐고 오히려 날 이상한 아이 취급하신다. 은빈이가 줬다고 하자 엄마의 얼굴이 금세 달라지셨다.

"어머어머, 그럼 은빈이가 너한테 그 핸드폰 준 거야? 세상에, 은빈이 그 녀석 너한테 맘 있나 보다. 어머어머, 호호홋~"

"엄마, 절대 그럴 리가 없잖아!"

어이없는 표정을 지으며 맞받아쳤지만 어느새 내 마음속에도 물음표를 달고 슬슬 피어오르기 시작하는 생각. 설마 은빈이가 날? 그러나 그 물음표는 곧 강한 부정 느낌표로 바뀌었다. 그, 그럴 리가 있나? 날 누구보다도 싫어하는 녀석인데. 나 용서하려면 아직도 많은 시간이 필요할 텐데. 허탈한 마음에 난 바보처럼 하하 웃고는 두 팔을 활짝 펼치며 크게 소리쳤다.

"어쨌든… 드디어 나도 핸드폰이 생겼어!! 야호!!"

나는 환호성을 지르며 그날 저녁 내내 핸드폰을 만지작거렸다. 산 지 얼마 안 됐다더니, 정말 새것 같다. 흠도 별로 없고 때도 안 타 있고. 흐뭇한 미소를 지으며 폰을 들여다보았다. 핸드폰을 주면서 은빈이가 한 말은 잘 이해할 수 없지만, 그냥 고맙다. 녀석, 날 끔찍하게 싫어하는 줄로만 알았는데 이런 고마운 선물까지 주고……. 나도 뭐 하나 사줄까? 음… 그냥 선물은 식상하니까 뭔가 정성이 깃들어 있는 듯한… 목도리 떠줄까? 스웨터 떠줄까? 아, 이제 곧 여름이지(사실은 그런 것 따위 뜰 줄도 모른다)? 이런 생각들을 하고 있는데 느닷없이 울리는 벨소리! 마치 은쟁반에 옥구슬 굴러가듯 고운 화음이 흘러나온다. 엉겁결에 핸드폰을 열어 전화를 받았다.

"여, 여보세요?"

[풋!]

뭐, 뭐지? 웬 웃음소리?

[그럴 줄 알았어. 은빈이 오빠가 핸드폰을 잃어버렸을 리가 없지.]

앗! 이건 은혜 목소리? 이어서 들려오는 방문 여는 소리와 은빈의 고함 소리.

[야! 너 얼른 전화 안 끊어! 잃어버렸다니까 왜 전화는 하고 난리야!]

[잃어버리긴 뭐가 잃어버려! 오빠가 잃어버린 거 세별이 언니가 냉큼 주워 가졌다는 거야, 뭐야?]

[그래! 내가 잃어버린 거 재수 좋게 주웠나 보지! 별걸 다 가지고

물고 늘어져. 이 기집애야, 얼른 전화 안 끊어!!]
 곧 이어 들려오는 우당탕쿵탕! 요란한 소리. 아마도 수화기를 뺏기지 않으려는 은혜와 뺏으려는 은빈의 몸싸움인 듯하다.
 "얘, 얘들아, 싸우지 마."
 [오빠 자꾸 거짓말하면 아빠, 엄마한테 다 이른다!]
 [일러만 봐! 너 오늘 내로 아작 낼 거야! 아씨, 너 진짜 전화 안 끊어!]
 [세별이 언니한테 줬다고 진실을 말하면 어디가 덧…….]
 띠리리~
 뭐, 뭐지? 끊어졌나 보다. 이, 이런, 괜히 나 때문에 싸우는 거 아냐? 화목한 가정에 파문이……. 불편한 마음에 멍하니 폰을 꼭 붙잡고 있는데 띠리리리리~ 고운 음이 또 울려댄다.
 "여보세요?"
 [어? 저, 은빈이 형 핸드폰 아니에요?]
 어! 이 목소리는 지호다!!
 "지호야! 맞아, 이거 은빈이 꺼야. 근데 오늘 은빈이가 나 줬어."
 [세별이 누나? 훗, 누나.]
 "어, 지호야."
 [누나, 후우…….]
 어? 폰 너머로 들려오는 깊은 한숨 소리.
 "지, 지호야, 왜 그래? 무슨 일 있는 거야?"
 [아뇨, 무슨 일은요, 헤헤.]

곧 아무렇지 않게 웃는 지호. 하지만 목소리에 가득 묻어나는 감출 수 없는 슬픔.

[누나, 오늘 퇴원했죠? 나도 가봤어야 했는데 미안해요. 아무튼 빨리 퇴원해서 다행이에요. 괜히 나 때문에 고생만 하고… 정말 미안해요.]

"아냐, 지호야."

[누나, 시간있으면 은빈이 형이랑 같이 나올래요?]

"어? 왜?"

[그냥 지금 보고 싶어요. 얘기하고 싶고…….]

"그래, 어딘데?"

[은빈이 형 가끔 오는 클럽이요. 저번에 누나랑 은빈이 형 찾으러 갔던 데. 은빈이 형이니까 같이 와요.]

"어, 그래, 알았어. 갈게."

플립을 닫고 잠시 멍하니 생각에 잠겼다. 지호, 얼마나 힘들까? 얼마나 맘이 아플까? 엄마 돌아가신 거 참을 수 없을 정도로 많이 맘 아플 텐데. 그래, 친구 좋다는 게 뭐야? 이럴 때 위로해 줘야지.

난 고개를 끄덕거리고는 은빈이에게 전화하기 위해 플립을 열었다. 그러다가 갑자기 든 생각. 참!! 전화 번호를 안 물어봤다. 은빈이네 집 전화 번호도 모르는데. 그렇다고 은빈이네 집으로 직접 찾아가기는 왠지 싫고. 그때 번쩍 떠오른 좋은 생각. 맞다!! 서로 마주보는 서향 창문이 있었지! 거기까지 생각이 미친 나는 얼른 커튼을 걷고 창문을 확 열어젖혔다. 눈에 들어온 건 꼭꼭 닫혀 커튼까지 쳐 있는 은빈의 창문. 다른 때는 이쪽 창문에서 담배도 잘 피우더니만 오늘따라 꼭꼭 닫았네. 덥지도 않나? 난 거의 속삭이는 듯한 목소리로 은빈을 부르기 시작했다.

"으, 은빈아."

조용.

"은빈아."

아무 반응도 없다.

"은빈아!"

우씨, 다시 한 번!

"강은빈—!!"

이상하다. 방에 없나? 밥 먹으러 1층으로 내려갔나? 그럼 마지막으로,

"강……."

그 순간,

"시끄러워! 누가 소리를 바락바락 질러!"

라고 -_- 우렁차게 울려 퍼지는 목소리와 함께 드르륵 열리는 창문. 드디어 나타난 은빈의 얼굴.

"왜? 무슨 일인데 그렇게 바락바락 소리를 지르냐?"

은빈의 짜증 섞인 말에 문득 심술이 난 나. 이미 은빈의 성격을 잘 알고 있으면서 장난기가 슬금슬금 솟아난다. 통통 부은 나의 간.

"무슨 일이냐고 물었다."

"무슨 일이게?"

내가 생각해도 어이없고 얄미운 질문에 속으로 쿡쿡 웃고 있는데 들려오는 은빈의 대답.

"빨리 안 불면 나 이 나무 타고 거기로 넘어간다."

"너, 넘어와! 넘어와! 넘어와서 뭘 어쩔 건대?"

그러자 나의 말에 어이없이 피식 웃는 은빈.

"참나, 야, 은세별! 요새 내가 좀 잘 대해줬다고 네가 아주 간이 부었구나, 부었어. 기집애야, 잘해줄 때 얌전히 있어. 머리끝까지 기어오르지 말고. 그렇게 까불다가 평생 흘릴 눈물 한꺼번에 쏟아버릴 수도 있으니까. 알았냐?"

조용히 하는 말이지만 어쩜 이렇게도 오금이 저리고 온몸에 한기가 도는 걸까? 정말 대단하다. 너에게 경의를 표한다. 역시 넌 까불 상대가 아니구나.

"은빈아, 내가 잘못한 것 같아. 하하."

"알면 됐어. 어쨌든 용건이 뭐야?"

"응, 지호한테 전화 왔는데 지호가 너랑 나랑 그 클럽으로 와달래."

"지호가? 나만 부른 게 아니고?"

"응, 나도 같이 오랬어."

"너, 같이 가고 싶어서 거짓말하는 거 아냐?"

"아냐, 진짜 같이 오랬단 말이야!"

"근데 너 지금 나가면 엄마한테 혼나는 거 아니냐?"

"그냥… 거짓말하지, 뭐."

"엄마한테 거짓말이나 하고 잘한다, 잘해! 10분 뒤에 내려와!"

그렇게 말하고 창문을 닫는 은빈. 자기는 꼭 엄마 말 잘 듣는 것처럼 말하네, 저 녀석이. 맨날 아줌마한테 혼날 짓만 하면서… 언제 한번 된통 걸려야 되는데. 그런 생각들을 하며 난 옷을 갈아입고 계단을 내려가면서 엄마에게 적당히 둘려댈 거짓말을 생각해 내기 위해 머리를 굴리기 시작했다. 은빈이랑 같이 어디 간다고 하면 분명히 또 이상한 오해할 테고, 그렇다고 혼자 바람 쐬러 나간다고 하면 말이 안 되고… 음… 거짓말하기 정말 어렵다. 난 마음을 다잡고 씩씩하게 현관으로 가서 신발을 신었다. 그러자 거실에서 TV를 보던 엄마가 눈을 동그랗게 뜨고 나에게 묻는다.

"어? 세별이, 너 이 시간에 어디 가니?"

"응. 새로 사귄 친구가 있는데 그 친구가 지금 많이 아프다고 나보고 꼭 와달래. 걔네 엄마, 아빠는 일찍 돌아가셨고 친척 하나 없이 자취하는 불쌍하고 가여운 애야! 좀 봐주고 올게!!"

속으로 금방 만들어낸 말치고는 너무 술술 잘 나온다. 마치 라디오의 녹음된 테이프처럼. 우리 엄마, 물론 믿을 리 없다.

"은세별!! 너 요새 거짓말이 늘었어! 혼난다!"

"엄마, 진짜야!! 나 믿으라니까!"

그렇게 소리치고 얼른 밖으로 나와 대문을 쾅! 닫았다. 후우, 나 이러다 거짓말쟁이 되는 거 아닐까?

"왜? 안 하던 거짓말이라 못해먹겠냐?"

어둠 속에서 들려오는 말에 고개를 돌리니 은빈이 서 있다. 그런데 녀석, 오늘따라 너무 멋진 거 아냐? 무스로 멋있게 세운 깔끔한 머리에, 깃을 세워 입은 하얀 셔츠, 마치 은빈의 다리 길이에 딱 맞춘 것처럼 적당히 달라붙는 블랙 진, 반짝 윤이 나는 검은 구두. 진짜 모델 같다.

"야, 너 꼭 모델 같다."

나의 말에 무표정으로 아무 말 없이 날 쳐다보다가 피식 웃는 은빈. 늘 그랬듯 저벅저벅 앞서 걸어가기 시작한다. 내가 너무 어이없는 말을 했나? 잠시 멍청하게 서 있다가 난 곧 은빈의 뒤를 따라갔다. 골목길을 돌아가던 은빈, 느닷없이 걸음을 멈춘다. 전봇대 아래 말없이 서 있는 남자 아이. 그리고 그 옆에 세워져 있는 오토바이. 뭐지?

"형, 이거 내일 꼭 돌려줘야 돼요! 우리 형 꺼 몰래 가지고 나온 거란 말예요."

"아씨, 알았어, 알았다고! 내일 곱게 모셔다 줄 테니까 잔소리 말고 가."

"형, 약속 지켜요!!"

"알았다고 했다."

울먹울먹거리며 은빈과 오토바이를 번갈아 보던 남자 아이, 눈물을 머금고 못내 불안한 듯 자꾸만 뒤를 돌아보며 뛰어간다. 뭐지? 지금 오토바이 빌린 건가?

"너, 너 오토바이도 타니?"

나의 말에 인상을 구기며 중얼거리는 은빈.

"어째 별로 안 좋게 들린다?"

"술에 담배에 오토바이까지. 진짜 불량 학생다운 건 다 하고 다니는구나."

"그래서 불만있냐?"

"아니, 불만있는 건 아니고 불안해서. 우리 그냥 버스 타고 가자."

사실 진짜 불안하다. 미국에서 살았을 때, 폭주족을 수도 없이 봐왔을 뿐더러 예전에 옆집 오빠 오토바이 뒤에 얻어 탔다가 사고나서 죽는 줄 알았다. 그 오빠는 도로로 날아가서 다리 부러지고, 난 운 좋게 풀밭으로 굴러서 가벼운 찰과상만 입었었다. 불안하다.

"야! 시간없어! 빨리 타!"

"무서워."

"아씨, 너 혼자 버스 타고 가!!"

은빈은 버럭 고함을 지르고 오토바이에 휙 올라탔다. 그리고 시동을 걸기 시작한다. 저, 정말 가려나?

"마지막 기회다. 맞고 탈래, 그냥 탈래?"

"사고나면 책임져!!"

"오냐, 평생 책임져 주마."

별수없지. 눈물을 머금고 불안한 마음으로 뒤에 올라탔다.

"은빈아, 헬멧 같은 거 없어?"

"그 딴 게 어딨냐? 그냥 내 등에 머리 박아."

"야!!"

"너 요새 말 진짜 많아졌어. 자꾸 대들면 눈물샘 바닥나게 해준

댔지."

으으으… 나의 이런 불안한 마음을 아는지 모르는지. 제멋대로 거칠게 출발하는 은빈.

휘청~

싫어, 이렇게 위험천만한 오토바이 뒤에 타서 떨어지지 않으려고 남자 허리 꽉 끌어안아야 하는 거 정말 싫단 말야!! 미친 듯이 달리며 자기가 폭주족인 듯 착각하는 녀석 때문에 난 정말 아주 죽을 뻔했다. 클럽 앞에 멈췄을 때, 난 고목 나무에 매미처럼 은빈의 등에 딱 달라붙어 우스꽝스런 자세로 얼굴이 파랗게 질려 있었다.

"야, 더워! 떨어져."

은빈의 말에 정신을 차린 나. 후들후들거리는 다리를 땅에 발을 디딜 때까지 5분은 걸렸나 보다. 순간 느닷없이 은빈이 웃기 시작한다.

"풉! 야, 너 머리 좀 묶고 오지 완전 메두사다."

"뭐?"

은빈의 말에 오토바이에 달려 있는 백미러에 내 머리를 비추어 보았다. 그리고는 흠칫 놀라고 말았다. 번개 맞은 것처럼 빳빳하게 솟아올라 꿈틀거리는 내 머리카락. 진짜 메두사다! 울상을 지으며 머리를 쓸어 내려 간신히 진정시키는데 그런 나를 비웃으며 혼자 클럽 안으로 쑥 들어가는 은빈. 어쩜 저렇게 뒷모습도 얄미울까? 아까 모델 같다고 한 거 취소다.

클럽 안으로 들어가니 밤 시간이라 그런지 손님이 꽤 많다. 무대 위에선 통기타 연주가 한창이었고 사람들은 즐겁게 술을 마시며 감미로운 통기타 연주를 감상하고 있었다. 그들에게 쏟아져 내리는 환상적인 블루 조명. 와, 진짜 바다 속에 들어온 것 같아.

"누나, 여기예요!"

느닷없이 들려오는 목소리에 고개를 돌려보니 구석 테이블에 앉아서 손짓을 하는 지호가 보였다. 다가가서 싱긋 웃으며 얼굴을 쳐다보는데 며칠 사이에 많이 늙은 것 같다.

"지, 지호야, 너 며칠 사이에 폭삭 늙었구나!"

그러자 내 머리를 가볍게 쥐어박으며 말하는 은빈.

"야, 너 그런 말 실례라는 거 몰라? 아무튼 이건 솔직한 건지, 멍청한 건지."

은빈의 핀잔을 들으며 의자에 털썩 몸을 묻었다. 오~ 푹신푹신~ 이 느낌, 너무 좋다.

"누나, 머리 괜찮아요? 아프지 않아요?"

"어, 그럼, 괜찮아. 멀쩡해."

속이 많이 아프고 쓰릴 텐데 나를 더 걱정해 주다니 나보다 훨씬 어른스러운 것 같다. 물론 은빈이보다도. 장례는 잘 치렀냐고 물어보려다가 그냥 입을 다물었다. 괜히 그 말을 꺼내면 또 맘 아프기만 할 것 같아서.

"형, 뭐 시킬까? 맥주 5병 시켜놨는데 조금 있으면 나올 거야. 누나, 뭐 먹을래요?"

"응, 난……."

"맥주 5병 더 시켜."

"과일."
"마른안주."
"과일 먹고 싶어!!"
"젤 비싼 거야!!"
"과일."
"여기요! 맥주 5병 더 주시구요. 과일이랑 마른안주 주세요."
앗, 사랑스러운 지호. 과일을 시켜주다니.
"진짜 단순하다. 울다가 과일 시켜주니까 금세 실실거리고."
나한테 불만이 많은 은빈. 진짜 얄미운 녀석.
"뭘 노려봐, 이게? 맞을래?"
"아니."
은빈이 눈을 부라리자 무서움에 흠칫 몸을 떨고 있는데 술과 과일, 그리고 마른안주가 나왔다. 과일을 매우 좋아하는 나. 우선 사과를 세 조각 집어 들어 한입에 넣었다. 그 다음 바나나 조각을 다섯 개 겹쳐 이쑤시개를 양쪽으로 꽂아 한입에 넣었다. 날 쳐다보는 시선이 느껴졌지만 시선 따위 신경 쓰지 않고 내 입속에 과일 넣는 데에만 집중했다.

집중, 집중, 또 집중하며 거의 과일을 다 먹어가고 있는데, 내 앞으로 툭 쓰러지는 맥주병. 흠칫 놀라 고개를 들어보니 저번에 그랬던 것처럼 순식간에 비워진 맥주 일곱 병. 지호는 취기가 도는지 얼굴이 붉어져서 은빈에게 무슨 말인가 열심히 하고 있었고, 은빈은 어느새 담배를 물고 아무 말 없이 지호의 얘기에 귀를 기울이고 있었다.

"지나친 흡연은 폐암을 유발할 수 있고 각종 암의 원인이 되며 사랑하는 자녀들이……."

"너 조용히 안 할래?"

"나 혼자 중얼거린 건데?"

"또 말대꾸?"

"담배 피우지 마! 몸에 나쁜 거잖아! 끊어!!"

"쉿!"

은빈이 담배를 비벼 끄며 손가락을 입술에 대고 위협적인 눈빛을 보낸다. 하지만 그렇다고 말을 안 할 내가 아니지.

"아줌마한테 이를 거야!"

그러자 은빈은 마지막 남은 배 조각을 들어 손수 내 입속에 콱 넣어주었다.

"입 안에 먹을 게 있어야 입을 다물지, 넌?"

"진짜야, 우물우물~ 이를 거야, 우물우물~"

우물거리는 날 무시하고 다시 대화에 열중하는 은빈과 지호. 이 분위기, 왠지 나만 소외된 것 같잖아. 그러자 내 맘을 눈치 챈 듯 빙그레 웃는 지호.

"세별이 누나, 누나 참 예뻐요. 그치, 은빈이 형?"

지호의 말에 반응이 없는 은빈.

"이제 내 곁에 아무도 없어. 정말 아무도… 우리 아빠 돌아가신 거, 형은 알지? 나 항상 외로워. 그런데 형이랑 누나 있어서 다행이야. 나 지금 너무 슬픈데, 이렇게 곁에 있어주는 것만으로도 큰 힘이 돼. 고마워, 형, 누나."

취한 듯 느릿느릿 말을 잇지만 절대 주정으로 들리지는 않는다. 알아, 지호야. 너 지금 얼마나 속상하고 힘든지… 그 아픔 감추려고 쓰린 속을 얼마나 움켜잡고 있는지…….

"앞으로도 내 곁에 계속 있어줄 거지? 떠나지 않을 거지? 기쁠 때도, 슬플 때도, 늘 함께해 줄 거지?"

"그래, 지호야. 그런데 너 혼자 아니야. 세영이가 있잖아. 네 친형."

내가 말을 꺼내자 일순간 굳은 얼굴로 나를 응시하는 두 사람. 순식간에 사악 가라앉은 분위기.

"너 지금 그런 말 꺼내서 기분 더럽혀야겠냐?"

"언제든, 언제가 됐든 풀어야 될 문제잖아. 세영이랑 지호 친형제라는 거, 한핏줄 타고난 거 부정할 수 없는 사실인데, 생전 모르는 남처럼 살아갈 순 없는 거잖아. 그러면 안 되는 거잖아. 그렇게 덮어두면 상처만 더 곪아. 더 심각해질 뿐이야."

"은세별."

"나중엔 곪아서 터져 버린다구! 그렇게 되면 영영 돌이킬 수 없어. 돌아가신 엄마도 결코 맘 편하지 않으실 거야."

"누구는 그거 몰라서 덮어두고 있는 줄 알아? 그 말을 꼭 지금 꺼내야겠냐고, 지금! 이 자식 누구보다도 힘든데, 그런 얘기 꺼내서 또 맘 아프게 해야겠냐?"

"그만 해, 그만 해, 제발!!"

터져 나온 지호의 고함 소리. 흠칫 놀라 지호를 쳐다봤다. 어느새 눈물이 그렁그렁 맺혀 있는 지호의 눈. 마음이 아프다. 하지만 풀어야 할 문제야.

"나 용서 못해. 한세영 그 자식 절대 용서 못해, 못한다구! 안 해, 안 할 거야!! 제기랄, 누가 내 형이야? 나한테 형 같은 거 없어. 그 자식은 나한테 아무것도 아니라구!"

머리를 감싸 쥐며 소리를 지르다가 천천히 고개를 들고 말하는 지호.

"우리 엄마 그 자식이 죽인 거야. 그 자식이 우리 불쌍한 엄마 죽인 거라고. 나 죽을 때까지 그 자식 용서 안 해! 절대로!"

"하지만 지호야, 세영이가……."

"그만 해!"

딱 잘라 말하는 은빈의 말에 말을 멈추고 녀석을 바라보니 한마디만 더 하면 가만 안 두겠다는 눈빛으로 날 쳐다보고 있다. 가슴이 너무 답답하다. 무언가 콱 막힌 것처럼 답답하고 애가 탄다. 목이 말라 내 앞에 놓인 맥주잔에 맥주를 가득 따랐다. 그리고 그것을 벌컥벌컥 한 방울도 남기기 않고 다 마실 때까지 지호와 은빈, 둘 다 말리지 않았다. 단지 동물원의 원숭이 보듯 신기하게 날 쳐다보고 있을 뿐. 잔을 탁 내려놓고 입을 쓰윽 닦는데 속이 조금 쏴할 뿐, 별 느낌이 없다. 저번에 소주 한 모금 마셨을 때랑 아주 다르다. 소주는 엄청 독한 술인가 보다.

"이게 미쳤나? 맥주를 원샷하고 난리야. 너 지난번처럼 픽 쓰러져

만 봐. 진짜 버리고 갈 테니까."

억! 눈치를 보니 진짜 버리고 갈 것 같다. 그래서 맥주잔에 손도 대지 못하고 있는데.

"누나, 마음껏 마셔요. 쓰러지면 내가 업고 갈게. ^-^"

하하, 귀여운 지호.

"쟤 업다가 너 고꾸라진다. 쟤가 얼마나 무거운데. 배에 똥만 가득 차가지고."

우씨, 저 녀석이!

"내 배에 똥이 찼는지, 물이 찼는지 네가 어떻게 알아? 봤어?"

"또 까분다. 진짜 네 뱃속에 뭐가 들었나 직접 확인해 보기 전에 입 다물어."

"나쁜 녀석!!"

"하하. 둘이 부부 싸움하네. 부부 싸움은 집에 가서 해. 훗!"

억! 부부 싸움?

"형이랑 누나랑 그냥 사귀어 버려라!! 둘이 잘 어울리는데, 응? 헤헤헤."

"이 새끼 또 취했네, 헛소리하는 거 보니까. 야, 일어나, 일어나! 집에 데려다 줄 테니까."

은빈이가 정신없이 헤헤거리는 지호를 부축해 일어났다. 그러자 은빈의 손을 뿌리치며 앙탈을 부리는 귀여운 지호.

"취하긴 뭐가 취해? 나 안 취했어! 하나도 안 취했다구!"

"됐어, 임마. 오늘은 그만 해. 내일 학교도 가야 하잖아. 은세별,

나 지호 데려다 주고 올 테니까 여기서 조금만 기다려. 십 분도 안 걸리니까, 사고치지 말고 얌전히 있어라."

은빈의 말에 고개를 끄덕끄덕거렸다. 안 가겠다고 투정하는 지호를 억지로 끌고 나가는 은빈. 안 취했다고 버티던 지호, 비틀비틀거리면서 끌려간다. 그들을 물끄러미 바라보고 있다가 다시 고개를 돌려 테이블 위를 바라보니, 흑! 먹을 게 없다. 심심해.

어느새 통기타 연주도 끝나고 무대 위는 텅 비어 있었다. 그렇다고 사람들 구경을 할 수도 없고. 턱을 괴고 손가락으로 탁자 위에 빙빙 원을 그리며 멍하니 있는데 누군가 턱 내 옆에 선다. 고개를 들어보니 노랗게 물들인 머리에 멋지게 꽂은 선글라스. 양아치 같은 놈이 날 향해 빙긋이 웃고 있었다. 뭐, 뭐지?

"저기요, 실례지만 잠깐 저 좀 보실래요?"

생긴 것과는 달리 무지 예의 바르고 점잖은 목소리.

"왜, 왜 그러시는데요?"

"잠깐만요, 할 얘기가 있거든요. 급해요."

뭐가 그리 급한 걸까? 이상한 생각이 들었지만 하도 급하다고 하는 통에 어쩔 수 없이 난 그 남자의 뒤를 따라갔다. 건물 뒤, 후미진 골목으로 걸어가는 남자를 따라가는데 느닷없이 날 잡아 벽에 확!! 몰아세우더니 속삭이는 남자.

"소리 지르면 죽는다."

헉!! 뭐, 뭐야?! 갑자기 태도가 돌변하다니…….

"왜, 왜 이래요!"

"가진 돈 다 내놔."

"네?"

돈을 내놓으라니? 지금 십 원도 없는데. 이 사람, 돈 뺏는 깡패인가?

"돈없어요."

"씨, 뒤져서 나오면 일 원에 열 대씩."

"진짜 없는데."

"씨, 빨리 내놓으란 말야!"

그러면서 그놈은 내 어깨를 잡고 거칠게 흔들어대기 시작했다. 아, 어지러워. 그때 어디선가 들려오는 목소리.

"망할 놈, 너 그 손 안 놔?!"

앗, 이 목소리는!! 얼른 고개를 돌려보니 주머니에 손을 푹 찔러 넣고 삐딱하게 서서 놈을 노려보는 은빈이 보였다. 사, 살았다!! 천하무적 은빈이 나타났으니 이제 다 해결되겠지?

"야, 너 개가 돈 있어 보이냐? 있어 보이는 애를 찔러야지. 저런 멍청이를 봤나~"

은빈의 말에 내 어깨에서 손을 떼고 나를 머리끝부터 발 끝까지 주욱 훑어보는 놈. 내가 좀 빈곤해 보이기로서니 그렇다고 그렇게까지 말하다니, 저 나쁜 녀석!

"맞아요. 우리 집 찢어지게 가난해서 하루 세 끼 먹기도 힘들어요. 근데 쟤는 돈 많아요. 쟤네 집 재벌이거든요. 지금도 한 백만 원은 갖고 있을걸요?"

하하하. 완벽한 발언에 내심 흡족해하고 있는데 왠지 날 보는 따가운 시선이 느껴져 고개를 돌리니 은빈이 어둠 속에서 들고양이처럼 반짝 눈을 빛내며 날 노려보고 있었다.

"쟤나 팔아라. 쟤 팔면 못 받아도 백만 원은 받을 수 있을 거다. 그럼 난 이만."

말을 마치고 등을 돌리는 은빈. 저, 저 나쁜 녀석!

"야!! 너, 너무하는 거 아냐? 너 팔면 백만 원이 아니라 만 원도 안 나와! 그리고 날 팔라니, 어떻게 그런 말을 아무렇지도 않게 할 수가 있어?!"

"헛소리랑 거짓말만 하는 애는 팔아야지 어디다 써먹냐?"

"너 진짜!!"

그때 어이없다는 듯 우리의 대화를 듣고 있던 그놈이 빽 소리를 지른다.

"아씨! 시끄러! 별 이상한 것들을 다 보겠네."

흠칫 놀라서 입을 다물고 놈을 쳐다보니, 못 볼 것을 본 것처럼 나를 쏘아보고는 휙 몸을 돌려 앞으로 걸어가는 놈.

"별, 재수가 없으려니까… 요새는 왜 이렇게 또라이들이 많아?"

"돈 뺏는 양아치보다 훨씬 양호하니까 입 닥쳐라."

은빈의 거친 말에 발끈해서 대드는 놈.

"뭐? 이 자식이 뚫린 입이라고 막 말하네. 그냥 확 밟아버릴라!!"

"씨, 닥치라고 했다. 그래, 할 짓이 없어서 여자들 돈이나 뺏고 다니냐? 쯧쯧. 불쌍한 놈. 옛다, 이거나 먹고 떨어져라."

그렇게 말하면서 은빈은 무슨 종이 같은 걸 놈의 얼굴을 향해 휙 던졌다. 뭐가 묻어 있는지 놈의 얼굴에 탁 달라붙은 종이. 자세히 보니 천 원짜리 지폐다. 그것을 떼어내며 미친 듯이 발광하는 그놈. 그러나 은빈은 그놈을 싹 무시하고 저벅저벅 걸어갔다. 무서워서 나도 얼른 따라갔다. 오토바이에 앉아서 시동을 걸고 있는 은빈. 얼른 오토바이 뒤에 타면서 난 은빈에게 조용히 물었다.

"천 원 안 아까워?"

아까울까 봐 물어봤건만 한숨을 푹 내쉬고 한심하다는 듯 말하는 은빈.

"그렇게 멍청하고 어리어리하니까 양아치 같은 놈들이 돈이나 뜯지."

흥! 구해준 거 하나도 안 고맙다, 이 얄미운 녀석아. 그렇게 투덜대고 있는데 오토바이에 시동이 걸렸다. 출발하는 순간, 난 또다시 공포에 빠지기 시작했다. 무시무시한 속력으로 달려대는 녀석. 난 눈을 꼭 감고 녀석의 등에 머리를 박고 죽은 듯이 숨을 죽였다.

얼마나 달렸을까? 오토바이가 멈추는 듯한 느낌에 고개를 들었다. 뭐, 뭐야? 집 앞이 아니네. 눈앞에 쫙악 펼쳐져 있는 강물. 다리 비슷한 것도 보인다. 달빛을 받아 넘실넘실거리며 환상적인 빛을 만들어내는 물결.

"은빈아, 여기가 어디야?"

"보면 몰라? 한강이지."

"한강?"

"미국 살다 온 티 좀 내지 마. 그냥 그렇다면 그런 건 줄 알지."

우씨, 어디 무서워서 궁금한 거 물어나 보겠나?

"근데 여기에는 왜 온 거야? 집에 가지 않구."

"지호네 엄마 여기 잠드셨다."

은빈의 나지막한 말에 난 작은 한숨을 쉬며 말없이 강물을 바라보았다. 편안히 잠드셨겠지?

"지호 놈 불쌍해 죽겠어. 늘 밝고 멍청할 정도로 웃음만 달고 다니던 놈이었는데, 요즘엔 아주 못 봐주겠다."

"어서 아픔 잊고 예전의 지호로 돌아와야 할 텐데."

"지호 놈 힘든 데 한세영 새끼도 한몫했지."

"음."

"어떻게 자기 엄마 죽일 생각을 했을까? 잔인한 놈."

"확실한 것도 아니잖아. 그건 비약이야. 세영이 그렇게 잔인한 애 아닐 거야. 분명히 무슨 이유 있었을 거야."

"그래? 이참에 아주 한세영 추종자로 나서보지 그러냐?"

"추종자라니? 난 내 생각을 말한 것뿐인……."

순간 무언가를 내동댕이치는 소리와 함께 들려오는 고함 소리!

"야! 저 새끼 빨리 잡아!!"

헉! 뭐, 뭐지? 얼른 고개를 돌려보니 다리 밑에 대여섯 명은 되어 보이는, 검은 양복을 입은 사내들이 난동을 부리고 있었다.

"어! 은빈아, 저기! 싸우나 봐!!"

은빈의 옷자락을 흔들며 소리치다가 일순간 난 굳어버리고 말았다. 덩치 큰 사내에게 배를 강타당하고 픽 쓰러지는 사람. 세, 세영!! 뭐, 뭐야? 왜 세영이가! 미친 듯이 뛰기 시작하는 심장을 부여잡고 난 은빈을 향해 소리쳤다.
"은빈아!! 저기 세영이, 세영이야!!"
나의 다급한 외침에 얼굴이 서서히 굳어지는 은빈. 그러나 몸을 조금도 움직이지 않는다. 마구 달려드는 사내들에게 힘겹게 맞서다가 다시 쓰러지는 세영. 저, 저러다 맞아 죽겠다!
"은빈아!! 저러다 세영이 죽어! 안 도와줄 거야?!"
잔뜩 굳은 얼굴로 그쪽을 바라보기만 하는 은빈. 나쁜 녀석! 할 수 없다, 나라도 가서 말려봐야지! 난 잡고 있던 은빈의 옷자락을 놓고 뛰어가려 발을 내디뎠다. 순간 은빈의 손에 팔목을 턱 붙잡혔다.
"뒷발에 걷어차이고 쓰러지려고 뛰어가냐? 까불지 말고 오토바이 뒤에 얌전히 쭈그리고 있어."
서둘러 달려나가는 은빈. 도와 주려나 보다. 벌렁대는 가슴을 두 손으로 꼭 부여잡고 발을 동동 구르며 그쪽을 쳐다봤다. 세영의 뒷덜미를 움켜잡아 일으키는 사내의 뒤통수를 멋진 발차기로 공격하는 은빈이 보인다. 놈들은 느닷없이 나타난 은빈이 때문에 술렁이고 있었다. 그틈을 타서 놈들에게 멋지게 일격을 가하는 은빈! 싸, 싸움 되게 잘한다. 밥 먹고 싸움만 했나 봐. 꼭 쥔 두 손에 땀이 맺히는 걸 느끼며 숨까지 죽이고 그들을 쳐다보고 있는데 놈들이 하나둘씩 쓰러지기 시작했다. 비틀거리며 일어나려는 한 놈의 허리를 무지막지하게 콱! 밟으며 맞은편에서 달려드는 놈의 얼굴에 주먹을 날리는 은빈. 그래, 바로 그거야!!

"잘한다!!"

어느새 상황의 심각성을 잊고 열렬한 응원자가 되어 소리를 지르는데, 놈들이 주춤거리며 슬슬 달아나기 시작한다.

잠시 후, 쓰러진 세영과 조금 힘겹게 숨을 몰아쉬고 있는 은빈이 보였다. 얼른 달려가 세영을 일으켰다. 눈을 감은 얼굴, 상처투성이다.

"은빈아, 세영이 기절했나 봐!"

"싸운 건 난데, 그 변태 새끼만 걱정돼서 붙들고 있냐?"

"뭐?"

"나도 다쳤다."

은빈의 말에 고개를 들어 은빈을 바라보니… 멀쩡하다. 단지 새하얀 셔츠에 발자국이 몇 개 나 있을 뿐.

"은빈아, 넌 정말 천재야."

"뭐?"

"싸움 천재~"

"맞을래?"

"세, 세영이 많이 다친 것 같은데 병원 데려가야겠다. 하하."

어설프게 웃으며 은빈을 바라보니 픽 코웃음을 친다.

"얼굴만 까졌지 딴 데는 멀쩡해. 기절한 거야. 병원까지 갈 필요 없고 이 자식 집에나 데려다놓으면 될 거야."

은빈은 그렇게 말하면서 내가 유심히 쳐다본 셔츠에 난 발자국을 신경질적으로 박박 문질렀다.
"너 이 자식 집 알지? 계단에서 굴러 떨어지기까지 했으니."
"은빈아."
조용히 은빈을 부르자 고개를 살짝 내려 날 쳐다보는 은빈.
"왜?"
"나… 길치잖아."
앞에서 밝힌 바와 같이 난 길치다. 그것도 아주 심각한. 고작 학교까지 가는 길 외우고 터득하는 데도 꽤 걸렸지, 아마. 무작정 지호 뒤만 따라가다가 도착했던 세영의 빌라를 내가 알 리가 없다.
"할 수 없지. 이 자식 깨워. 깨워서 물어봐야지."
"그건 너무 잔인한 짓이잖아. 이렇게 다쳤는데. 지호한테 물어보면……."
"지호 놈한테 이 자식 얘기 하기 싫어."
하긴 지호에게 세영이 얘기하는 거, 별로 좋지 않을 것 같다. 아니, 말하기조차 미안할 것 같다.
"어쩔 수 없지. 집에 데려가자."
내 말에 눈을 크게 뜨고 날 바라보는 은빈.
"집? 누구 집?"
"우리 집."
"미쳤냐?"
"미, 미치다니? 데려가서 치료해야 되잖아."
"우리 집에 끌고 간다."

"아냐, 괜찮아. 데려가서 치료하면……."

"시끄러. 얼른 이 자식이나 들어."

그렇게 신경질을 내면서 은빈은 쭈그리고 앉아 등을 내밀었다. 업어주려나 보다. 저번에 나도 술 취해서 쓰러졌을 때, 은빈이가 이렇게 업어줬겠지? 앗! 왠지 갑자기 부끄럽다. 풋!!

"야, 빨리! 나 다리 아파!"

은빈의 다그침에 정신을 차린 나는 축 늘어진 세영을 힘겹게 일으켜 은빈의 등에 업혀주었다. 세영을 업고 몸을 일으키는 은빈.

"씨, 이 자식 왜 이렇게 무거워? 생긴 건 비리비리한 게 가볍게 생겨 가지고."

"숨겨진 근육이 있나 보지. 혹시 운동 같은 거 한 게 아닐까?"

"시끄럽다."

"맨날 시끄럽대!"

오토바이 앞까지 와서 고민에 빠진 우리. 세 명이 타기에는 자리가 좀 부족할 것 같다.

"은빈아, 셋이 타기에는 좀 좁지 않을까?"

"최대한 끼어서 타."

우선 은빈이가 앞에 앉고 그 사이에 세영을 끼우고 뒤에 간신히 엉덩이를 붙인 나. 정말 끼어서 탔다.

"은빈아, 근데 이러다 나 떨어질 것 같아."

"떨어지면 죽는다는 생각으로 꽉 잡아라."

그렇게 매정하게 말하고 은빈은 오토바이를 출발시켰다. 집으로 오는 시간 동안 난 떨어지지 않으려고 이를 악물고 몸을 앞으로 밀착시키는 데 나의 에너지를 다 소비해 버렸다. 그리고 다시는 오토바이 따위 타지 않기로 굳게 결심했다.

　집 앞. 세영을 다시 업고 집으로 들어가면서 내게 말하는 은빈.

　"이 자식 신경 끄고 가서 자라."

　"응. 세영이 편안하게 뉘어주고 약도 꼭 발라줘야 돼. 안 그럼 덧나서 흉터남는단 말이야."

　"내가 알아서 잘할 테니 신경 끄세요~"

　"네~ 알아서 잘하시겠죠."

　돌아서려다가 아차! 녀석의 전화 번호를 알아놔야겠다.

　"은빈아, 네 핸드폰 번호 좀 알려줘."

　웬일인지 군소리없이 바로 번호를 말하는 은빈. 속으로 번호를 중얼중얼거리면서 약간 불안한 마음으로 집으로 들어왔다. 현관에서 신발을 벗는 순간, 엄마의 매서운 눈초리에 잠깐 얼어붙었지만 나의 현란한 말솜씨와 능숙한 둘러대기로 잘 마무리하고 내 방으로 올라갔다. 세영이는 왜 그런 놈들에게 맞고 있었을까? 평범한 사람들은 아닌 것 같았는데. 왠지 불길한 예감이 든다. 세영이가 정신을 차리면 당장 물어봐야지. 그런 생각으로 약 삼십 분을 흘려보내다가 문득 옆집의 상황이 궁금해진 나는 슬며시 폰을 집어 들었다.

　[뚜르르르르르 뚜르르르르르르 뚜르르르르르르……]

　왜 이리 안 받아? 다시 한참의 신호가 울렸다.

　[네.]

"은빈아! 나야, 세별이!"

[변태 새끼 간호 잘하고 있으니까 신경 꺼.]

헛, 나의 마음을 이리도 잘 알고 있다니. 역시 저 녀석은 독심술을 하는 게야~

"어, 그, 그래? 약 잘 발라주고 있지?"

[된장이나 바르면 되지, 약은 무슨.]

"되, 된장?"

된장이라면 처음 한국에 왔을 때 아줌마가 끓여줬던 구릿빛 국물을 말하는 건가?

"그거 먹는 거 아니야?"

[어떻게 알았냐?]

"아줌마가 끓여줬었어. 맛 희한하던데?"

[네가 미국에서 먹던 빵이랑 기름진 고깃덩어리보다는 천 배나 맛있는 음식이니까 조용히 해.]

"근데 먹는 걸 어떻게 얼굴에 발라? 너 제정신이야? 당장 닦고 약 발라, 얼른!!"

순간 폰 너머에선 은빈의 한숨 소리와 쿡쿡거리는 웃음소리만 들려왔다.

[은세별, 난 너랑 얘기할 때마다.]

"응?"

[꼭 유치원생이랑 말하는 것 같은 기분이 들어.]

저, 저런 웃긴 말을 무지 심각하게 한다. 역시 희한한 녀석.

[이 자식 약 잘 발라줬으니까 걱정 마라! 너 이 자식이 그렇게 걱정되냐? 이 자식 걱정하는 거 반만이라도 내 걱정 좀 해봐.]
　"넌 다친 데 없잖아. 너도 다치면 그때 걱정해 줄게."
　[됐어! 아줌마, 잠이나 자!]
　그렇게 말하고는 은빈은 제멋대로 전화를 끊었다. 괜히 신경질이야, 내가 뭘 잘못했다구. 그런데 왠지 기분이 묘하다. 저 녀석, 혹시 내가 세영이 걱정했다고 질투하나? 풋! 나도 참… 이런 유치한 생각을 하다니. 은빈이가 유치하게 질투를 할 리 없다는 걸 잘 알면서도. 하지만 왠지 웃음이 나온다, 귀여운 은빈의 생각에…….
　다음날 A.M. 8:00. 난 아침부터 은빈에게 전화를 했다. 은빈의 등교 시간은 잘 알고 있으나 세영이가 걱정돼서 함께 학교에 가려고. 깔끔하게 교복을 입고 대문을 나서는 은빈. 그리고 그 뒤에 머리를 매만지며 나오는 세영. 얼굴 군데군데에 상처가 있다. 예쁜 얼굴 다 망가졌네.
　"세, 세영아, 괜찮아?"
　나를 보고는 아무 말 없이 미소만 짓는 세영. 아침 햇살에 그 미소가 더 눈부시게 빛난다. 그때 들려오는 은빈의 말.
　"학교 가라."
　그 말을 하고 은빈은 나와 세영을 남겨두고 먼저 저벅저벅 걸어가기 시작한다.
　"은빈아, 같이 가!!"
　그러나 내 말을 무시하고 걸어가는 은빈. 얼른 달려가서 은빈의 소매를 잡아끌었다.

"어차피 학교 가는 길인데 같이 좀 가자."

"어디 들를 데 있어."

"어, 어디?"

"알아서 뭐 하게?"

"어디!!"

"지호 놈 아프대. 어제 혼자 나발불더니 술병났나 봐."

"그래?"

지호를 떠올리면 어쩔 수 없이 세영도 떠올리게 된다. 그리고 가슴이 무언가로 꽉 막힌다.

"그래? 그럼 가서 지호 괜찮으면 같이 학교 와. 먼저 갈게."

멀어지는 은빈의 뒷모습을 가만히 바라보다가 세영과 함께 버스 정류장을 향해 걸었다.

"얼굴 말고 어디 아픈 곳은 없어?"

"없어. 괜찮아."

"근데 세영아, 나 뭐 하나 물어봐도 돼?"

"뭐?"

"어제 그 사람들 누구야? 왜 맞고 있었던 거야?"

나의 말에 아무 말 없이 침묵하는 세영. 그리고 왠지 슬퍼지는 눈빛. 말하고 싶지 않은 세영의 상처를 건드리는 듯한 기분이 들어 물어보면 안 될 것 같다.

"말하기 곤란하면 안 해도 돼. 난 단지 좀 걱정이 돼서. 왠지 그 사람들 단순히 널 괴롭히거나 돈 뺏으려고 그런 건 아닌 것 같아서."
"세별아."
나의 이름을 조용히 부르는 세영의 음성에 고개를 들어 쳐다봤다. 눈동자는 애써 웃고 있지만 왠지 슬퍼 보인다, 많이. 왜였을까? 순간 그 눈동자에 지호의 모습이 비춰 보인 건.
"아직은 말하고 싶지 않아. 하지만 너도 언젠가 알게 되겠지. ^-^"
애써 미소 지으며 말하는 세영. 궁금한 게 너무 많다. 엄마의 호흡기를 떼었다는 소문이 사실인지, 왜 지호의 학교로 전학 왔는지, 어제의 그 사람들은 대체 누구인지. 세영이는 정말 비밀투성이다. 알아서는 안 되는 금기 같은 비밀. 난 말없이 고개를 끄덕이며 활짝 웃었다.
"그래. 세영아, 나중에 기회가 된다면, 아니, 네가 말하고 싶어질 때, 그때 말해 줘."
궁금한 것을 꾹 참고 세영과 학교에 왔다. 교실로 가는 계단을 천천히 올라가는데 누군가 가만히 우리를 바라보고 있다. 고개를 들어 눈을 크게 뜨고 그쪽을 보니 아프다던 지호다. 지호가 가만히 서서 우릴 바라보고 있었다.
"지호야? 너 아프다더니?"
초췌한 지호의 얼굴을 올려다보며 말을 걸었다. 그러나 내 말에는 아무 대답 없이 감정없는 눈으로 세영을 쳐다보는 지호. 그리고 천천히 우리 곁을 스쳐 지나간다. 지나며 내뱉은 한마디.
"살인자."

지호야! 지호의 뒷모습을 쳐다보다가 세영을 돌아보니 역시 아무 감정 없는 표정. 휴… 저절로 한숨이 나온다. 심하게 엉켜 도저히 풀 수 없는 실타래 같은 지호와 세영. 친형제인데 언제까지 그러려고? 가슴이 너무 답답하다. 그렇다고 내가 멋대로 나설 수도 없는 거구.

불편한 마음에 고민을 가득 안고 교실로 들어갔다. 나란히 들어서는 우리를 힐끔힐끔 쳐다보는 아이들의 시선들이 곱지 않다. 자리에 앉아 가방을 내려놓는데 소곤거리는 여자 아이들의 목소리가 들렸다.

"저 여우같은 것, 은빈이 꼬신 것도 모자라 한세영까지 물었네."

"누가 아니래? 진짜 웃긴 애라니까. 미국에서 남자 꼬시는 것만 배웠나 봐."

윽, 괜한 미움을 산 것 같군. 어쨌든 수업이 시작되고 선생님이 들어오셨다. 지호에게 가본다던 은빈, 분명 멀쩡한 지호를 봤건만 은빈이는 어디에 있는지 학교도 안 온다. 정말 땡땡이의 천재 강은빈!!

하교 시간. 강은빈, 이 녀석 학교도 안 오고, 전화도 안 받고 도대체 어디 있는 거야? 은빈이 걱정을 하며 운동장으로 향하고 있는 세영을 쫓아 열심히 뛰었다. 다리가 기니까 걸음도 빨라~

"세영아, 같이 가!"

난 얼른 세영을 따라잡아 나란히 걷기 시작했다. 말없이 천천히 걷다가 나를 돌아보며 조용히 말을 거는 세영.

"너, 음식 만들 줄 아는 거 있어?"

"으, 음식?"

음식이라? 내가 만들 줄 아는 게 뭐가 있더라? 미국에서 엄마랑 둘이 살면서 우리 모녀는 요리를 거의 하지 않았다. 끼니를 인스턴트 음식으로 때웠고 이웃집에 얻은 음식을 먹으며 살아왔던 우리. 그렇다. 빈대 모녀로 살아왔었다. 으흐흐. 음, 할 줄 아는 음식이라고는……

"음… 햄버거, 볶음밥, 푸딩?"

말해 놓고 난 가만히 음식 만드는 방법을 생각해 보았다.

햄버거:빵 두 쪼가리 사이에 고기랑 야채 끼우기.
볶음밥:밥에 양파랑 햄 넣고 볶기.
푸딩:…하도 오래돼서 까먹었음.

음, 푸딩은 취소.

"오랜만에 밥다운 밥을 먹고 싶어서 그러는데, 밥 좀 해줘라."

세영의 말에 난 고개를 들고 세영을 쳐다보았다. 그동안 밥다운 밥을 못 먹어봤나? 하긴 혼자 살았던 것 같은데. 그 말을 듣고 보니 왠지 더 야위어 보이는 세영, 불쌍하다.

"그, 그래!! 잘하지는 못하지만 최선을 다해서 만들어볼게!"

내 말에 풋! 웃는 세영. 이렇게 웃을 때 정말 여자처럼 예쁜데, 화내고 욕하면 깡패 같아. 이중 얼굴이다. 어쨌든 난 밥다운 밥을 먹어보고 싶다는 세영의 말에 요리를 해주기로 결심했다. 제대로 만들 자신은 없었지만.

대형 슈퍼마켓으로 들어간 우리. 음… 아무래도 햄버거보다는 볶음밥이 낫겠지? 그래, 볶음밥으로 결정했어!! 난 노란 바구니에 햄과 양파를 넣었다.
"자, 가자!!"
활짝 웃으며 계산대로 향하려는데 그런 나의 팔을 붙잡으며 말하는 세영.
"볶음밥, 그걸로 끝이야? 햄이랑 양파?"
"어, 왜?"
저 표정 왠지 불안하다.
"너 진짜 할 줄 아는 거 맞아?"
그렇게 말하면서 세영은 당근과 호박, 파, 참치 캔, 그리고 양념을 바구니에 쏙쏙 집어넣는다. 앗! 볶음밥에 저런 것도 들어가나? 음, 우리 엄마가 만들어줬던 볶음밥은 불량 볶음밥이었나 보다. 노란 바구니를 들고 자신있게 재료를 고르던 나는 세영이에게 바구니를 양도하고 부끄러운 표정을 지으며 슈퍼마켓에서 나왔다.
버스를 타고 세영의 빌라로 향하고 있는 우리. 지호의 뒤를 따라 한 번 와본 곳이지만 길치인 나는 처음 오는 길 같다. 빌라가 보이기 시작한다. 음, 이제 조금씩 생각나는군. 고개를 끄덕거리면서 입구로 향하는데, 검은 양복을 입은 거구의 사내들 서넛이 빌라 주위에 얼쩡거리는 것이 보였다. 어? 또 웬 깡패 같은 사람들이야! 어제의 그 사람들인가? 왜 또?!
"세영아."

당황해서 세영을 부르니 조금 굳은 얼굴로 사내들을 응시하며 걸음을 멈추는 세영. 거구의 사내들이 우리를 발견하고 달려오기 시작한다. 앗!! 설마 또, 또… 세영에게 달려드는 거야? 잔뜩 몸을 움츠리고 겁에 질려 있는데 귓전을 때리는 거구 사내의 커다란 고함!

"형님!! 제발 돌아와 주세요!!"

혀, 형님이라니? 이게 대체 무슨 소리? 당황해서 얼른 세영을 돌아보니 세영은 아무 말 없이 굳은 표정으로 그들을 쳐다보고 있었다.

"제발 돌아와 주세요!! 그 어느 때보다도 형님이 필요하다는 거, 잘 알고 있지 않습니까!!"

덩치 큰 사내는 외모와는 어울리지 않게 애원하듯 절규하고 있었다. 형님? 돌아와 달라니? 왜 세영이가 필요한 건데? 도무지 무슨 소리인지 짐작조차 가지 않아 멍하니 세영과 그 거구의 사내를 번갈아 보았다. 거구의 사내와 그 뒤에 있던 여러 사내들, 느닷없이 일제히 무릎을 꿇는다. 헉!!

"돌아오신다는 대답 떨어질 때까지 저희는 여기서 한 발도 못 움직입니다."

"돌아가."

드디어 아무 말 없이 입을 다물고 있던 세영이 무겁게 입을 열었다. 그리고는 그 사내들을 쳐다보지도 않고 지나쳐 저벅저벅 걸음을 옮기기 시작한다.

"형님!! 저희 죽어요! 형님 없으면 무너진단 말입니다! 고집 부리시지 말고 저희랑 같이 가요!"

"돌아가라고 했잖아!!"

"자꾸 그러시면 납치라도 해서 모시고 갈 겁니다!!"

"박상일, 내가 나오면서 너한테 뭐라고 했지? 나 찾으면, 나 찾아오면 너 소리없이 죽여 버린다고 했어. 잔인하게 네 목 조른다고 분명히 말했어. 그 말 잊지 않았겠지?"

"형님."

"나 지금 손 간지러워 미치겠는데 간신히 참고 있으니까 네놈 목 조르기 전에 애들 데리고 사라져."

무섭다. 저런 잔인한 말을 어쩜 저렇게 아무렇지도 않게 하지? 세영은 마지막으로 차가운 눈으로 그들을 쳐다보고는 곧 빌라 안으로 들어갔다. 나도 그들의 절망적인 시선을 애써 외면하며 얼른 세영을 따라 빌라 안으로 들어갔다. 저, 저 사람들 소위 말하는 조직 폭력단이라는 사람들일까? 그렇다면 세영은 암흑가의 보스쯤이라도 되는 걸까? 두려운 눈으로 힐끔 세영을 쳐다보자니 그런 내 시선을 눈치 채기라도 한 듯이 풋! 웃는 세영.

"뭐가 궁금한 건데?"

"응?"

열쇠를 손잡이에 꽂고 문을 열고 들어가는 세영의 물음에 난 괜히 놀라 더듬거렸다.

"네 눈, 궁금해 미치겠다는 눈인데?"

그렇다. 사실 궁금하다. 그렇지만 어떻게 대놓고 물어볼 수가…

"너 무슨 조직의 보스라도 되는 거야?"

그냥 대놓고 물어봤다. 그러자 내 말에 고개를 숙이고 쿡쿡 웃기 시작하는 세영. 내가 너무 대놓고 물어봤나?

"맞아."

볶음밥 재료가 담긴 봉지를 식탁에 내려놓으면서 가볍게 대답하는 세영. 허걱!!

"뭐, 뭐? 너 진짜 보스야?! 말도 안 돼!! 믿을 수 없어!!"

"그럼 믿지 말고."

저 녀석 은빈이보다 더 엉뚱하고 짓궂은 것 같다.

"자, 재료 사 왔으니까 열심히 만들어봐."

"으, 응, 그래."

세영의 말에 정신을 차린 나는 큰 재킷 교복을 벗어 소파에 걸쳐놓고 주방으로 걸음을 옮겼다. 무심코 지나치며 내려다본 베란다 밖의 풍경. 검은 양복을 입은 남자들이 아직도 무릎을 꿇고 있는 시커먼 풍경!!

"세, 세영아!! 저기 저 남자들!! 아직도 있어! 아직도 무릎 꿇고 있다고!"

나의 외침에 봉지에서 양파를 꺼내려던 세영의 손이 흠칫 떨렸다. 그리고는 양파를 싱크대에 퍽! 던져 놓고는 화가 난 듯 성큼성큼 걸어와 베란다 문을 확 열고 고함을 지른다.

"이 새끼들!! 얼른 안 꺼져! 단체로 경찰서에 처넣기 전에 꺼지란 말이야!"

세영의 커다란 고함에 남자들이 움찔하더니 천천히 일어서기 시작한다.

"형님!! 제발요!! 제발요!!"

우, 울부짖는다. 저렇게 덩치가 커다란 사람들이 갓난아기처럼 울부짖으니 정말 못 봐주겠다. 남자들은 계속 울부짖었지만 세영은 냉정하게 다시 한 번 고함을 쳤다. 마지못해 천천히 걸음을 옮기는 그들을 확인하고 베란다 문을 닫았다. 세영의 한마디에 움찔하며 울부짖는 남자들. 세영은 정말 암흑가의 보스란 말인가? 상상이 안 간다, 도저히!

"쓸데없는 생각하지 말고 볶음밥이나 만들어줘."

"그, 그래."

볶음밥 만들어주려고 세영이네 집에 온 거니까 볶음밥이나 만들어야지. 그러나 햄을 썰면서도, 양파를 까면서도 암흑가의 보스가 된 세영의 모습을 상상하려 애쓰는 나를 나도 어쩔 수 없다. 영화에 나오는 암흑가의 보스들. 깔끔하고 멋진 검은 양복에 선글라스를 끼고, 손에는 고급 담배가 들려 있고, 푹신한 의자에 푹 몸을 파묻고 거구의 사내들에게 명령을 내리는 보스들. 세영? 으아아아… 도저히 상상이 안 돼!! 저렇게 예쁘장한 얼굴에!!

순간 팟!!소리를 내면서 사방으로 튀기는 양파. 나도 모르게 칼로 양파를 내려쳤나 보다. 내려다보니 양파는 온데간데없고 껍질만 가득하다. 앗, 양파가 다 어디 갔지? 고개를 돌려보니 양파 조각들을 떼어내며 휴지로 얼굴을 닦아내고 있는 세영이가 보였다.

어머나, 양파가 다 튀었나 봐!!

"세, 세영아, 양파에 맞았어? 미안."

"양파 제대로 까고 있는 거야?"

"어?"

세영이 다가오더니 도마를 내려다본다. 그리고는 쿡! 웃으며 내뱉는 한마디.

"껍질밖에 없네. 껍질 넣고 볶으려고?"

이런 망신이…….

"너 진짜 할 줄 아는 거 맞긴 맞는 거냐? 요리라고는 생전 처음 해 보는 사람 같은데?"

"아냐! 할 줄 알아!"

"그래? 그럼 만들어봐. 쿡!!"

그렇게 말하면서 세영은 거실로 가버렸다. 으흑, 이게 무슨 망신이야? 솔직히 볶음밥 딱 한 번 만들어봤다. 물론 자신도 없다. 하지만 만들어 보련다. 이얍! 기합을 넣고 난 볶음밥을 만들기 시작했다. 조각난 양파와 이상한 모양의 햄, 파, 당근 등등을 넣고… 음~ 맛있는 냄새~ 먹음직스럽게 보이는 볶음밥이 완성되자, 난 흐뭇한 미소를 지었다. 식탁에 볶음밥 접시를 내려놓고 세영이를 불렀다.

"세영아!! 다 됐어!"

그러자 세영이가 주방으로 걸어 들어오면서 말했다.

"너 전화 오는 것 같다."

"어? 전화?"

아, 맞다. 교복 주머니에 넣어뒀었지. 세영의 손에서 부르르 진동이 오는 전화를 받아 들고 얼른 플립을 열었다.

"여보세요??"

[어디냐?]

앗, 은빈이 녀석이네.

"강은빈!! 너 오늘 왜 학교 안 왔어!"

[지호 놈 아프다고 했잖아. 지호네 집 갔었다, 왜?]

"거짓말하지 마. 오늘 아침에 학교 가자마자 멀쩡한 지호 봤어."

순간 아무 말도 없는 은빈.

"너 자꾸 학교 빠지면 진짜 아줌마한테 이를 거야!

[시끄러. 내가 묻는 말에나 대답해! 어디냐고.]

"여기? 세영이네 집인데?"

[뭐?!]

상당히 방정스럽게 들려오는 은빈의 음성.

[네가 그 자식 집에 왜 가 있어!! 거긴 뭐 하러 간 거야?]

"소리 좀 지르지 마. 세영이가 밥 먹고 싶다고 해서 밥 해주러 온 거야."

[참나, 원…….]

"왜?"

[나와.]

저음의 쫙 깔린 음성.

"어?"

[당장 나오라고!!]

"왜, 왜?"

[너 진짜 바보냐? 밥 해달랬고 남자 혼자 사는 집에 덜컥 따라가? 그 새끼 시키먼 흑심 품고 있는 거 모르냐?]

"흐, 흑심이라니 도대체 무슨 말이야, 너?!"

[잔말 말고 얼른 나오라면 나와!! 지금 당장 나와!]

"싫어! 나도 내가 만든 볶음밥 먹고 갈 거란 말이야!"

[너 나 또 열받게 할래? 십 분내로 그 자식 집 앞으로 갈 테니까 안 나와 있으면 죽음이다.]

"왜? 도대체 왜 그러는……."

띠리리~

끊어졌다. 뭐야? 진짜 이 녀석 왜 이렇게 화를 내는 거야? 내가 뭘 어쨌다고. 정말 웃기는 녀석 다 보겠네. 맨날 제멋대로 하면서 내가 누구네 집에 가서 뭘 어떻게 하든 말든 왜 그런 것까지 상관이냔 말이야. 은빈이 녀석의 이해할 수 없는 행동에 혀를 차고 있는데, 또다시 전화가 오기 시작한다. 음, 설마 또 이 녀석이? 얼른 전화를 받아 보니,

[세별아! 아직까지 집에 안 들어오고 뭐 하는 거니?!]

캑!! 엄마다. 어차피 집에 가야 하는 상황이구나. 난 할 수 없이 곧 가방을 챙기러 거실로 나갔다.

"세영아, 미안해. 나 가봐야 할 것 같아. 엄마가 빨리 오라고 성화시네."

나의 말에 쿡! 웃으며 숟가락을 내려놓고 천천히 내게로 다가오는

세영.

"강은빈, 그 녀석 무지 열받은 것 같더라? 소리 지르는 거 나한테까지 다 들리던데?"

"어?"

"재밌어."

그렇게 말하면서 세영은 손을 들어 가만히 내 볼을 감쌌다. 그리고 내 눈을 그윽하게 들여다본다. 뭐, 뭐지? 천천히 내 얼굴에 가까이 다가오는 세영. 아, 앗!! 점점 더 가까이 다가오기 시작한다. 지, 지금 설마… 나한테? 뻣뻣하게 굳어버린 몸에 오싹 소름이 돋는 걸 느끼며 난 세영의 가슴을 확 밀어버렸다. 두근두근 미친 듯이 뛰는 심장을 간신히 진정시키며 세영을 쳐다봤지만 언제 그랬냐는 듯 무표정. 순간적으로 세영의 얼굴에 은빈이 녀석의 얼굴이 겹쳐 보였다. 정말 어이없다. 은빈의 얼굴을 가까이서 두 번이나 봤기 때문에 떠오른 걸 거야. 그런 거야. 이놈의 심장, 정말 고장이 났나? 왜 이렇게 뛰는 거야?

"네 눈가에 양파 껍질 묻어서 떼어주려던 것뿐이야. 그렇게 놀랄 필요까지는 없잖아?"

윽, 내가 너무 오버했다! 순간적으로 세영이가 키스하려는 걸로 오해하다니… 사상이 불순해. 난 정말 왜 이럴까? 어설프게 웃으며 얼른 눈가를 더듬어보니 아무것도 없다. 당황해서 세영을 쳐다보니 손을 입에 대고 웃음을 참고 있었다.

"그 녀석 말이 맞아. 남자 혼자 사는 집에 오란다고 그렇게 불쑥 들어오는 거 아니다. 쿡, 이 세상 모든 남자들 모두 속에 시커먼 흑심 품고 있기 마련이거든."

흐, 흑심?

"볶음밥 고맙다. 단지 너무 짜다는 게 흠이지만. 어쨌든 고맙고 녀석 손에 죽기 전에 얼른 내려가 봐."

짜다니? 소금을 너무 많이 넣었나? 이런. 난 애써 미소를 지으며 가방을 맸다.

"다음에 또 놀러와."

"어, 그래."

"그땐 실패 안 하고 성공한다, 꼭. 쿡!!"

"성공?"

알 수 없는 세영의 말에 돌아보니 세영은 여전히 쿡쿡거리며 웃고 있을 뿐이다. 은빈이 녀석도 그렇고, 세영이도 그렇고 너무 짓궂다! 날 놀리는 게 재밌나?

"세영아, 갈게. 내일 학교에서 봐~"

인사를 하고 문을 닫았다. 후……. 계단을 내려오니 은빈이 녀석은 아직 안 왔는지 밖엔 아무도 없었다. 당장 올 것처럼 그러더니. 투덜투덜거리며 계단을 마저 내려오는데 순간 누군가 내 팔을 확 낚아채며 입을 틀어막았다. 헉! 뭐, 뭐얏!! 목덜미에 닿는 거친 숨소리.

"소리 지르지 마."

굵은 남자의 목소리. 남자는 내가 미처 소리 지를 틈도 없이 날 구석진 곳으로 질질 끌고 가기 시작했다. 뭐야!! 살려줘!! 난 무언의 비명을 내질렀지만 이런 내 비명을 들어줄 사람은 아무도 없었다. 의문의 남자는 날 질질 끌고 검은 승용차 안에 꽉 밀어 넣었다. 그리고는 차 문을 거칠게 쾅!! 닫는다.

"뭐얏!! 도대체 왜 이래요!!"

그제야 억눌렸던 소리를 지르며 남자를 쳐다본 나는 그 자리에 얼어붙고 말았다. 아까 울부짖던, 세영에게 애원하던… 그 남자? 뭐, 뭐야? 이 사람이 왜?

"도대체 뭐예요!"

아직도 나의 두 손을 꽉 틀어잡고 있는 남자의 손을 뿌리치며 소리치자 남자는 아무 대답 없이 저음으로 말했다.

"출발해."

남자의 말이 떨어지자 차는 거칠게 출발했다. 휘청~ 진짜 뭐야, 이 사람들!

"아저씨! 아저씨, 뭐예요! 왜 죄없는 사람을 납치해요!"

"미안하지만 우리랑 좀 가줘야겠다."

남자는 굳은 표정으로 그렇게 말하며 내 시선을 애써 외면했다.

"내가 왜 가줘야 되는데요! 가야 할 이유가 없잖아요! 내려주세요! 내려달란 말예요!!"

난 소리치며 문 손잡이를 꽉 잡아당겼다. 그러나 차 문이 열리기도 전에 나의 손을 꽉 잡아채는 남자.

"얌전히 있어! 반항하면 좋을 거 없으니까."

무서워. 이것이 말로만 듣던 그 인신매매라는 건가? 그때 내 주머니 안에 있던 핸드폰이 진동을 해대기 시작했다. 으, 은빈일 거야!! 난 얼른 주머니에서 폰을 꺼내 플립을 열었다. 그러나 내가 뭐라고 말을 내뱉기도 전에 잽싸게 내 손에서 폰을 낚아채 버리는 남자. 그리고는 아주 잔인하고 냉정하게 전원을 꺼버린 후 자기 주머니에 넣는다. 으아아아…….

"아저씨!! 돌려줘요! 폰 돌려줘요!"

"나중에 준다. 조용히 해."

"아저씨!!"

그러나 남자는 내 말을 무시하고 얼굴을 휙 돌려 창밖만 쳐다본다. 무서워. 온몸이 덜덜 떨려오며 눈에 눈물까지 맺혔다.

목적지에 도착한 듯 끼익 멈추는 차. 난 남자에게 끌려갈 때처럼 질질 끌려 차에서 내렸다. 나의 손목을 거칠게 움켜쥐고 쓰러질 것처럼 허름한 건물 안으로 끌고 들어가는 남자.

"싫어요! 이거 놔요! 제발 놔주세요!! 놔달란 말예요!"

그러나 여전히 아무 대답 없이 날 질질 끌다가 건물 안의 지저분한 방으로 날 밀어 넣는 남자. 이상한 상자와 쓰레기가 널려 있는 방 안에 날 거칠게 내동댕이쳤다. 무릎이 까졌는지 무지 쓰라리다. 어느새 흘러내리고 있는 눈물을 닦으며 애써 고개를 드는데 갑자기 사방이 밝아졌다. 남자는 담배 한 개피를 입에 물고 불을 붙이며 나를 내려다보았다. 문을 열고 들어오기 시작하는 거구의 사내들. 너무 소리를 질러대서 이젠 소리 지를 힘조차 없다. 난 온몸을 축 늘어뜨리며 자포자기한 심정으로 눈을 감았다. 들려오는 남자의 목소리.

"형님, 접니다. 형님이 너무 완고하셔서 어쩔 수 없이 여자 분 모시고 왔습니다."

무슨 소리지?

"죄송합니다. 하지만 저도 어쩔 수 없습니다! 아시지 않습니까, 형님!!"

절규하듯 들려오는 남자의 목소리에 난 천천히 눈을 떴다. 쩔쩔매는 남자의 모습이 눈에 들어온다.

"약속하세요! 확실하게 약속하시란 말입니다! 형님이 자꾸 그렇게 나오시면 저도 이 여자 분의 안전을 보장 못합니다. …예, 예! 그래요, 저 미쳤습니다! 형님 때문에 미쳐 버린 지 이미 오래예요! 저 목숨 걸었습니다! 절대 못 물러납니다!"

도대체 무슨 얘기를 저렇게 애절하게 하는 거야? 세영에게? 그럼… 그렇다면 지금 날 인질로 잡힌 건가? 세영을 돌아오게 하기 위해서? 안 돼! 세영을 다시 조직으로 끌어들이기 위한 거라면… 안 돼!

"세영아! 안 돼!! 오지 마!!"

난 기운이 쭉 빠져 버린 몸에 온 힘을 끌어 모아 소리쳤다. 짧은 몇 마디를 하고 전화를 끊는 남자. 그리고 그 뒤에서 이런 소리가 들려왔다.

"나참, 안 오면 자기는 누가 구해주라고."

헉! 그, 그렇지? 세영이가 오지 않으면, 아무도 오지 않으면 나 여기서 죽을지도 몰라. 세영아, 얼른 와줘. 엉엉.

"아저씨들! 죄없는 사람 납치하고, 싫다는 사람 협박하고! 정말 벌받을 거예요! 지옥에 떨어져서 무시무시한 고문당할 거라구요!!"
 나름대로 남자들을 원망하는 마음을 가득 담아 진지하게 소리쳤건만 그런 내 말에 쿡쿡거리며 웃기 시작하는 남자들.
 "생긴 건 고등학생 같은데 말하는 건 유치원생 같네."
 "귀엽다. 쿡!!"
 만약 내게 조금의 힘이라도 남아 있었다면 벌떡 일어나서 놈들의 머리를 세게 때렸을 것이다! 그러나 지금은 힘이 쭉 빠져 버려서 뭐라 반박할 기운도 없다. 한동안 고개를 푹 숙이고 있던 나는 목 뒤가 뻐근해서 고개를 들었다. 그런데 비참하게도 갑자기 화장실이 너무 급하다.
 "아저씨, 나 화장실 좀……."
 그러나 내 말은 무시당했다. 남자는 의자에 앉아 담배만 뻐끔뻐끔 피워댄다.
 "아저씨, 나 화장실 좀 보내줘요! 급하단 말예요!!"
 "조용히 해."
 나쁜, 나쁜 아저씨. 난 후들거리는 다리를 간신히 지탱하며 천천히 일어섰다. 안 보내주면 내가 직접 간다, 이 나쁜 놈들. 찌릿찌릿 저려오는 다리를 간신히 떼며 걸음을 옮기는데 그런 나의 팔을 턱 붙잡고 말하는 남자.
 "얌전히 앉아 있어!!"
 "급하다고 했잖아요! 싸면 아저씨가 책임질 거예요!!"
 나의 외침에 순식간에 조용해진 주위. 그리고 곧 이어 키득키득 들려오는 웃음소리.

"이게 진짜! 정말 얼굴에 기스라도 나고 싶은 거야! 헛소리하지 말고 저기 얌전히 박혀 있어!"

"놔요! 갈 거예요!"

"이게 말로 해선 안 되겠구만."

그렇게 말하면서 남자는 손을 높이 들어 올렸다. 때, 때리려나? 몸을 움츠리며 눈을 질끈 감는데 느닷없이 들려오는 너무도 반가운 목소리!

"그 손 놓고 떨어져."

고개를 돌려보니 거칠게 문을 열고 들어와 숨을 몰아쉬고 있는 은빈이가 보였다. 그리고 그 뒤에 가라앉은 무서운 표정의 세영도. 은빈아, 세영아, 와줬구나~ 난 살았어!! 평소에는 얄밉게만 보이던 녀석들이 갑자기 왜 이렇게 반갑게 느껴지는 거란 말인가!

"은세별, 나와."

은빈이가 천천히 안으로 들어오며 말했다. 그래, 얼른 이 무시무시한 곳에서 빠져나가야지. 걸음을 옮기려는데 순간 내 앞을 턱 가로막는 사내들.

"형님, 돌아오실 마음먹고 오신 겁니까? 만약 아니라면 이 여자 못 보냅니다."

남자의 말에 인상을 구기며 중얼거리는 은빈.

"별, 엿 같은 소리 하고 있네."

은빈은 내 앞을 가로막고 있는 사내들의 어깨를 거칠게 밀어내면서 나의 손목을 잡아당겼다. 그러자 무섭게 인상을 쓰며 은빈의 가슴을 미는 남자들.

"나서지 마라."

"여자 납치해서 협박하는 유치한 짓이나 하고도 아직 할 말이 남았냐? 네놈들 머리통 날려주고 싶은 거 간신히 참고 있으니까 조용히 꺼져."

저 살벌한 눈빛, 굳게 다문 입술. 평소에는 무서웠지만 왠지 지금은 멋있게 느껴진다. 하도 공포에 질려서 머리가 어떻게 되어버린 건가? 은빈에게 잡힌 손목이 아파서 천천히 그쪽으로 향하려는데 남자들이 거칠게 은빈을 밀어냈다. 바로 그 순간 은빈은 다시 내 앞을 가로막으려는 사내의 얼굴에 멋지게 주먹을 날렸다.

퍽—!!

꽤 커다란 소리가 울려 퍼지면서 저만치 날아가 구석에 박혀 버린 사내.

"이 새끼가!!"

나의 폰을 빼앗아갔던 남자가 은빈의 어깨를 돌려세우며 주먹을 날릴 자세를 취했다. 그 순간 그런 남자의 주먹을 턱 거머쥐는 세영.

"스스로 명을 재촉하는군. 어디서 주먹질이야?"

그렇게 말하면서 세영은 남자의 손을 거칠게 확 밀어냈다.

"이런 짓 내가 가장 경멸하는데, 겁없이."

화가 난 듯 이를 악물고 말하던 세영이가 느닷없이 남자의 얼굴에 주먹을 날렸다. 세영의 주먹에 저만치 나가떨어지는 남자. 충격이 컸을 텐데 곧 벌떡 몸을 일으키고 고개를 숙였다.

"죄송합니다. 하지만 이렇게라도 하지 않으면······."

"네가 이런다고 해서 달라지는 건 없어. 오히려 네놈에 대한 실망만 커진다는 거 몰라?"

"저희뿐만 아니라 형님까지 위험하다는 거 알면서 어떻게 가만히 있습니까?! 어제 형님도 당하지 않았습니까. 청후회 놈들이 형님 뒤통수 치······."

"닥쳐, 닥치라고!!"

"청후회 놈들! 형님 찾으려고 혈안이 되어 있어요! 놈들은 어제 일로 물러서지 않을 겁니다! 형님 가시고 나서 우리 일신 점점 무너져 내리고 있어요! 청후회한테 먹히는 거 시간문제란 말입니다. 형님이 이루어놓으신 거 하루아침에 무너져 내릴 거예요."

도대체 무슨 소리들인지. 청후회는 뭐고 일신은 또 뭐란 말인가.

"난 일신 같은 거 세운 적 없다. 네놈들이 멋대로 이름 붙여놓은 거야. 무너져 내리든 청후놈들한테 먹히든 이제 나하고는 아무 상관도 없는 일이야. 더 이상 너희들하고 인연 맺고 싶지 않다."

"형님!!"

덩치 큰 사내는 그렇게 절규하며 벽을 주먹으로 쾅!! 쳤다. 헉! 벽 갈라지는 거 아냐? 주먹 되게 아프겠다.

"정말··· 정말 안 되는 겁니까? 정말······."

사내는 흐느끼고 있었다. 왜 우는지··· 왜 저렇게 울어대는지··· 나로서는 도저히 이해가 되지 않는다. 이해될 리가 없다.

"다시는 돌아가지 않아. 우리 어머니와의 마지막 약속이니까."

약속? 어머니와의 마지막 약속이라니? 눈을 동그랗게 뜨고 세영을 보니 세영은 여전히 굳은 얼굴로 한숨을 푹 내쉬고 있었다.

"간다. 앞으로 다시는 나 찾지 마라. 정말 마지막이다. 지금 네가 저지른 행동 절대 용서할 수 없지만 옛정을 생각해서 참는다. 다시 내 앞에 나타나면, 그땐 정말 둘 다 죽는 거다."

세영의 말에 덩치 큰 남자는 아무 말도 못하고 이를 악문 채 애써 고개를 돌려 세영의 시선을 외면했다. 나머지 남자들도 모두 침울하고 절망적인 표정이다.

"미안하다. 가자."

세영이 나에게 눈짓을 하며 천천히 몸을 돌렸다. 가도 되는 건가? 아참, 은빈이가 준 내 폰! 저 아저씨가 빼앗아갔었지?!

"아저씨! 내 폰 돌려줘요!"

남자에게로 힘차게 달려나가며 소리치자 얼른 주머니 속에서 폰을 꺼내 건네주는 남자.

"죄송합니다."

아, 아까 그 무서운 모습은 어디로 가고 고개까지 숙이며 사과하다니…….

"은세별, 빨리 와!"

소리치는 은빈. 난 고개를 끄덕이고 문을 나서면서 그들을 향해 이렇게 외쳤다.

"아저씨들! 다신 세영이 찾지 마요! 세영이가 안 돌아간다잖아요.

과거에 세영이가 아저씨들한테 얼마나 중요한 사람이었는지는 모르지만 이제 세영이는 그저 평범한 학생일 뿐이에요. 그러니까 세영이 찾지 말고 아저씨들도 착하게 살아요!"

"야! 헛소리하지 말고 나와!"

은빈의 손에 끌려 나오면서 난 보았다. 남자의 입가에 어리는 엷은 미소를…….

건물 안에서 나오니 밤 공기가 그렇게 맑고 상쾌할 수가 없었다. 두렵고, 무섭고, 숨 막혔던 기분이 한순간에 모두 날아가는 듯했다.

"하여튼… 어리버리한 게 별 놈들한테 다 끌려 다니는구만."

내 머리를 콱 쥐어박으며 말하는 은빈. 되게 아프다.

"아저씨가 막무가내로 끌고 가는 걸 어쩌란 말이야!"

"시끄러!"

은빈은 소리를 지르며 오토바이에 올라탔다.

"미안하다. 많이 놀랐지? 다신 이런 일 없을 거야."

한숨을 푹 내쉬며 내게 사과하는 세영. 얼굴이 너무 안 좋다.

"으응, 괜찮아."

"그럼 먼저 가. 난 어디 들를 데가 있어서."

"어디?"

그러나 세영은 내 물음에 대답하지 않고 미소만 지어 보인 채 등을 돌렸다. 걱정스러운 눈빛으로 세영의 뒷모습을 바라보는 날 재촉하는 은빈.

"야! 안 타면 나 혼자 간다."

"안 돼!! 같이 가!!"

은빈이 녀석이 정말 혼자 가버리기 전에 난 얼른 오토바이로 몸을 날렸다. 다시는 타지 않기로 굳게 맹세하고 맹세했건만 이렇게 또 타게 되다니. 출발하는 오토바이. 문득 세영이가 궁금해 뒤를 돌아보니 세영은 그 건물 안으로 다시 들어가고 있었다. 앗! 저기에는 왜 또 들어가는 거야!!

"은빈아! 세영이가……."

하지만 내 목소리는 엄청난 속력을 내며 달리는 오토바이의 굉음에 묻혀 바람결을 타고 사라졌다.

집 앞. 또 메두사 머리가 되어 오토바이에서 내린 나. 나의 머리를 보고 신나게 비웃으며 놀릴 줄 알았던 은빈이 웬일인지 웃지도 않고 심각한 표정으로 나를 가만히 바라본다. 왜 저렇게 심각한 표정으로 보는 거야? 무섭게.

"한세영, 그 자식이랑 어울리지 마."

느닷없이 저게 무슨 소리야?

"왜?"

"몰라서 묻냐? 아까 같은 일 당하고도 왜라는 소리가 나와? 그 새끼 순 깡패 새끼더만. 아까 같은 일, 또 당하지 않는다는 보장 있어?"

"세영이 깡패 아니야!"

내 말에 픽 웃는 은빈.

"참나, 직접 보고도 아니라고 우기냐? 그 새끼 위험한 놈이야. 분명히 경고한다. 어울리지 마."

"어울리든, 어울리지 않든 내가 알아서 해. 내 일에 이래라 저래라 하지 마."

내 마음속에 억눌려 있던 말이 나도 모르게 입 밖으로 흘러나와 버렸다. 내 일에 사사건건 간섭하는 은빈. 마치 아빠라도 된 듯 그렇게 날 대하는 은빈에게 나도 모르게 조금 화가 났던 걸까?

"난 어린애가 아니란 말이야."

눈에 비장함까지 담고 은빈을 똑바로 보며 말했다. 그러자 어이없다는 듯 픽 웃더니 신경질적으로 머리를 쓸어 올리는 녀석. 녀석의 눈빛이 묘하게 흔들리고 있었다. 나를 쳐다보며 천천히 입을 연다.

"내가 간섭 안 하게 생겼냐? 어리버리해서 이리 끌려 다니고 저리 끌려 다니고, 바보 같은 일은 다 당하고 다니는 주제에 그런 말이 나와?"

또 어리버리. 도대체 은빈이가 나를 표현할 때 쓰는 저 어리버리라는 말의 정체는 무엇이란 말이냐? 이참에 물어보기로 한다.

"도대체 어리버리라는 뜻이 뭐야? 나한테 왜 그런 표현을 쓰는 건데?"

나의 말에 은빈은 심각한 표정을 거두고 쿡쿡 웃기 시작한다.

"너 이쁘다고. 무지 이쁘다는 뜻이거든, 쿡!"

저 녀석이 날 진짜 바보로 안다. 저 말을 믿으면 정말 바보, 천치, 해삼, 멍게, 말미잘이지!

"어리버리라는 뜻이 뭐냐구!!"

"이게 왜 소리는 질러! 이젠 아주 기어오르는구만! 너 내가 그렇게 만만하냐? 만만해 보여?"

윽! 왜 또 저렇게 인상을 쓰는 거야? 무섭게시리.

"너 정말!"

"과거를 잊은 건 아니겠지?"

은빈의 한마디에 일순간 굳어버린 나. 과거… 과거… 핏빛 과거. 내가 과거에 녀석에게 행한 행동들 때문에 녀석에게 꼬리를 내릴 수밖에 없는 건가? 얄미운 녀석.

"너 정말정말정말 못됐어! 약점 잡아서 불리할 때마다 물고 늘어지는 거 사나이 대장부로서 할 짓이 아니잖아!!"

"그래, 나 쪼잔한 애다."

좀 전의 심각했던 분위기는 온데간데없고 어느새 투닥이며 유치한 말싸움을 벌이고 있는 우리. 은빈이 녀석과는 도저히 심각한 대화가 안 된다.

"아무튼! 이젠 내가 뭘 하던 누구랑 있던 상관하지 마! 내가 알아서 잘할 테니까!"

"분명히 말했다. 내 말 안 들었다가 나중에 땅 치고 후회하지 말고, 한세영 그 자식이랑 어울리지 마."

"상관하지 말라고 했잖아!"

내 말에 빽 고함을 지르는 은빈.

"누구는 상관하고 싶어서 상관하는 줄 알아!! 너희 어머니 때문이야! 너희 어머니 위해서라고! 생각해 봐! 너희 아버지 돌아가시고 지금 너희 어머니 곁에 남은 사람이 누구냐? 너 하나뿐이잖아! 그런데 그런 네가 여기저기 끌려 다니면서 몹쓸 짓만 당해봐. 너희 어머니 맘이 편하시겠냐? 충격받아서 쓰러지셔! 너 때문에!"

쉴 새 없이 늘어놓는 은빈의 말에 난 그만 할 말을 잊었다. 우리 엄마? 우리 엄마 때문에? 하긴 오늘 같은 일 당한 거 우리 엄마가 알면 아마 쓰러지실 거야. 정말 우리 엄마에겐 이제 나 하나밖에 없는데…….

"정신 차려, 이 기집애야! 너네 엄마 속상하게 하지 말고. 알았어?"

"그, 그래."

"그리고 한세영 새끼랑 어울리지 마."

"응."

대답을 하긴 했지만 어쩐지 유도심문에 말려든 것만 같은 찜찜한 기분이 든다. 기분이 이상하다.

"알아들었으면 얼른 집에 들어가. 너네 엄마 또 걱정하신다."

그렇게 말하곤 쿡쿡 웃으면 자기네 집으로 들어가 버리는 은빈. 이상해. 이 찜찜한 기분은 뭐지? 뭔가 사기당한 것 같은 요상한 기분. 게다가 생각해 보니 결국 어리버리라는 뜻도 알지 못했다. 으으.

고백의 촛불 '아름다운 설레임'

제7-I장 고백의 촛불
아름다운 설레임

다음날, 어제저녁부터 느껴지는 찜찜한 기분을 그대로 안고 학교로 향했다. 교문을 들어서는데,

"우리 지호~ 우리 지호~ 누나가 뭐 사줄까? 이따 수업 끝나고 누나가 맛있는 거 사줄게! 뭐 먹고 싶어? 응? 응?"

"누나, 제발 이것 좀 놔요! 목 졸라 죽어요!!"

헉! 지호의 목을 끌어당기며 음흉한 미소를 짓는 덩치 큰 여학생의 애교스런 몸부림에 난 흠칫 놀랐다. 유난히 누나들에게 인기가 많은 지호. 아주 고문을 당하는구나. 덩치 큰 여학생에게 이리저리 휘둘리던 지호, 나를 발견하고 나를 향해 소리친다.

"누나, 살려줘요!!"

헉! 도, 도와주고 싶지만 날 쫙 째리며 상관하지 말라는 듯한 여학생의 눈빛에 오금이 저리는구나. 지호야, 미안해. 하지만 누군가에게 사랑받는다는 건 정말 기쁘고 즐거운 일이란다. 훗! 건물 모퉁이를 돌아 현관에서 신발을 벗으려는데 크게 들려오는 목소리.

"누나!!"

헉! 뒤를 돌아보니 머리가 헝클어진 지호가 날 원망스러운 눈길로 쳐다보고 있었다.

"하하. 지호야, 안녕?"

"누나 너무해요."

"미, 미안."

나의 미안한 표정에 잠시 심각한 얼굴을 하다가 곧 하하하하하 크게 웃어버리는 지호.

"누나, 진짜 웃겨. 만화 주인공 같아. 하하하."

만화 주인공? 날 만화에 나오는 우스꽝스러운 인물과 비교하며 연신 웃어대는 지호. 그 모습이 너무 즐겁고 밝아 보인다. 며칠 동안 너무 어둡고 슬픈 얼굴을 하던 지호. 그래! 그렇게 밝게 웃는 게 진짜 너의 모습이야!! 괜스레 기뻐지는 마음에 지호를 따라 하하 웃었다. 그런 나를 보고 싱긋 웃으며 말하는 지호.

"누나, 우리 사귈래요? ^-^"

캑! 순간 온몸이 뻣뻣해짐과 동시에 싱그럽게 불어오는 바람 한줄기가 어찌나 오싹하고 차게 느껴지던지. 돌처럼 굳어서 아무 말도 못하고 멍하니 지호만 바라보는데, 이번엔 아예 박장대소를 하는 지호.

왜, 왜 저러지? 실성했나?

"농담이에요, 농담!! 누나 진짜 순진하다! 그 말 한마디에 얼굴이 싹 굳어지다니. 풋! 진짜 웃겨요!"

다시 밝아진 건 좋지만 누나를 놀리다니. 어른을 놀리면 못쓴단다.

"누나는 이미 임자 있는 몸이잖아요. 훗, 은빈이 형이랑 뽀뽀까지 했으니까~"

뽀뽀라니… 도대체 무슨 말도 안 되는 소리를 하고 있는 걸까, 저 녀석? 은빈이가 날 구해줬을 때의 일을 아직도 오해하고 있나? 그렇게 오해라고, 아니라고 말했건만… 저 녀석.

"지호야, 아니야. 아니라고 했잖아."

"누나한테 작업 들어가면 은빈이 형 되게 화낼 거예요."

작업??

"지호야, 네가 하는 말 무슨 말인지 전혀 못 알아듣겠어."

내 말에 손으로 입을 가리고 또다시 쿡쿡 웃기 시작하는 지호. 날 비웃는 건가? 은빈, 세영, 지호… 모두들 날 놀리는 못된 녀석들! 내가 아무 말 없이 이상한 표정을 짓고 서 있자 슬금슬금 내 눈치를 보며 입을 여는 지호.

"누나, 우리 주말에 놀러가요!!"

"주말에?"

놀러가자는 말에 너무 좋아 조금 전의 불쾌한 기분을 싹 잊고 반색하는 나.

"은빈이 형이랑 우리 소모임 친구들이랑 누나랑 다같이 가는 거예요~"

"음……."

갑자기 썩 내키지 않는 기분이 드는 건 왜인지? 그때 그런 나의 머리를 가볍게 탁 때리는 사람, 그리고 들려오는 익숙한 음성.

"주말에 가는 거다."

고개를 돌려보니 은빈이 녀석이 날 내려다보고 있었다. 앗! 이 녀석 언제 왔지? 녀석은 얼굴과는 전혀 어울리지 않게 길쭉하고 얇은 과자를 아작아작 씹으며 날 쳐다본다. 웃기다. 풋! 속으로 쿡쿡 웃고 있는데 무표정에서 굳은 표정으로 변하는 은빈.

"주말에 가는 거다?"

"음… 생각해 볼게."

"생각은, 놀러가는 거 좋아하면서."

그렇게 말하고 은빈은 몸을 돌려 현관으로 쑥 들어갔다. 역시 저 녀석은 독심술을 하는 게 틀림없어. 흐흐.

"누나, 꼭 가요~ 알았죠? 가는 거예요? 진짜 재밌을 거예요~ 은빈이 형네 부모님이 잘 아는 아저씨가 있거든요? 그 아저씨네 작은 콘도에서 하루 놀자구요."

"음, 어딘데? 서울에서 멀어?"

"강원도 속초에 있는 설악산이요! 차로 가면 세 시간 정도 걸려요. 누나 설악산 한 번도 안 가봤죠? 경치 정말 좋아요. 한국의 명산!"

강원도? 속초? 한국의 명산? 물론 내가 그런 걸 알 리 없다. 근데 엄마가 과연 허락해 주실까? 보아하니 소모임 애들 중엔 여자 아이가 한 명도 없는 것 같던데. 난 아직 친구도 사귀지 못했고. 그런데 왜 이 순간 얄미운 여진이의 얼굴이 떠오르는 거지?

그날 저녁, 엄마가 절대 허락하실 리 없다고 생각했는데 의외로 허락을 해주셨다. 뭘 믿고, 무슨 생각으로 허락을 해주신 거지? 음, 허락도 받았으니… 가는 건가? 한국에서의 첫 번째 나들이. 누구와 함께이든 상관없이 괜스레 설레고 마음이 부풀어 오른다. 좋은 추억 만들 수 있을까?

수요일. 주말까지는 사흘 남았다. 두근두근. 왜 이렇게 설레는 걸까? 역시 난 놀러가는 걸 너무 좋아한다. 교실로 막 들어가려는데 주머니 안에서 폰이 진동을 해댄다.

"여보세요?"

[나다.]

건방짐이 물씬 풍기는 목소리의 주인공은 보나마나 강은빈.

"응, 왜? 아직 집에서 안 나왔어?"

[나 오늘 학교 안 간다. 담임한테 아파서 못 간다고 말해.]

이 녀석이 또 학교를 빠지려고 하네.

"왜 또? 너 요새 왜 자꾸 학교 빠져? 무슨 중요한 일하는 것도 아니면서. 너 자꾸 빠지면 진짜 아줌마한테 이를 거야!!"

[시끄러. 넌 이른다는 말밖에 할 줄 모르냐? 촉새 기집애. 아무튼 그렇게 전해. 안 그러면 어떻게 되는지 알지?]

순간 얼음을 넣은 것처럼 오싹해지는 등골. 녀석은 그렇게 협박과 공포의 침묵을 남긴 채 또 먼저 전화를 끊어버렸다. 도무지 이해가 안 가는 녀석이다. 왜 자꾸 학교를 빠지는지. 푹 한숨을 내쉬고 다시 폰을 주머니에 넣으려는데 아래로 뚝 떨어져 버리는 폰.

탁—!!

헉! 부서진 거 아니야? 얼른 허리를 숙여 폰을 집으려는데, 내 손보다 먼저 폰을 들어 올리는 누군가의 손. 고개를 들어보니 세영이가 엷은 미소를 지으며 폰의 플립을 열고 있었다. 세영이의 얼굴을 보자마자 머리 속을 스치는 무시무시한 은빈의 음성.

"한세영 그 자식이랑 어울리지 마."

그래도… 이제 난 세영이를 소중한 친구라고 생각하기 시작했는데…….

"왜 그렇게 멍하게 쳐다봐?"

세영의 말에 정신을 차린 나. 세영이 건네주는 폰을 받으며 어설픈 미소를 지어 보였다.

"풋, 내 번호 입력해 놨다. 심심하면 전화해."

그 말을 남기고 세영은 먼저 교실로 들어가 버렸다. 음, 저 꽃미소를 무시하자니 내 마음이 너무 아프구나. 정말 좋은 친구가 되고 싶었는데. 하루 종일 수업 시간을 엉뚱한 고민으로 흘려버리고만 바보 같은 나.

하교 길. 난 세영과 인사를 하고 버스 정류장을 향해 걸었다. 이야, 오늘도 날씨가 정말 좋구나. 활짝 웃으며 하늘을 보며 걷고 있는데,

어디선가 여자의 웃음소리가 들려온다. 아니, 저렇게 예쁘게 웃는 여자도 있나? 고개를 돌린 나는 그 자리에 몸이 굳어지고 말았다. 막 횡단보도를 건너오고 있는 은빈. 그리고 그 옆에는 은빈과 함께 갔던 레스토랑에서 본 지적이고 아름다운 여자가 예쁘게 웃고 있다. 왜였을까? 순간 나도 모르게 몸이 굳어지면서 가슴이 철렁했다. 이 이상한 느낌은 뭐지? 알 수 없는 기분에 두 손을 꼭 쥐고 멍하니 그 둘을 바라보고 있는데 나를 발견하고 눈을 크게 뜨는 어여쁜 여자.

"어머, 은빈이 친구?"

멍하니 있다가 여자의 음성에 정신을 차려보니 어느새 두 사람은 내 앞까지 바싹 다가와 있었다.

"아, 안녕하세요?"

"또 만나네. 집에 가니?"

"아, 네."

대답을 하는데 내 목소리가 원래 이랬나 싶을 정도로 떨리고 이상하다. 목소리가 왜 이래? 윽!

"아, 마침 잘됐네. 은빈이 옆집에 산다며? 은빈이랑 같이 가라. 그럼 난 이만 갈게. 다음에 또 봐. ^-^ 은빈아, 누나 갈게."

너무도 예쁜 미소를 지으며 손을 흔들고 분홍색 카디건 자락을 바람에 날리며 등을 돌리는 여자. 뒷모습도 예쁘다. 멍하니 여자의 뒷모습을 바라보고 있는 나의 이마를 손가락으로 쿡 찌르는 은빈.

"담임한테 나 아프다고 잘 말했지?"

웃긴 녀석, 저 예쁜 언니랑 데이트하느라고 학교 안 온 거야?

"야, 왜 대답 안 해?"

"잘 말했어. 선생님한테 너 아파서 못 온다고 잘 말했어."

"목소리가 왜 그러냐?"

은빈이 피우던 담배를 휴지통에 던지며 나에게 묻는다.

"내 목소리가 뭘? 집에 가자."

등을 돌리는데 내 앞으로 몸을 쑥 내미는 녀석. 이 녀석, 왜 이래?

"왜 똥 씹은 얼굴이야? 나한테 불만있어? 불만있으면 입 내밀지 말고 말로 해, 말로."

내가 언제 입을 내밀었다고?

"아무것도 아냐."

"너 지금 그 생각하지? 내가 미소 누나랑 하루 종일 데이트했다고. 그래서 학교 안 거라고. 그런 유치한 생각하고 있지, 지금?"

캑! 이번에도 독심술하네, 저 녀석. 이제부터 저 녀석 앞에서는 아무 생각도 안 할 거야!

"그래, 안 그래?"

"안 그래."

"웃기네. 너 지금 질투하는 거지?"

질투?

"질투가 도대체 뭔데? 어떻게 하는 건데?"

"네가 생각하는 거 틀렸으니까 쓸데없는 오해 하지 마. 아무튼 머리 속에 엉뚱한 상상만 가득해 가지고."

"그럼 오늘 하루 종일 뭐 했는데?"

"몰라도 돼."

"거봐. 데이트했으면서."

"아니라니까, 이 기집애가."

"너 여자 싫어한다더니 거짓말이구나? 그렇게 예쁜 애인을 숨겨두고 여자 싫어한다는 헛소문이나 퍼뜨리고."

은세별, 너 지금 무슨 말을 하는 거니? 이렇게 유치한 발언을……

"야, 너 나 좋아하냐? 왜 그렇게 흥분하면서 대드냐?"

은빈의 말에 난 속으로 화들짝 놀라며 손으로 볼을 만져 보았다. 볼이 뜨겁게 달아오르고 있었다.

"쿡! 진짜 좋아하나 보네."

"물론 아니지. 아냐아냐! 아니라구!! 절대 아니야!!"

"알았다, 시끄럽게 소리 지르긴."

은빈은 인상을 쓰며 버스가 오는 쪽을 돌아보다가 갑자기 뭔가 생각난 듯 고개를 핵 돌려 나를 무섭게 쳐다본다.

"너, 오늘 한세영 그 자식이랑 어울렸냐?"

윽, 유치해. 저런 얼굴로 저리도 유치한 발언을 서슴없이 내뱉다니. 내가 한심스럽다는 얼굴로 멍하니 녀석을 바라보자 녀석은 느닷없이 내 주머니에 손을 쑥 넣어 폰을 꺼냈다.

"앗! 뭐야!"

내가 손을 뻗쳐 은빈의 손에서 폰을 낚아채려 했지만, 나보다 팔이 훨씬 긴 은빈에게서 폰을 빼앗기란 역부족. 때마침 내 머리 속에 떠오른 생각. 세영이가 내 폰에 자기 번호를 입력해 줬잖아! 안 돼! 안 돼! 저 녀석 그걸 보면 날 죽이려고 할 거야! 우스꽝스러울 정도로 깡충깡충 뛰며 이리저리 흔들리는 녀석의 손에서 폰을 빼앗으려고 하는데, 팔목에도 손이 안 닿는다.

"이리 줘!! 장난치지 마!"

"좀 보자는 데 왜 그렇게 과민 반응이야? 이 기집애 더 수상하네."

은빈은 그렇게 말하면서 팔을 더 높이 들어올리고 점점 뒤로 물러난다. 얄미운 녀석!

"이리 줘어!!"

온 힘을 다해 껑충 뛰어올라 팔을 뻗는데 휘청~ 중심을 못 잡고 차도로 붕 뜨고 있는 내 몸! 어어어어? 그 순간, 순식간에 무언가에 의해 낚아채이는 내 몸. 뭐야? 정신이 하나도 없어. 어질어질한 머리를 흔들며 정신을 차린 나는 경악하고 말았다. 나는 우스꽝스럽게 팔을 쭉 뻗은 자세 그대로 은빈의 품에 안겨 있었던 것이다. 얼굴을 은빈의 가슴에 푹 박은 채로. 허억!!

"너 미쳤어?! 도로로 쓰러지면 어떡해?! 죽으려고 환장했냐?!"

마치 꿈을 꾸듯 몽롱~ 해롱해롱한 기분으로 정신을 못 차리고 있던 나는 은빈의 찢어지는 듯한 음성에 정신을 차렸다. 정신을 차리자마자 은빈의 가슴을 확 밀어냈다. 이, 이런, 뭐야? 심장이 왜 이렇게……. 심장이 정말 미친 듯이 뛰고 있었다. 태어나서 심장이 이렇게 빨리 뛰는 것은 정말 처음이다. 얼굴은 마치 뜨거운 용광로라도 들어간 듯 후끈후끈 장난이 아니다. 당황해서 은빈의 얼굴도 쳐다보지 못하고 고개를 푹 숙이는 내 눈에 포착된 것은 은빈의 발 밑에 떨어져 있는 핸드폰. 도로로 쓰러지는 날 잡아주려다가 떨어뜨린 듯. 난 얼른 잽싸게 폰을 낚아채 주머니에 꽉 쑤셔 넣었다. 그리고 애써 은빈의 얼굴을 외면하며 버스 오는 곳만 바라보았다.

"넌 고맙다는 말도 할 줄 모르냐? 내가 안 잡았으면 너 차에 치어서 저승 갔어."

"어, 그래. 매우매우 고마워."

여전히 두근두근 뛰고 있는 심장. 정말 왜 이럴까? 이 이상한 기분. 이런 기분, 설마… 저 녀석을 좋아하는 건 아니겠지? 아냐. 그럴리가 없어. 절대 그럴 리가 없어. 단지 저 녀석이 너무 무서워서, 공포가 극에 달해 심장이 터질 듯 요동쳤던 것뿐이야, 그것뿐이야.

집에 오는 내내 난 은빈의 얼굴을 쳐다보지 못했다. 뭐 마렵냐고 놀려대는 녀석의 말에도 발 끝만 바라보며 입을 다물었다. 발갛게 달아오른 얼굴 감추느라 정말 진땀 뺐다. 내가 정말 왜 이러지? 미쳤나봐. 으아~

다음날. 밤새 한숨도 못 자 탱탱 부은 눈으로 학교에 갔다. 은빈이 녀석, 이 눈을 보면 또 얼마나 놀려댈까? 부은 눈을 비비며 계단을 올라가는데 여자 아이들이 소곤거리는 소리가 들려온다.

"야, 너 그 얘기 들었어? 이사장 딸 오늘 여기로 전학 온다며?"

"뭐? 이사장 딸이라면 그 왕빛인가 뭔가 하는 신인 탤런트? 그게 정말이야?"

한 여자 아이가 갑자기 펄쩍 뛰며 소리를 내질렀다.

"어머어머, 웬일이야? 진짜야? 오늘 진짜 온대?"

"그렇다더라. 애들 난리가 났던데? 구경한다고."

무슨 소리지? 왕빛? 신인 탤런트? 난 펄쩍펄쩍 뛰며 흥분하는 여자 아이를 멍하니 바라보며 고개를 갸우뚱거렸다. 그때 한 톤 더 높게 들려오는 여자 아이의 음성.

"야!! 저기 봐, 저기!! 벌써 왔나 봐!!"

흥분된 여자 아이의 음성에 깜짝 놀라 교무실을 올려다본 나는 입을 커다랗게 벌리고 말았다. 교무실 창문에는 남학생들이 마치 진드기처럼 착 달라붙어 눈을 굴리고 있었고, 그 뒤에는 한 여학생들이 호기심에 가득 찬 눈으로 서성이고 있었다. 어, 엄청난 인파다. 도대체 무슨 일이야?

"어머, 웬일이야! 나도 가서 구경해야지!"

"야, 나도 같이 가!!"

뒤에서 무지막지하게 내 등을 밀어내며 계단을 올라가는 여자 아이. 아, 되게 아프네. 탤런트라면 TV에 나오는 예쁘고 잘빠진 사람을 말하는 건가? 유명한 탤런트가 정말 전학이라도 왔나 봐. 하지만 나와는 상관없는 얘기지. 소음을 방불케 할 만큼 시끄러운 교무실 복도를 지나 난 교실로 들어왔다. 그런데… 애들이 한 명도 없다. 다들 구경갔나? 정말 무지 유명한 탤런트인가 봐, 애들이 저렇게 열광하는 걸 보면. 왠지 조금 어이가 없어진다.

잠시 후 조회 시간, 더 어이없는 일이 벌어졌다. 아이들의 선망을 한몸에 받는 그 탤런트가 다름 아닌 우리 반으로 들어왔기 때문이다. 교실 문이 조용히 드르륵 열리고 갈색 긴 생머리의 늘씬한 여자 아이가 들어왔다. 순간 아이들의 시끄러운 비명 소리. 애들이 열광하던 그 탤런트인가 보다. 난 눈을 크게 뜨고 교단으로 걸어가는 여자 아이를 쳐다봤다. 딱 한마디로 표현하자면… 마론 인형! 어릴 때 여자 아이들이 많이 가지고 놀다가 팔 하나 부러뜨리고, 다리 하나 부러뜨리고, 심하면 목을 뽑아버리기도 하는—본인이 그랬음—화려한 드레스를 입는, 너무도 예쁜 마론 인형. 일자로 반듯하게 자른 앞머리가 손대면 베일 것같이 찰랑찰랑 윤이 났다. 하얀 얼굴에 오밀조밀한 눈, 코, 입, 강하게 느껴지는 도도함까지. 한눈에 봐도 보통 인물은 아니란 걸 느낄 만큼 여자 아이에게서는 묘한 분위기가 풍겨 나오고 있었다. 한동안 멍하니 입을 벌리고 여자 아이를 쳐다보다가 문득 정신을 차리고 주위를 둘러보니 모든 아이들의 표정이 나와 같았다.

"오늘 전학 오게 된 왕빛이다. 자, 올라가서 인사하도록."

담임 선생님의 말에 사뿐사뿐한 걸음걸이로 교단에 올라서는 그 아이. 두 손을 가지런히 모으고 입을 연다.

"안녕? 만나서 반가워. 내 이름은 다들 알지? 훗, 처음이라서 어색한데 많이 도와줬으면 좋겠다. 앞으로 잘 지내보자."

목소리가 어쩌면 저렇게 곱지? 어제 은빈이랑 데이트했던 미소 언니보다 더 고운 것 같아. 내심 감탄하며 그 아이를 가만히 바라보고 있는데 옆에서 소곤거리는 음성.

"야, 소문 들었냐? 어떤 모델이랑 사고쳐서 배불러서 퇴학당했대. 그래서 여기로 전학 온 거래."

"뭐? 그럼 그 소문이 진짜였냐? 한동안 쟤 TV에 안 나왔잖아. 방송에서 막 떠들어대고 인터넷에도 뜨고 그러던데, 정말인가 봐."

"이사장 꽤 골 아프겠어, 저런 딸 둬서. 쿡!"

"그래도 생긴 거 하난 타의 추종을 불허하네."

이건 또 무슨 소리야? 사고쳐서 배가 남산만하게 불러? 퇴학을 당해? 소곤대던 아이들을 힐끔거리며 고개를 갸우뚱거리고 있는데 느닷없이 교실 앞문이 드르륵~ 열렸다. 언제나 당당한 기개와 건방짐을 자랑하는 우리의 강은빈 녀석이 들어오고 있다. 그때 시각은 정확히 9시 30분. 지각을 밥먹듯이 하고, 맘대로 학교도 빠지고 아무튼 정말 이해 안 가는 녀석. 오늘은 웬일로 학교에 나왔네?

"강은빈 이 자식, 넌 도대체 언제쯤 제시간에 등교할래? 이젠 말하기도 입 아프다, 이 녀석아!"

선생님의 호통에도 아무렇지도 않게 빙긋이 웃는 은빈.

"새삼스럽게, 알면서."

어울리지도 않는 눈짓과 입 모양을 해 보인 후, 전학 온 아이는 거들떠보지도 않고 천천히 걸어오는 은빈. 저 녀석은 전학 온 아이가 보이지도 않나? 은빈이는 자리에 풀썩 앉는다. 그때 들려오는 저학 온 아이의 음성.

"선생님, 저 어디 앉을까요? 아, 저 저기 앉을래요."

그러면서 그 아이는 손가락으로 바로 내 옆 자리를 가리켰다. 앗! 이 자리는 세영이 자린데. 그러고 보니 세영이가 아직 학교에 안 왔네. 지각 한 번도 안 했었는데, 웬일이지?

"음, 저기는 주인이 있는 자린데."

선생님의 말에 안타까운 표정으로 애교를 떠는 그 아이.

"저 자리 비었잖아요. 그냥 저기 앉을게요, 네? 선생님~"

와~ 애교 떠는 목소리, 정말 죽음이다. 그때 내 뒤에서 은빈의 건방진 음성이 들려왔다

"전학 온 주제에 그냥 아무 데나 앉아! 여기 주인 있다잖아. 짜증나게 콧소리는."

역시… 다시 한 번 느끼는 은빈의 건방짐. 은빈이 녀석의 말에 그 아이는 잠시 당황한 듯하더니 곧 특유의 어여쁜 미소를 다시 지어 보였다. 난 보았다. 순간 그 아이의 눈가가 바르르 떨리는 것을.

결국 그 아이는 내 옆 분단 자리에 앉게 되었다. 옆 분단이라지만 바로 옆이나 마찬가지다. 그 아이는 사뿐사뿐 걸어와 의자에 사뿐히 앉아 도도한 손짓으로 윤기나는 머리를 쓸어 넘겼다. 앗, 솔솔 풍겨오는 아카시아 향기. 샴푸 냄새인가? 향긋하다. 풍겨오는 기분 좋은 향기를 가만히 음미하고 있는데 그 여자 아이, 조용히 몸을 돌려 내 등짝을 후려치려고 하는 은빈을 쳐다본다.

"안녕? 만나서 반가워. 나 오늘 전학 왔어. 내가 누군지는 알지?"

들려오는 녀석의 건방진 음성.

"네가 누군지 내가 어떻게 아냐?"

그러자 여자 아이의 얼굴에는 당황스러운 빛이 역력했다. 정말 사람 무안하게 하는데 일가견이 있는 녀석이다.

"어머, 너 TV 잘 안 보는구나? 나 유명한데. 뭐, TV를 잘 안보면 모를 수도 있지. 난 왕빛이라고 해. 그냥 빛이라고 불러 줘. ^-^"

은빈은 그 여자 아이를 쳐다보며 무심하게 중얼거렸다. 그 중얼거림을 듣고 난 뒤로 쓰러져 버릴 뻔했다. 그 내용인즉슨,
 "뭐? 왕빗? 머리 빗는 빗? 이름 무지 웃기네. 뭐, 그런 이름이 다 있냐?"
 "푸하하하하하!!"
 "어머, 웬일이야. 큭큭."
 그 말을 들은 아이들이 정신없이 웃어대기 시작한다. 나도 터져 나오는 웃음을 도저히 참을 수 없어 크게 웃으려다가 무서운 눈으로 날 노려보는 은빈의 눈동자에 입을 막아버렸다.
 "어머, 너 농담도 잘하는구나? 빗이 아니라 찬란하게 빛나다할 때 빛, 그 빛이야. 훗!"
 그렇게 말하는데 또다시 파르르 떨리는 눈가. 저 파르르 떨리는 눈가가 심상치 않다.
 "너 정말 재밌다. 우리 앞으로 친하게 지낼까?"
 "웃기네. 입 다물어, 머리 빗."
 하하하. 은빈의 엉뚱한 한마디에 졸지에 머리 빗으로 전락하고만 우리의 어여쁜 소녀. 그 아이는 잠시 못마땅한 표정으로 은빈을 쳐다봤지만 곧 싱긋 웃고는 나에게 시선을 돌렸다.
 "안녕? 넌 이름이 뭐야?"
 "응? 은세별이라고 하는데."
 "어머, 이름 예쁘네? 훗, 나 오늘 학교 구경 좀 시켜줄래?"
 "어? 그, 그래."

얼떨결에 대답하고만 나. 전학 온 지 얼마 안 돼서 나도 이 학교 구조는 잘 모르는데 누구에게 소개를 하고 구경시켜 주겠다는 건지. 그때 나의 머리를 툭 치며 속삭이는 은빈.

"저 마녀 기집애랑 친하게 지내지 마라."

마녀 기집애?

"무슨 소리야? 마녀 기집애라니?"

뒤를 돌아보며 물었지만 은빈은 아무 말 없이 책을 휘리릭 넘겨대며 딴소리를 한다.

"토요일 날 아는 형 차 타고 갈 거니까 끝나자마자 바로 집에 가서 준비해. 하루 묵을 거니까 알아서 챙겨라."

아, 맞다. 토요일 날 그 설악산인가 하는 데로 놀러가기로 했지? 두근두근. 놀러간다는 말에 또 두근거리는 마음. 설레는 마음으로 수업 시간을 흘려보냈다.

점심 시간, 빛이라는 아이와 함께 학교 이곳저곳을 돌아다녔다. 잘 아는 구석이 없었기에 그냥 무작정 왔다 갔다만 했다. 뭐가 그렇게 좋은지 연신 까르르 웃어대는 그 아이. 아마도 자신을 쳐다보고 황홀한 표정을 짓는 아이들의 시선에 행복해서 그랬으리라 예상된다. 한 가지 새롭게 안 사실은 도도하게 생긴 것과는 달리 성격이 매우 털털하고 깔끔하다는 거다. 하루 동안 어찌 성격 파악을 하겠냐만 그냥 느낌이 그랬다. 그 애의 기분 좋은 웃음소리에 나도 따라 웃으며 하루를 보냈다. 쳐다보는 아이들의 시선이 매우 불편했지만. 그나저나 세영이가 학교에 안 나오다니 무슨 일일까? 괜히 걱정되네. 어디 아픈 건 아닐까?

　토요일, 드디어 토요일! 드디어 한국에서 첫 나들이를 가는 토요일이 오고야 말았다. 막상 당일이 되자 더 더욱 설렌다. 은빈이 녀석이 엉뚱한 짓만 하지 않는다면 정말 최고의 나들이가 될 수 있을 텐데.
　교실 문을 드르륵 열고 들어가니 시선이 한쪽에 쭈욱 쏠린다. 마론인형같이 어여쁜 빛에게로. 빛 주위에 빛이 반짝거리고 꽃들이 날아다니는 것 같다. 빛이가 전학 온 날, 학교가 발칵 뒤집어졌었지? 어제는 화보 촬영 한다고 안 나왔었는데 오늘은 일찍 나왔네. 내 자리로 걸어가 가방을 내려놓는데 방긋 웃으며 인사하는 빛. 꽃미소다. 빛이의 꽃미소에 새삼 감탄하며 나도 인사를 하고 자리에 앉는데, 빛의 책상 위에 수북하게 놓인 선물들이 눈에 들어왔다. 빨강, 주황, 노랑, 초록, 형형색색 반짝거리는 포장지에 레이스 리본까지. 내가 놀란 눈으로 바라보자 풋! 미소를 날리는 빛.
　"와, 그거 전부 다 선물받은 거야?"
　"어. 학교 오는데 한가득 안겨주더라. 부담스러워서 거절하려고 했는데 막무가내로 안겨주지 뭐야."
　"와, 좋겠다."
　"좋긴. 너 하나 가질래? 그래, 너 이거 가져."
　그렇게 말하며 빛은 선물들 중에서 가장 화려하게 장식된 상자를 내게 건네주었다. 어머, 이걸 나에게? 당연히 거절하거나 한 번쯤 사양할 거라고 생각하는 분들, 미안하지만 예상 빗나갔어요. 나 선물 무지 좋아한다. 나는 고마워라며 그 상자를 덥석 받아 들었다. 뭘까?

옷? 신발? 아냐, 가벼운 걸로 봐서 양보다는 질이 좋은 선물 같아. 레이스 리본을 풀어헤치고 상자를 막 여는데 바로 그 순간, 상자를 휙~ 낚아채는 누군가의 얄미운 손길. 뭐야! 두근거리는 마음에 김이 팍 새는 걸 느끼며 눈에 원망스러움을 한가득 안고 올려다본 그곳엔… 누구겠는가. 날 괴롭히는 걸 최대의 즐거움으로 생각하는 얄미운 은빈이 녀석의 얼굴이 있었다. 이 녀석, 또 언제 온 거야?

"은빈아! 그거 돌려줘! 빛이가 나 준거란 말이야!"

그러나 나의 울부짖음에 은빈은 픽 하고 콧방귀를 끼더니 여유롭게 앉아 상자 뚜껑을 연다. 상자를 비스듬히 세워 자기만 볼 수 있도록.

"돌려줘!!"

"보지 마. 버릴 거다."

뭐야! 저 얄미운 녀석!!

"돌려줘! 돌려달란 말이야!!"

소리치며 벌떡 일어나 은빈이가 막 쓰레기통으로 던져 버리려고 하는 상자로 힘차게 손을 뻗었다. 상자를 뺏기지 않으려고 뒤로 물러나는 은빈. 그러나 여기서 포기할 내가 아니지!! 난 아예 몸을 앞으로 쭉 뻗어 은빈의 손에 들려 있는 상자를 콱 잡았다. 뺏기지 않으려고 더 힘을 주는 녀석.

"돌려줘, 이 나쁜 녀석아!"

소리치며 상자를 확 잡아당기는데 순간 공중으로 붕 뜨는 상자! 탁—!! 바닥으로 곤두박질쳐 버린 상자. 그러나 상자는 내 눈에 들어오지도 않았다. 커다랗게 벌어진 내 눈은 교실 바닥에 시커멓게 흩어진 수많은 바퀴벌레 시체들에게 고정되어 있다.

"꺄아아아아ㅡ!!"

"뭐야, 저거!!"

주위에서 들려오는 시끄러운 여학생들의 비명. 뭐야, 이거? 왜 상자 안에 징그러운 바퀴벌레가? 굳어서 아무 말도 못하고 은빈을 쳐다보았다. 발로 바퀴벌레 시체들을 쓱쓱 한곳으로 모으는 은빈.

"그러게 보지 말라고 했잖아, 기집애야! 하여튼 말도 더럽게 안 들어. 네가 엎었으니까 네가 다 치워!"

윽! 바퀴벌레 절대 못 만져!! 구역질이 나는 걸 간신히 참으며 빛이를 보니 얼굴이 붉으락푸르락 장난이 아니다. 빛이의 얼굴이 무지개색처럼 이 색깔 저 색깔로 바뀌더니 곧 입술을 깨물며 교실을 휙 나가 버렸다. 분명 빛의 팬이라는 애들이 준 선물일 텐데. 고약하기도 하지, 바퀴벌레 시체를 선물로 주다니……. 바퀴벌레 시체는 결국 은빈이가 녀석이 다 치웠다. 치우는 내내 날 보고 투덜거리기는 했지만.

바퀴벌레 시체를 보고 뛰쳐나간 빛은 2교시가 지날 때까지 안 들어온다. 추, 충격이 컸나 봐. 그나저나 목요일부터 학교에 나오지 않는 세영. 세영이 입력해 준 번호로 은빈이 녀석 몰래 전화를 해봐도 전원이 꺼져 있는지 받지 않았다. 도대체 무슨 일일까? 자꾸 마음에 걸린다. 세영이의 부하들에게 끌려갔던 날, 어디 들를 데가 있다며 다시 건물 안으로 들어가던 세영의 뒷모습. 정말 걱정된다. 아무래도 무슨 일이 생긴 것 같은데, 이따 다시 한 번 전화해 봐야지!

방과 후, 은빈이 녀석은 3교시가 끝나자마자 청소도 안 하고 홀랑 나가 버렸다.

"난 어디 들를 데 있어서 먼저 가니까 학교 끝나자마자 집에 가서 준비하고 기다려. 엉뚱한 데로 새면 죽는다."

라는 말을 남기고. 이제 너의 죽는다라는 말은 하나도 무섭지 않다. 아, 아니, 사실은 조금 무섭다. 으흐흐. 교문을 나서면서 폰을 빼 들고 플립을 열었다. 제발 받아라. 받아라. 받아랏!!

[뚜르르르르르 뚜르르르르르 뚜르르르르르……]

안 받네. 다시 한 번! 다섯 번이나 시도했지만 세영의 여보세요라는 소리는 들리지 않는다. 마지막으로 다시 한 번 더.

[뚜르르르르 뚜르르르르르 뚜르르르르르 뚜르르르르르……]

[네.]

받았다!! 무지 피곤한 듯한 세영의 목소리가 들리는 순간, 나도 모르게 크게 소리를 내질렀다.

"세영아!! 나야, 세별이!!"

순간 나를 미친 사람 쳐다보듯 힐끔거리는 주위 학생들. 그런 시선에 아랑곳하지 않고 나는 다시 크게 세영을 불렀다.

"세영아! 너 왜 학교 안 와? 전화도 안 받고. 어디 아픈 거야? 무슨 일 있어?"

[그럴 일이 좀 있었어. 후.]

"어디 아프니? 아픈 거야?"

[좀 다쳤어. 괜찮아.]

"다치다니, 어딜? 병원은 갔어?"

[병원을 왜 가? 괜찮아.]

괜찮다니, 목소리가 절대 괜찮아 보이지 않는데. 한세영, 이 바보 같은 녀석!

"기다려!!"

난 플립을 확 닫고 힘차게 달릴 준비를 했다. 그때 뒤에서 날 크게 부르는 소리가 들렸다.

"누나!!"

뒤를 돌아보니 친구와 나오는 지호가 보였다.

"누나, 집에 가는 거예요? 얼른 가서 준비하고 기다려요~"

"지호야! 누나가 잠깐 들를 데가 있거든! 이따 전화할게!"

그렇게 말하고 날 부르는 지호를 뒤로한 채 힘차게 달리기 시작했다. 이 바보 같은 녀석, 다쳤는데 그냥 집에 누워 있으면 어떡해! 병원이라도 보내야겠다. 세영의 빌라는 딱 두 번 가보았기 때문에 길치인 나는 물론 찾아가지 못한다. 그래서 큰맘먹고 택시를 탔다. 한세영, 이 미련한 녀석! 가면 혼내줘야지!!

택시에서 내려서 세영의 빌라로 들어가 아주 힘차게 계단을 뛰어올라갔다. 문 앞에 선 나, 초인종을 누르려고 하다가 그냥 손잡이를 돌려봤다. 헉! 문이 열린다. 이 녀석, 문단속도 안하고.

"세영아!"

세영의 이름을 부르던 나는 흠칫 놀라 그 자리에 굳고 말았다. 거실에 선명하게 흩뿌려져 있는 붉은 핏자국. 뭐야, 웬 핏자국? 등골에 오싹 소름이 돋는 걸 느끼며 문이 열려 있는 방으로 급히 들어갔다. 침대 위에는 세영이가 얼굴을 박고 엎어져 있었다. 웃통을 홀딱 벗은 채로.

"세, 세영아?"

조심스럽게 세영을 부르며 다가갔다. 이런, 시트가 온통 핏자국으로 얼룩덜룩하잖아. 맙소사, 도대체 어디가 얼마나 다친 거야? 이 지경이 됐는데 병원도 안 가고. 정말 엉망진창이군!!

"세, 세영아!! 너 도대체 얼마나 다친 거야? 이게 뭐야!!"

나의 외침에 몸을 움찔하더니 천천히 몸을 돌리는 세영. 헉!! 얼굴이 온통 피로 얼룩덜룩 더럽혀져 있었다. 세영의 얼굴을 보니 공포 영화에 나오는 피를 질질 흘리는 괴물을 보는 것 같은 기분이 들었다. 세영은 아무 말 없이 나를 쳐다보기만 한다. 이 대책없는 녀석. 은빈이 같은 녀석이 또 하나 있네. 그러고 보니 두 사람 성격이나 하는 짓이 상당히 비슷하다. 난 모든 게 귀찮다는 듯 돌아눕는 세영에게 잔소리를 하며 수건으로 얼굴을 닦아줬다. 핏자국을 닦고 나니 다행히 상처는 별로 깊지 않다.

"병원 가자."

서랍에서 새로 셔츠를 꺼내 입으며 대답없이 비틀비틀 다시 침대에 누워버리는 세영.

"병원 가자고! 너 움직이는 거 보니까 어디 뼈라도 부러진 사람 같아! 일어나아~!!"

난 세영의 어깨를 흔들며 소리쳤다. 그러자 갑자기 크게 신음을 내는 세영.

"야, 야! 그만 흔들어. 아파, 무지 아프다고."

"헉! 미, 미안해. 그렇게 많이 아파? 그러니까 병원 가자구! 왜 이렇게 미련하게 굴어!!"

"움직일 힘도 없어."

"헉! 그 정도야? 그럼 구급차라도 부를까?"

내 말에 또다시 대답없이 고개를 돌려 버리는 세영. 정말 미련한 녀석! 오기로라도 널 꼭 병원에 데려고 간닷!! 주먹을 꽉 쥐고 난 다시 한 번 소리 지르기 위해 단단히 기합을 넣었다. 그때 주머니 안에서 부르르 진동하는 폰.

"여보세요!!"

[이게. 너 누가 전화 그 딴 식으로 받으래!]

헛! 은빈이 녀석이다.

"어, 왜?"

[왜긴 뭐가 왜야? 너 지금 어디야? 이 기집애야, 끝나자마자 바로 집에 가서 짐 챙기라고 했지? 어디로 샌 거야?]

캑! 세영이네 집에 있다고 말하면……. 순간 내 머리 속엔 초고속으로 상상도가 그려지기 시작했다.

세영이네 집에 있다고 말한다➡은빈이 녀석 펄펄뛴다➡당장 쫓아온다➡싸움난다➡없는 세영과 티격태격하다가 어쩌면 세영이는 병원에 가기도 전에 죽을 수도 있다➜…결정적으로 내가 먼저 죽을 수도 있다.

 난 조용하게 세영이를 병원에 보내고 싶을 뿐이다. 정말 그것뿐이다. 괜히 일을 시끄럽고 복잡하게 만들 필요는 없겠지.
 [야!! 너 대답 안 해?!]
 "음, 저기 지금 친구가 매우매우 아파서 부축해서 집에 데려왔거든……."
 내가 미처 말을 마치기도 전에 빽 소리를 지르는 은빈.
 [네가 친구가 어딨어!! 너 어디야? 당장 안 와?]
 이런! 친구 하나 사귀어둘 걸 그랬다. 윽!
 [지금 상현이 형이랑 애들이랑 다 너 기다린단 말이야, 이 기집애야!]
 "미안해, 은빈아! 먼저 가. 나 친구 병원 데려다 주고 버스 타고 따라갈게!"
 [웃기네. 네가 버스 타고 올 줄이나 알아? 헛소리 말고 당장 와!]
 "아까 빛, 바퀴벌레 보고 충격받아서 뛰쳐나갔잖아. 집에 갈 때 보니까 양호실에 누워 있다가 비틀비틀 집에 가더라고. 그래서 집까지 부축해서 온 거야. 괜찮아지는 거 보고 갈 테니까 먼저 가, 제발!!"
 내가 말하면서도 너무나 놀랍다. 술술 흘러나오는 거짓말. 나는 정녕 거짓말쟁이였던 것인가?!
 [그거 진짜냐?]
 "그럼, 진짜지. 내가 거짓말하는 거 봤어?"

[그럼 머리 빗 바꿔봐.]

"머리 빗 화장실 갔는데?"

[아무래도 수상한데? 젠장, 알았다. 먼저 갈 테니까 버스 탈 때 전화해. 또 버스 잘못 타서 엉뚱한 데 가지 말고, 알았냐?]

"알았어, 이따 전화할게."

[너… 믿는다.]

"응."

날 믿는다는 은빈에 말이 가슴에 불을 지른 것처럼 뜨끔거렸다. 미안해, 은빈아. 하지만 이건 너와 나 세영이, 우리 모두를 위한 거야. 폰을 주머니에 넣고 돌아서는데 세영의 웃음소리가 들려온다.

"큭큭! 은세별, 너 거짓말 되게 잘한다. 어쩌면 그렇게 자연스럽냐?"

"넌 얼른 병원 갈 준비나 해."

"싫어."

"야, 이 고집쟁이야! 너도 말 되게 안 듣는다. 너 병원 안 가면 죽을지도 몰라! 팔, 다리 할 것 없이 온통 상처투성이인데 도대체 뭘 믿고 버티는 거야?"

그러나 고집 센 세영, 일어날 기미조차 보이지 않는다. 난 한참을 떠들어대다가 내 풀에 지쳐 의자에 털썩 널브러졌다. 왕고집쟁이!! 지쳐서 한숨을 폭 내쉬고 있는데 살며시 일어나 앉더니 벽에 등을 기댄 채 조용히 입을 여는 세영.

"내가 누구한테 이렇게 얻어터졌는지 궁금하지 않냐?"

듣고 보니 궁금하다. 도대체 누구한테 저렇게…….

"얼마 전에 너 납치해 갔던 놈, 내가 조직에 있을 때 내 밑에 있던 놈이었다. 그때 그놈이 하는 말 너도 들었지? 청후회 놈들한테 먹힐지도 모른다고. 내가 조직에 있을 때 청후회 놈들과 우리는 물과 기름 같은 사이였거든."

과거를 회상하듯 추억에 잠긴 눈으로 천천히 말을 잇는 세영.

"자신들의 조직을 살리기 위해 상대 조직을 먹지 않으면 살아남을 수 없었던 우리는 정말 극과 극이었다. 그런데 얼마 전, 내가 조직에서 나와 이곳으로 이사 오고 전학도 했지. 쉽게 말해서 조직을 버렸다."

그런데 왜 조직에 들어갔을까? 물어보려는 찰나 세영이가 다시 말을 잇는다.

"한강에서 나 당한 거, 청후회 놈들이 뒤통수친 거야. 삼 일 전에도 청후회 놈들이 우리 조직 애들 치려고 아주 혈안이 되어 있더군. 상관하지 않으려 했지만 생각보다 몸이 먼저 나갔다. 그래서 이 꼴이 되어버렸지. 쿡!!"

"조직이라면 별로 좋지 않은 목적으로 만들어진 거라고 알고 있는데 그런 데는 왜 들어간 거니?"

"반항."

반항?

"난 우리 엄마 싫어했다. 유치하지만 부모에 대한 반항으로 싸움질하고 다녔다고 해두지."

"엄마를 싫어하다니, 널 낳아준 엄만데 왜 싫어해? 그럼 혹시 네가 엄마 호흡기 떼어냈다는 소문, 정말이야?"

어느새 가늘게 떨리는 목소리. 대답을 기다리며 세영을 쳐다보자 세영은 아주 무심하게 중얼거린다.

"엄마가 원했어. 만약 식물인간이 되면 내 손으로 엄마를 놓아달 라고… 편안하게 해달라고. 엄마는 나에게 세 가지 부탁을 했었지."

세 가지 부탁?

"솔직히 말하면 엄마는 나 때문에 다쳤고, 식물인간 됐고, 죽었어. 나 조직 생활하는 거 말리려다가 뜻하지 않은 사고로 생명이 위험할 정도로 다쳤다."

그런 일이 있었다니. 나도 모르게 두근거리는 마음으로 세영의 얘기에 귀를 기울였다.

"엄마도 알고 있었어, 식물인간이 될 거라는 걸. 그래서 그 전에 내게 세 가지 부탁을 했지, 마지막 소원이라면서. 첫째는 엄마가 식물인간이 되면 내 손으로 편안하게 보내달라는 거였고, 둘째는 나 조직에서 손 씻고 정상적인 생활하라는 거였고, 셋째는……."

말을 하다 말고 잠시 침묵하는 세영. 다시 천천히 입을 연다.

"지호, 동생 지호가 사는 곳으로 가서 지호와 같은 학교에 다니고, 친형제처럼 지내달라는 부탁이었다."

지호와… 친형제처럼? 그래서 이곳으로 이사해서 지호와 같은 학교에 다니는 거구나.

"그놈, 나를 형이라고 절대 인정 안 할 거란 거 이미 알고 있어. 앞으로도 나와 엮일 생각은 전혀 없다는 것도 잘 알고 있지. 아마 엄마의 세 번째 소원은 들어드리지 못할 것 같군. 쿡!"
"세영아."
"빌어먹을, 참 개 같은 운명이지. 한 여자한테서 씨 다른 형제가 나올 게 뭐야, 제기랄."
중얼거리며 작게 한숨을 내쉬는 세영. 그런 세영의 눈이 말할 수 없이 슬퍼 보인다.
"지호랑 친형제처럼 지낼 수 있을 거야."
"쿡! 9년 동안이나 떨어져 있었고, 게다가 내가 엄마를 죽였다고 생각하는 놈과 친형제처럼 지낼 수 있다고 생각해?"
"떨어져 있던 시간이 너무 길었지만 그래도 노력하면 분명 좋아질 거야. 마음을 열기 시작하면 누구보다도 강하게 서로를 끌어당길 거라고 생각해. 왜냐하면 둘은 피를 나눴으니까 그 뜨거운 피가 서로를 끌어당길 거야."
"피를 나눈 게 전부는 아니야. 뒤죽박죽 헝클어져 있던 모든 게 단지 피를 나눴다는 이유만으로 모두 해결되지는 않는다고. 오히려 피를 나눴다는 게 더 잔인한 운명일 수도 있어. 차라리 남이었다면, 지호 자식하고 남이었다면… 그랬다면 우린 이렇게 엿 같은 운명으로 엮이지는 않았을 거야."
세영의 말에 아무 말도 할 수 없다. 내가 저 아픔을 전부 이해한다면 그건 거짓말이겠지. 으아아아아아~ 내가 더 답답해져 온다. 세영과 지호. 도저히… 도저히… 친형제가 될 수는 없는 걸까?

"그런 표정 지을 것 없어. 당사자는 난데 왜 네가 울려고 그러냐? 훗, 어쨌든 나 걱정돼서 여기까지 와준 거 고맙다. 큭!"

"그래도 병원은 가야 하지 않을까?"

"병원까지 갈 필요없다고 했잖아. 별로 다친 곳도 없어. 몇 군데 상처나고 멍들고 그뿐이다."

그렇다면 다행이지만. 뭐야, 그럼 괜히 방정을 떨었네.

"그런데……."

갑자기 세영이 조용히 입을 열며 날 지그시 쳐다본다. 왜 저런 눈으로?

"또 늑대 소굴에 제 발로 걸어왔네. 쿡! 저번에 말한 거 잊지 않았지? 다음 번에는 꼭 성공한다던 말. 훗!!"

늑대 소굴? 다음 번에는 꼭 성공한다던 말? 도대체 무슨 소리야? 내가 어리둥절한 눈으로 말 없이 세영을 바라보자 세영은 아무 말 없이 쿡쿡 웃는다. 뭐야, 저 웃음은?

"은세별, 너 키스 한 번도 못해봤지? 아니, 남자랑 손은 잡아봤나?"

키스? 남자랑 손? 물론… 그런 걸 해봤을 리 없다. 미국에서 살 땐, 멋진 남자도 없었거니와 남자에게 관심도 없었기 때문에.

"그, 그런 걸 왜 물어보는데? 그러는 넌 해본 적 있어?"

나의 물음에 또다시 쿡쿡거리며 웃기 시작하는 세영. 저 웃음, 왠지 기분 나쁘다!

"순진한 은세별 때문에 그 녀석 어지간히 속 타겠네, 쿡!!"

"무슨 소리야?"

"아냐. 아, 말을 너무 많이 했더니 배고프다. 나 밥 좀 해줘."

그렇게 세영은 혼자 알 수 없는 말을 중얼거리더니 결국 밥 해달라는 말로 끝을 맺었다. 난 웃어대는 세영을 뒤로하고 주방으로 갔다. 냉장고 안에는 과일 몇 개와 지난번에 볶음밥 만들고 남은 재료, 그리고 물뿐이다. 이것이 전부였다. 이 녀석, 뭐 먹고 사나? 양파와 햄을 꺼내려고 하는데 또다시 울리는 주머니 속의 핸드폰. 앗! 혹시 은빈이 녀석 아니야? 이런, 받지 말까? 그러나 안 받았다간 초죽음당할 것 같다. 할 수 없이 폰을 꺼내 플립을 조심스레 열었다.

"여, 여보세요?"

[머리 빗 집에서 나왔냐? 지금 어디야?]

역시 은빈이 녀석.

"응? 응. 아직 안 나왔는데, 넌 어디야? 지금 차 타고 가고 있어?"

[어. 가고 있는 중이다. 근데 뭐 하느라고 아직까지 안 나와?]

"어… 그게."

뭐라고 변명할 거리를 찾아 굴리는데 주방으로 천천히 걸어오는 세영이 보인다.

"냉장고 안에 아무것도 없을걸?"

헉! 순간 들려오는 낮은 은빈의 음성.

[뭐야, 이거 누구 목소리야? 한세영?]

캑, 일났다!! 당황해서 아무 말도 못하고 세영을 쳐다보는데, 세영은 무심하게 중얼거린다.

"왜 그래? 은빈이 녀석 전화야?"

진짜 일났다. 거짓말한 거 들통난 건 물론이고 아주 확실하게 일 벌어졌구나.

[은세별, 너 한세영 그 자식 집이냐?]

차갑게 가라앉은 목소리. 뭐라고 말도 못하고 폰만 붙들고 있는데 다시 들려오는 차가운 음성.

[참나, 거짓말까지 할 정도로 그렇게 거기에 가고 싶었냐? 세영이가 며칠 학교 안 나오니까 죽도록 걱정돼서 아예 집까지 찾아간 거야?]

"음… 그게 그러니까……."

[됐다. 너 여기 올 필요 없어. 끊는다.]

그리고 전화는 끊어졌다. 녀석의 차가운 음성이 내 귓가를 맴돈다. 뭔가 큰 잘못을 저지른 것만 같은 내 마음. 뭐야, 왜 그렇게 상처받은 목소리지? 차라리 화를 내지. 차라리 화를 냈다면 오히려 맘이 편했을 것 같은데. 그 조용한 말투가 마음을 더욱 불편하게 한다. 이 녀석, 화 많이 난 것 같은데 어떡하지? 입술을 깨물며 멍해 있는데 들려오는 세영의 목소리.

"거짓말 들통났네. 쿡!"

지금 웃음이 나오냐? 남은 심각해 죽겠는데. 왜 이렇게 가슴이 따갑게 아려오는지 모르겠다. 불안하고 초조한 마음. 도대체 이 마음은 뭐야? 멍하니 의자에 앉는 나를 보고 세영은 알 수 없는 미소를 짓더니, 결국 자기가 열심히 요리한다. 그리고 많이 굶주린 듯 아주 맛있게 밥을 먹기 시작한다. 나는 그런 세영을 멍하니 바라보다가 핸드폰을 빼 들었다. 전화해 볼까? 안 받을 것 같은데, 아니, 받아도 그냥 끊어버릴 텐데. 시작되는 고민. 전화해 볼까? 말까? 고민고민하다가 문득 정신을 차리니 거실에서 혼자 TV를 보고 있는 세영이 보인다. 그 모습이 뭐라 말할 수 없이 얄미워 보였다. 시계를 보니 벌써 6시가 다 되어가고 있었다. 무슨 시간이 이리도 빨리 간 거야?! 지금쯤 도착해서 놀고 있겠지? 후… 집에나 가야겠다. 힘없이 의자에서 일어나 거실로 나가 가방을 멨다.

"세영아, 나 갈게."

"우리 영화나 한 편 보러 갈까?"

난 영화 별로 좋아하지 않는데. 그리고 지금은 영화 볼 기분도 아니야.

"음, 미안. 다음에 보자. 쉬고 싶어."

그러자 내 눈을 지그시 바라보며 천천히 입을 여는 세영.

"그 자식 좋아하는 거 꼭 그렇게 티 내야겠냐? 힘은 쭉 빠져 가지고."

앗, 저게 무슨 소리야?

"무슨 소리야? 내가 누굴 좋아해?"

세영에게 반문하는 순간 다시 울려대는 주머니 속의 핸드폰. 아, 혹시? 나는 얼른 폰을 빼 들어 전화를 받았다.

"여보세요?"

[누나, 지호예요.]

앗, 지호다!

[누나, 정말 안 올 거예요? 지금이라도 빨리 와요. 은빈이 형이 누나 얼마나 기다린 줄 알아요?]

이건 또 무슨 소리야? 날 기다리다니?

"은빈이 화 많이 났지?"

[오늘 은빈이 형 생일이란 말이에요!! 그래서 신나게 놀려고 온 건데, 누나가 빠지면 어떡해?! 거기다가 오늘 은빈이 형이 누나한테…….]

순간 크게 들려오는 누군가의 목소리.

[야!! 얼른 전화 안 끊어?! 너 그거 부숴 버리기 전에 얼른 끊어!!]

헉! 뭐, 뭐지?

"지호야?"

당황해서 지호를 불렀으나 느닷없이 웬 여자의 목소리가 들려온다.

[세별이 언니! 빨리 와! 은빈이 오빠 산 타다가 굴러서 많이 다쳤단 말야!! 빨리 와, 빨리!!]

헉! 이 목소리는 은혜? 은혜도 갔구나!! 그런데 은빈이가 굴렀다니 이건 또 무슨 소리야?!

"뭐라고? 그게 무슨 소리야? 은빈이가 다치다니!"

[아무튼 빨리 와!!]

띠리리~

전화가 끊어졌다. 이게 도대체 무슨 소리야? 갑자기 쿵쾅쿵쾅 뛰기 시작하는 심장. 그런 나를 보고 세영이가 일어서며 묻는다.

"무슨 소리야? 은빈이 녀석 다쳤대?"

"세영아, 은빈이가 굴러서 많이 다쳤대. 어떡해?"

입술이 바들바들 떨리며 어느새 다리까지 후들거리는데 그런 내 어깨를 탁! 치는 세영.

"가자."

"가다니? 어딜?"

"어디긴 어디야? 그 녀석 놀러간 데지."

"뭐?"

내가 눈을 동그랗게 뜨고 물었으나 세영은 대답도 하지 않고 어디론가 전화를 건다.

"나다. 차 좀 빌리자. 10분 내로 우리 집 앞으로 와."

뭐, 뭐야? 내가 멍청한 표정으로 세영을 쳐다봤으나 세영은 또 아무 말 없이 방 안으로 들어갔다. 잠시 후 옷을 갈아입고 나왔다.

"왜 그렇게 멍청하게 서 있어? 안 갈 거야?"

"세영아."

세영을 불렀으나 세영은 대답없이 빙긋 웃고는 내 팔을 잡아 끌어당긴다.

"너 나한테 평생 고마워해야 된다. 오늘이 네 생애 최고의 날이 될 테니까."

최고의 날이라니? 아까부터 알 수 없는 말만 하는 세영에게 뭐라고 물을 틈도 주지 않고 세영은 나를 데리고 빌라 입구로 내려갔다. 입구에는 웬 검은 승용차 한 대가 턱 하니 버티고 있었다. 헉!! 되게 멋있다. 영화에서나 보던 것 같아. 내가 눈을 크게 뜨고 차를 바라보자 세영은 쿡 웃으며 나를 안으로 밀어 넣었다. 얼떨결에 세영에게 밀려 차에 탄 나는 운전석에 앉은 남자를 보고 또다시 입을 크게 벌렸다. 저 남자! 날 납치했던, 세영을 보고 울부짖던 그 남자 아니야?

"저번에는 정말 죄송했습니다."

나에게 고개를 숙이고 정중히 말하는 남자. 나도 얼떨결에 고개를 숙이며 네라고 대답하고 말았다.

"설악산. 최고 속도로 달려라."

세영의 말에 차는 출발했다. 그런데 설악산으로 놀러 간 걸 어떻게 알았지? 세영에게 뭐라 물으려 하는 순간, 오히려 세영이 내게 묻는다.

"아까 너 어땠는 줄 아냐? 진짜 정신 나간 사람 같았다. 쿡, 힘이 쭉 빠진 꼴이라니. 가슴 무지 아팠지? 불안하고, 초조하고, 미칠 것 같았지?"

내 기분을 어쩜 저렇게 잘 알고 있지? 뭐야, 저 녀석도 독심술?

"그랬어, 안 그랬어?"

"그랬어."

"그럼 알겠지?"

"알다니, 뭘?"

"풋! 그래도 모르겠냐? 그 녀석 좋아하는 거 말야."

캑! 무슨 소리야, 이 녀석?

"그 녀석이라니, 은빈이? 내가 은빈이를 좋아해? 말도 안 돼!"

"네가 둔탱이라서 네 자신이 느끼는 감정마저 잘 모르는 모양인데, 너 그 녀석 좋아하는 거 맞아."
"무슨 소리야? 이상한 소리 좀 하지 마!"
"네 자신에 대해 좀 솔직해져 봐. ^-^"
그렇게 세영은 여전히 말도 안 되는 소리를 하며 묘한 미소를 짓고 창밖으로 시선을 던졌다. 뭐야? 내가 은빈이를 좋아해? 웃긴다. 내 마음속에 들어갔다 나온 사람처럼 자신있게 말하다니. 나도 모르는 내 감정을 네가 어떻게 안다는 거야? 저 녀석이 저런 소릴 하니까 괜히 기분이 이상해지잖아. -_- 설악산으로 가는 내내, 난 한숨을 폭 내쉬며 많이 다쳤다는 은빈이 녀석 걱정만 했고, 세영은 그런 나를 묘한 표정으로 바라보며 쿡쿡 웃기만 했다. 왠지 매우 흐뭇해하는 표정 같아서 기분이 이상했다. 이상한 녀석……
강원도 속초에 들어선 우리. 난 지호에게 전화를 해 콘도의 위치와 이름을 물었다. 묻는 동안 어디선가 시끄러운 남자의 목소리가 들려왔다. 은빈이 녀석 목소리 같았으나 곧 다쳤다는 녀석이 그렇게 쌩쌩한 목소리를 낼 리 없다는 생각이 들었다. 나는 목적지에 도착하기만을 초조한 마음으로 기다렸다.
설악의 어느 콘도. 지호가 알려준 콘도가 보인다. 헉! 어마어마한 크기다!! 대규모의 깔끔한 건물에 여기저기 화려한 조명이 설치되어 있다. 겉으로 보기에도 매우 호화스러운 콘도가 점점 가까워지고 있다.
끼이이이익—!!
차가 서자 난 얼른 차 문을 열고 내렸다. 세영과 함께 콘도 안으로 들어갔다.

겉보다 더 화려한 프론트. 여기저기 반짝이는 조명 때문에 눈이 부셨다. 난 눈을 깜빡거리며 지호가 알려준 호실을 머리 속에 되뇌이며 엘리베이터를 탔다. 내 초조한 표정을 보고 아무 말 없이 내 어깨를 꽉 잡아주는 세영.

"세영아, 고마워."

내 말에 세영은 고개를 끄덕이며 미소를 지어 보였다. 엘리베이터에서 내린 우리는 호실을 찾아 무턱대고 문부터 벌컥 열었다. 문은 잠겨 있지 않은지 벌컥 열렸고 열자마자 넓고 깔끔한 실내가 눈에 들어왔다. 막 주방에서 음식 접시를 가지고 나오다가 나와 세영을 보고 놀라는 지호도 보인다. 안면이 있는 지호의 친구들과 은빈의 친구도.

"어? 세별이 누나!"

지호는 나에게 말했지만 시선은 내 뒤에 있는 세영을 향하고 있었다.

"지호야! 은빈이는? 은빈이는 어딨어?"

다그치듯 묻는 내 말에 굳은 표정으로 중얼거리는 지호.

"저기, 저 방에······."

난 지호가 손가락으로 가리킨 방을 쳐다보며 신발을 벗어 던지고 그 방으로 달렸다. 그런 날 보며 쿡쿡 웃기 시작하는 남자 아이들을 뒤로한 채, 문의 손잡이를 잡고 힘차게 당기면서 소리쳤다.

"은빈아—!!"

힘차게 은빈을 부르며 방 안으로 몸을 날린 나는 그 자리에 굳어지고 말았다. 침대에 비스듬히 누워 놀란 눈으로 날 쳐다보는 은빈. 그리고 그 옆 의자에 앉아 은빈의 머리를 매만지며 다정하게 웃고 있는 여자. 미소 언니? 뭐야, 저 녀석! 산에서 굴러 많이 다쳤다는 녀석이 얼굴에 상처 하나 없이 아주 멀쩡하다. 게다가 마치 연인 같은 저 다정한 분위기.

"어머! 세별아, 언제 왔니?"

미소 언니가 은빈의 머리에서 손을 떼며 내게 물었지만 그 말은 귀에 들리지도 않았다. 마치 한 대 얻어맞은 것같이 멍해지는 머리. 날 쳐다보는 은빈의 시선을 애써 외면하며 밖으로 나가려 몸을 돌렸다. 그때 느닷없이 쑥 들어오는 은혜의 얼굴.

"어머, 언니!! 진짜 빨리 왔네? 뭐 타고 왔어?"

막 샤워했는지 머리에 수건을 두르고 발그레한 얼굴로 활짝 웃으며 특유의 발랄한 목소리로 말하는 은혜. 그런 은혜의 얼굴을 보자 한없이 맥이 빠진다.

"은혜야, 은빈이 많이 다쳤다며? 너 아까 그렇게 소리쳤잖아. 근데 저거 뭐야?"

내가 돌아보지는 않고 뒤로 고갯짓을 하며 묻자 은혜, 손뼉을 크게 탁! 치며 웃는다.

"우하하하하!! 언니, 은빈이 오빠 다쳤다니까 깜짝 놀라서 허겁지겁 달려왔구나? 역시 사랑의 힘은 위대해!!"

저것이 뭔 소리야?! 내가 황당한 표정으로 은혜를 쳐다보자 은혜는 그런 내 표정을 보고 어설프게 웃으며 입을 다물었다. 방 안에 휘이잉~ 부는 얼음장 같은 바람 한줄기. 내내 불안하고, 초조하고, 미친 듯이 걱정됐던 내 마음이 긴장이 탁 풀리면서 나도 모르게 눈물까지 찔끔찔끔 나온다.

"너 그런 짓궂은 장난하는 거 아냐! 정말 깜짝 놀랐잖아!! 우어어 어엉~ 나 집에 갈 거야!!"

울부짖으며 은혜를 밀치고 막 방을 나가려는데 느닷없이 들려오는 목소리가 있었으니,

"가긴 어딜 가? 가면 죽는다."

다름 아닌 은빈이 녀석의 목소리였다. 난 그 말을 무시한 채 방문을 쾅 닫고 나왔다. 거실에 있던 남자 아이들. 모두 웃음을 너무 참아서 빨갛다 못해 보라색이 된 얼굴로 나를 쳐다보며 쿡쿡대고 있었다. 지호는 역시 나의 예상대로 현관문에 기대 있는 세영을 무시무시한 눈으로 쳐다보고 있었다.

"너 빨리 안 나가? 여기가 어디라고 와!! 당장 나가!!"

헉! 무섭다. 소리를 질러대는 지호를 말리려고 다가갔지만, 지호는 그런 나를 거들떠보지도 않고 계속 소리만 질러댔다.

"뭐야? 나랑 한판 붙어보자는 거냐? 그 재수없는 눈 안 깔아!!"

"지호야!!"

나의 외침에 돌아보지도 않고 말하는 지호.

"왜요!!"

헉, 평소의 지호가 아니야.

"세영이 혀, 형이잖아. 형한테 너가 뭐야? 형이라고 해야지."

이 상황에서 내뱉은 말이 고작 이거라니! 너무 한심해서 내 입을 꿰매 버리고 싶다고 느끼는 순간 지호가 별안간 나를 돌아보며 무섭게 말한다.

"누나, 저 자식 왜 데려왔어요? 나 돌게 하려고 일부러 데려온 거예요?"

"돌게 하다니? 아니야! 세영이가 나 여기까지 데려다 준 거란 말이야."

"저 자식이 왜요? 저 자식이 왜 누나를 데려다 줘요?"

잔뜩 굳은 표정으로 말하는 지호. 그 시퍼런 서슬에 놀라 나는 아무 말도 못하고 입만 벙긋거렸다. 입가에 삐딱한 웃음을 달고 아무렇지 않게 말하는 세영.

"지금까지 데이트하다가 은빈이 녀석 다쳤다길래 달려온 거다. 왜, 떫냐? 쿡!"

"뭐라고? 저 자식, 뭔 헛소리를 지껄이는 거야!"

드디어 지호가 흥분하기 시작하며 세영을 향해 저벅저벅 걸어간다. 아아아아… 안 돼!!

"지호야!!"

막 세영의 멱살을 움켜쥐려는 지호에게로 달려갔다. 제발 이러지 마. 여기까지 와서 싸우려는 거야? 참으란 말이야!! 소리치고 싶었지만 입을 열기도 전에 쾅!! 닫혀 버리는 현관문. 극도로 흥분한 지호가 세영의 멱살을 움켜쥐고 눈 깜짝할 사이에 밖으로 끌고 나간 것이었다. 볼을 심하게 꼬집어보았다. 아아아아아!! 아픈 걸 보니 꿈은 아니었구나.

은빈이 다. 현관문 손잡이를 잡고 돌리려는데 들려오는 목소리.

"가지 말고 거기 있어."

딱딱한 목소리. 고개를 돌려보니 막 방문을 열고 나오는 은빈이가 보였다. 그 뒤로 눈을 동그랗게 뜨고 날 쳐다보는 미소 언니도. 그 얼굴을 보는 순간 왠지 또 기분이 이상해졌다. 가슴이 울렁거리는 게 마치 멀미하는 것 같은 기분이다. 난 아무 말 없이 고개를 돌리고 손잡이를 힘차게 당겨 문밖으로 나왔다. 조용한 복도. 아무도 없다. 어디 간 거지? 금방 나갔는데. 신발을 제대로 신으며 엘리베이터 쪽으로 걸어가는데 거칠게 쾅 열리는 현관문. 그리고 화가 난 듯 크게 들려오는 고함.

"야!! 너 자꾸 내 말 씹을래!! 젠장!!"

깜짝 놀라 고개를 돌려보니 은빈이가 험악한 표정으로 문을 쾅!! 닫아버리고 나를 향해 성큼성큼 걸어온다. 헉! 무서운 표정에 흠칫 놀라 슬슬 뒷걸음질치는데, 바로 내 눈앞까지 다가오더니 후 하고 한숨을 내쉬는 은빈.

"가지 말라고 했잖아."

"가야 되는데……."

"아씨, 진짜 너 자꾸 열받게 하지!!"

"왜 소리는 지르고 그래!"

"이게 진짜, 지금 화낼 사람이 누군데 소리를 질러?! 그럼 네가 잘했냐? 한세영 새끼네 집에서 노닥거리면서 거짓말이나 하고!!"

"노닥거리긴 누가 노닥거렸다고 그래? 노닥거린 거 없어. 세영이 학교도 못 나올 정도로 많이 아파서, 그래서 간 거란 말이야! 세영이네 집에 있다고 하면 너 화낼 것 같아서 본의 아니게 거짓말한 것뿐이야. 너야말로 무슨 거짓말을 그렇게 심하게 해? 다쳤다고 해서 진짜 많이 놀랐잖아!"

"내가 그랬냐? 은혜 기집애가 그랬지."

저, 저… 다른 사람에게 책임을 돌리는.

"너 때문에 괜히 세영이까지 같이 왔잖아!"

너무 놀라서 얼떨결에 세영이의 차를 얻어 타고 왔다. 그래서 마주친 지호와 세영. 만약 세영이가 오지 않았다면 둘이 싸우지도 않았을 텐데. 슬금슬금 후회가 밀려오고 있는데 은빈이 녀석 낮은 저음으로 중얼거린다.

"지호 놈, 안 그래도 요즘 계속 저기압이었다가 오늘 오랜만에 활짝 웃었는데… 한세영 그 자식 때문에 또 열받아서 펄펄 뛰게 생겼구만."

"몰라! 다 너 때문이잖아!"

난 은빈을 탓하고 사라진 세영과 지호를 찾기 위해 몸을 돌려 엘리베이터의 버튼을 꾹 눌렀다. 그러자 뒤에서 들려오는 은빈의 목소리.

"지호랑 세영이 자식 내버려 둬. 네가 끼어든다고 해결되는 거 아니니까. 어차피 풀어야 할 문제야."

"그래도 가봐야지! 큰 싸움이라도 나면 네가 책임질 거야?"

입술을 깨물며 그렇게 말하는데 엘리베이터의 문이 열렸다. 안에는 미모의 아주머니와 능글맞게 생긴 중년 아저씨가 타고 있었다. 엘리베이터에 발을 들여놓는 순간 확~ 끌어당겨지는 내 몸. 놀라서 뒤를 돌아보니 험악한 은빈의 얼굴이 있다. 은빈이 녀석이 내 팔을 꽉 잡고 무지막지하게 잡아당긴 것!

"말도 더럽게 안 들어먹어. 가지 말라고 했잖아!!"

뭐야, 진짜? 아파 죽겠네.

"왜 이래?! 가야 된단 말야!!"

울부짖으며 은빈의 팔을 떼어놓으려는데 입으로 손을 막고 이상하게 웃으시는 아주머니와 아저씨가 보인다.

"아무튼… 요즘 애들은 너무 적극적이야, 호호."

"부럽구려. 허허."

부럽다는 듯 웃으시는 아주머니와 그에 질세라 한마디 하시는 능글맞은 아저씨. 스르르륵~ 엘리베이터의 문이 닫혔다. 또다시 조용해진 복도에는 차가운 바람 한줄기가 휘이잉~ 불었다. 아직도 내 팔을 꽉 움켜잡고 있는 은빈. 정말 팔이 잘려 나갈 듯이 아프다.

"제발 이것 좀 놔!! 무지 아프단 말야!!"

"그러게 좋은 말로 할 때 들어어야지!!"

"넌 세영이랑 지호가 걱정도 안 돼?"

"네가 상관해서 해결될 문제가 아니라고 분명히 말했다."

위협적으로 눈을 내리깔며 조용히 말하는 은빈. 하지만 난 고개를 저으며 다시 엘리베이터의 버튼을 눌렀다.

"내가 도와줄 수는 없지만, 내가 해결해 줄 수는 없지만, 그래도 다치는 건 싫어. 세영이는 내 친구고, 지호는 내 후배야. 소중한 사람들이 다치는 건 싫단 말이야."

　내 조용한 음성에 은빈은 지쳤다는 듯 한숨을 푹 내쉰다. 띵~ 하는 소리와 함께 스르륵 열리는 엘리베이터의 문. 다행히 아까 그 아주머니와 능글맞은 아저씨는 보이지 않았다. 얼른 엘리베이터에 올라타는데 날 따라 안으로 스윽 들어오는 은빈.

"뭐, 뭐야? 넌 왜?"

"왜긴, 싸움 구경이 얼마나 재밌는데. 구경하러 간다."

　뭐야, 이 녀석? 정말정말 이상한 아이. 속으로 한심한 한숨을 내쉬고 있는데 어느새 엘리베이터는 쑤욱쑤욱 내려가 일층에 멈췄다. 일층 로비에는 그들의 모습이 보이지 않았다. 콘도 밖으로 나와 이곳저곳을 둘러봤지만 대체 어디로들 가버렸는지 보이지 않는다.

"이것들, 싸우려면 가까운 데서나 싸우지 대체 얼마나 격렬하게 싸우려고 코빼기도 안 보이는 곳으로 간 거야?"

　옆에서 투덜거리는 은빈.

"제발 진심으로 걱정할 수는 없는 거니?"

"시끄러."

　할 말 없으면 시끄럽대. 난 속으로 투덜리면서 다시 걸음을 옮겼다. 후우, 대체 어디 있는 거야? 20분 정도 이곳저곳을 돌아다니고 있는 우리. 슬슬 지치기 시작한다.

"씨, 아무리 찾아도 없잖아! 야, 배고픈데 밥이나 먹으러 가자."

"넌 지금 밥이 넘어가니?"

"그래!"

또다시 은빈과 티격태격하며 왔던 길을 되돌아가고 있는데, 눈에 화악 들어오는 낯익은 뒷모습. 앗!! 나는 내 눈을 의심하며 눈을 크게 떴다. 하지만 다시 봐도 영락없는 지호의 뒷모습이다. 화려하게 장식된 카페 안에는 지호와 세영이가 심각한 표정으로 마주 앉아 있었다. 격렬하게 싸움이라도 하는 줄 알고 걱정했는데, 저 얌전한 모습은 뭐란 말인가!! 내가 황당한 눈으로 그들을 바라보고 있는데 은빈도 맥이 빠지는지 중얼거린다.

"둘이 화해하고 데이트라도 하는 모양인데?"

"그래, 그렇게 보인다."

에휴, 괜히 조마조마 걱정만 했네. 그런데 저 둘, 저렇게 심각한 표정으로 무슨 얘기를 하는 걸까? 문득 궁금해진 우리는 그들의 대화를 엿듣기로 하고 눈에 띄지 않게 조심조심 카페 안으로 들어갔다. 그들의 뒤, 화분으로 가려진 테이블에 조심스럽게 앉는데 새하얀 셔츠를 입은 종업원이 다가와 미소를 지으며 말한다.

"자, 여기 메뉴입니다. 천천히 보시고 불러주세요."

종업원이 가고 나서 은빈이 녀석은 한참 메뉴를 들여다보더니 기분 나쁜 얼굴로 말한다.

"뭐가 이렇게 다 비싸?"

투덜대는 은빈의 음성을 들으며 조심스럽게 지호와 세영 쪽을 힐끔거렸다. 그들은 한마디도 안 하고 입을 꾹 다문 채 서로의 음료수 잔만 쳐다보고 있었다. 마치 이 카페에 들어왔을 때부터 쭉 그렇게 대화없이 앉아 있었던 것 같은 모습이다. 손을 턱에 괴고 물끄러미 그들을 바라보고 있는데, 열리지 않을 것 같던 지호의 입술이 드디어 열리며 음성이 들려오기 시작한다.

"난 너 절대 용서 안 해."

차가운 눈을 탁자에 고정시킨 채 딱딱한 음성으로 말하는 지호.

"그래, 나도 용서받을 생각은 없다."

역시나 딱딱한 음성이었지만 왠지 모르게 슬픔이 깃든 세영의 목소리였다.

"앞으로 다시는 내 눈에 띄지 않았으면 좋겠다. 너 보면 엄마 생각나서 돌아버릴 것 같으니까."

"그렇게는 못하겠는걸?"

"뭐?"

"자주자주 네 눈에 띄어줘야 미운 정이라도 들지 않겠냐?"

"무슨 소리야?"

"그래, 미운 정이라도 들어야지."

"이 자식……."

"그게… 엄마의 마지막 부탁이니까."

세영의 조용한 음성에 한순간 지호의 눈가가 살짝 떨렸다. 그리고는 아프게 그늘지기 시작한다.

"난 지금까지 엄마가 환하게 웃는 걸 한 번도 본 적이 없었어. 어렸을 때부터 지금까지 쭈욱 늘 무언가에 얽매인 것처럼 그렇게 죄인처럼 살다 가셨지."

세영의 목소리가 잔잔하게 들려오기 시작한다.

"딱 한 번, 환하게 웃으시는 엄마를 봤어. 병실에 누워 네 녀석 얘기를 할 때였지. 아기 같은 행복한 눈으로, 그렇게 환하게 웃으시는 엄마를 본 건 그때가 처음이자 마지막이었어. 물론 결국은 크게 울어버리셨지만."

엄마의 이야기에, 너무도 그립고 사랑하는 어머니의 이야기에 지호의 눈은 말할 수 없이 슬프게 젖어들고 있었다.

"난 엄마에게 참 못난 아들이었고, 몹쓸 불효 자식이었지. 한 번도 엄마를 웃게 해드린 적도, 기쁘게 해드린 적도 없었어. 그래서 처음이자 마지막으로 어머니를 기쁘게 해드리려고 해. 하늘에서라도 행복하시라고 엄마의 부탁을 들어드리려고 해. 네 녀석과 진짜 친형제가 되라는 엄마의 마지막 부탁 말이다."

세영의 말에 지호는 피식 웃어버렸지만 눈가에는 눈물이 고이기 시작한다.

"엄마 부탁 때문에, 나랑 친형제가 되기 위해 노력해 보시겠다?"

"내 진심이야. 내 바람이기도 해."

세영은 그렇게 말하고는 고개를 들어 창밖을 바라보았다. 그러다가 천천히 고개를 돌려 지호를 똑바로 쳐다보며 다시 입을 연다.

"행복을 빼앗겼다고 생각하는 건 너뿐만이 아니야. 네게서 엄마를 빼앗았지만 나도 결코 행복하지는 않았어. 다른 사람의 행복을 빼앗고 아무런 죄책감 없이 잘살아왔을 거라고 생각해? 불행하고 슬픈 건 너뿐만이 아니야. 아픈 건 너뿐만이 아냐. 나도 그랬어. 그래서 이젠 행복해지고 싶은 거야. 진심으로 행복해지고 싶은 거라고."

"정말 행복해질 수 있을 거라고 생각해?"

"그래. 네 녀석 마음만 열린다면."

"쿡, 그래? 그럼 열심히 한번 노력해 봐. 어떻게 내 마음 열건데?"

슬픔을 애써 숨기려는 듯 입가에 삐딱한 웃음을 달고 세영을 향해 묻는 지호.

"천천히, 서두르지 않고 천천히."

"……"

"네 녀석이 날 거부하고 피하지 않을 때까지 난 기다릴 수 있어. 노력하자, 너랑 나를 위해서. 내 엄마도 아닌, 네 엄마도 아닌, 우리 엄마를 위해서."

우리 엄마를 위해서. 나까지 가슴이 찡해져 오는 느낌에 난 한참을 세영의 뒤통수만 바라보고 있었다. 지호는 한동안 아무 말 없이 탁자만 보다가 천천히 일어섰다. 그리고는 한없이 맥이 빠진 목소리로 중얼거린다.

"널 한없이 증오했던 내 자신이 한심해지는 것 같은 느낌, 이런 불쾌한 느낌 정말 싫다. 그렇다고 내 마음이 움직일 거라고는 생각하지 마. 난 아직도 널 용서할 마음 없으니까."

그 말을 끝으로 지호는 축 늘어진 어깨로 카페를 나가 버렸다. 세영은 한동안 의자에 앉아 무언가를 생각하는 듯하더니 얼마 후 카페를 나갔다. 두 사람이 나가고 나자 카페 안에 썰렁한 공기가 감돌았다. 난 한없이 답답하고 슬퍼졌다. 가슴이 텅 비어버린 것 같은 느낌에 한동안 창밖만 바라보고 있었다.

"잘됐으면 좋겠다. 둘이 친형제처럼, 아니, 진짜 친형제가 됐으면 좋겠다."

내 중얼거림에 은빈이 입을 연다.

"서로 눈에 불을 켜고 죽도록 증오하는 원수 사이라도, 사랑하고 그리워할 엄마가 있고 피를 나눈 형제라면 모든 게 용서되는 걸까? 역시 혈육의 힘은 위대하군."

앗, 저 녀석이 웬일로 저리 심오한 말을.

"그래, 그러니까 너도 엄마한테 잘해! 엄마 속 썩이지 말고."

"너나 잘해, 이 기집애야!"

"내가 뭘! 난 엄마 말 잘 듣는다 뭐!"

"시끄러!"

또 시끄럽대. 은빈과 나는 티격태격 말싸움을 했다. 아무것도 시키지 않고 앉아만 있다가 가는 이유로 종업원의 눈치를 받으며 그 카페를 나왔다. 어느새 사방에는 어둠이 내려앉아 있었고 기분 좋은 밤바람이 살갗을 스쳐 지나갔다.

다시 콘도로 돌아온 우리. 지호는 돌아왔을까? 세영이는? 아니, 세영이는 돌아 갔으려나? 그런 생각들을 하며 은빈과 함께 막 문을 열고 들어가는데, 헉!! 깜깜해서 아무것도 보이지 않는 거실. 어라? 불도 꺼져 있고, 다들 어디 간 거지? 어리둥절한 눈으로 멀뚱히 서 있는데 느닷없이 들려오는 폭죽 소리와 불꽃!

펑—!!

"꺄아~ 은빈이 오빠, 생일 축하해!!"

"은빈이 형~ 생일 축하해!!"

들려오는 아이들의 함성 소리. 깜짝 놀라 눈만 크게 뜨고 있는데 곧 불이 켜지며 아이들의 모습이 눈에 들어온다. 머리에 앙증맞은 고깔 모자를 눌러쓰고 즐겁게 웃는 아이들. 그중엔 지호의 얼굴도 있다. 아까의 슬픈 얼굴과는 달리 평소의 활발하고 귀여운 얼굴로 돌아와 있다.

"형!! 내가 세상에서 제일로 좋아하는 형!! 생일 축하해!!"

지호는 그렇게 애교를 떨며 은빈의 품으로 달려들었고 당연히 은빈은 화들짝 놀라 지호를 떨쳐 냈다.

"야!! 징그러, 임마! 떨어져!"

"아이~ 좋으면서 뭘 그래~!"

캑! 은빈의 저 험악한 얼굴을 보고도 그런 소리가 나오는구나. 마음이 놓인다. 저렇게 밝은 얼굴에, 저렇게 행복한 웃음에……

"진짜 유치한 것들, 니들이 무슨 애들이냐? 고깔모자까지 쓰고."

말은 그렇게 했지만 은빈이 녀석은 자신의 생일을 축하해 주는 아이들의 예쁜 마음에 행복한 얼굴이었다. 아차! 근데 녀석의 생일 선물을 준비 못했네. 준비할 여유가 없었잖아. 오늘 알았는데……. 그래도 왠지 미안한 마음에 은빈의 시선을 피해 방으로 들어왔다.

방에는 미소 언니가 침대에 앉아 책을 읽고 있었다. 내가 들어오자 책을 덮고 나를 향해 싱긋 웃는 미소 언니. 언제 봐도 너무 예쁜 저 미소. 오늘따라 저 미소가 더욱더 눈부시다. 깔끔한 분홍색 원피스에 걸쳐 입은 실크 카디건. 어쩜 저렇게도 세련돼 보이는지. 미소 언니는 잠시 날 쳐다보다가 천천히 입을 열었다.

"아까부터 날 쳐다보는 시선이 꽤 따갑네. ^^"

캑! 언니의 말에 굳어버린 나. 제, 제가 그랬나요?

"세별이 너, 혹시 은빈이랑 내 사이 오해하는 거 아니니?"

언니의 말에 나도 모르게 가슴에 쿵하고 돌을 던진 것 같은 느낌이 들었다.

"은빈이랑 나, 네가 오해할 만한 사이 아니야."

"오, 오해라니요?"

마치 내 마음을 읽어내는 듯한 언니의 말에 말까지 더듬는데 언니는 부드러운 미소를 지으며 말한다

"어머, 안 믿는 표정이네? 정말이야. 은빈이랑 언니는 오래전에 우연히 인연이 닿아서 좋은 누나, 동생으로 지내는 사이란다. 세별이가 오해하고 있는 것 같아서 말이야. 오해하지 말았으면 해. ^-^"

"흠, 그런가요?"

"그럼. 언니는 거짓말 못해. 훗, 얼마 전에 은빈이 학교 안 갔던 날, 나랑 은빈이 보고 너 많이 놀랐었지? 그때 은빈이랑 언니랑 하루 종일 뭘 했냐면……."

〈2권에 계속〉